U0644865

蕭乾 著

書評研究

良友文學叢書

Copyright © 2016 by SDX Joint Publishing Company

All Rights Reserved.

本作品版权由生活·读书·新知三联书店所有。

未经许可,不得翻印。

图书在版编目(CIP)数据

流水四韵 / 曹乃谦著. —北京:生活·读书·新知三联书店,2016.2

ISBN 978 - 7 - 108 - 05421 - 0

Ⅰ.①流… Ⅱ.①曹… Ⅲ.①散文集—中国—当代 Ⅳ.①I267

中国版本图书馆 CIP 数据核字(2015)第 157191 号

责任编辑 关雪莹

封面设计 储 平

责任印制 黄雪明

出版发行 生活·讀書·新知 三联书店

(北京市东城区美术馆东街 22 号)

邮 编 100010

印 刷 常熟文化印刷有限公司

排 版 南京前锦排版服务有限公司

版 次 2016 年 2 月第 1 版

2016 年 2 月第 1 次印刷

开 本 880 毫米×1230 毫米 1/32 印张 10.5

字 数 210 千字

印 数 0,001—8,000 册

定 价 34.00 元

序 | 火气褪尽方境界

王干

前不久和施战军、刘醒龙等去香港参加文学交流，有一个展览叫"百年香港蜕变"，展览题字远远看去，施战军说，像是王干写的。我说我写不了，写的人至少比我大三十岁，因为没有火气了。香港同行说，这是饶宗颐写的。之前没有见过饶宗颐先生的书法，但久闻其在国学方面深厚的造诣，高山仰止，心向往之。今日目睹其字，沧桑而遒劲，功力深厚，非岁月和学问同时熔铸不能兼得。

火气一词，属于中国民间术语，很难具体定义，用在艺术方面，大致与年轻、热情、奔放、繁缛、急切、飘逸有关。中国文人讲究琴棋书画皆通，而琴棋书画的高境界，是褪去火气，是见山还是山的境界。围棋的最高境界是流水不争先，古琴的境界是枯音，枯音者是褪尽火气，历经沧桑。

在文学界，大家都公认汪曾祺先生的文字最没有火气，他的作品行云流水，行于所当行，常止于不可止。一代宗师逝去之后，时时让人怀念。曹乃谦与汪曾祺结下不解之缘，第一次听说曹乃谦的名字就是在汪曾祺先生的家里。汪先生刚从山西回来，很兴奋地说，发现了一个叫曹乃谦的作者。老头儿很少这么兴奋,我记住了曹乃谦的名字。之后又在《北京文学》上读到了曹乃谦的小说《到黑夜想你没办法》,还有汪先生的推介文章。说实在的,我当时并没有觉得曹的作品特别打动我,只是觉得特别朴素,特别简洁。多年之后,传出了马悦然先生对曹乃谦的作品厚爱的新闻,也印证了汪曾祺先生的眼光的独到。马悦然先生是因热爱汪曾祺而"传染"到曹乃谦,还是曹的作品本身打动了这位对中国当代文学情有独钟的汉学家?待解。

后来我和曹乃谦有了一些交道。2008年的时候,我们一起去河南的云台山参加《检察日报》的笔会,发现曹乃谦的爱好向着汪曾祺先生的方向发展。他随身带着一棋一箫。棋是围棋,箫是"玉人何处教吹箫"的箫。途中,我们还对弈了好几盘。他的棋好搏杀,颇有古风,但对当下围棋的了解不多。也听他吹过几首古曲,不是特别熟稔。他说他不专门吹古曲,只是吹喜欢的歌曲。他还向我们展示了他的书法作品,也给笔会的举办方写过好几幅字。他的字给我的感觉是,整体章法不错,好看。当然,笔会上写得最多的是莫言,他一个晚上兴致来了,要写十几张,求字的不一定知道莫言很快就得了诺贝尔文学奖,但都知道他和曹乃谦被汉学家马悦然看好。之前,在瑞典驻华使馆,我和马悦然短暂交流过对曹乃谦的看法,马说,他要去山西大同看他。

在笔会期间,他有时候一个人在默默地吹箫。看得出来,曹乃谦有志于琴棋书画。我说,你这种品格的人应该弹古琴啊。他说,没有老师啊。是的,古琴没有老师是很难自学好的,古琴常常需要现场演练,甚至需要手把手的传授。我说我认识古琴大师成公亮,等听说他远在南京生活时,他不免有些失望。

现在我们读到的散文集《流水四韵》,如曹乃谦所言,《流水四韵》篇篇都在写"我",却又篇篇都写"母亲"。三十六题,是作者沉淀一生的关于母亲的记忆。一位不识字的农妇的一生,本应是庞杂博大的一部书,但在曹乃谦笔下化为形式感十足的三十六则小品。篇篇都可独立阅读,却又相互勾连,最终显影出上世纪生活于中国北方农村的一位典型的母亲形象和其艰难波折的人生际遇。曹乃谦如此结构本书,固然有如他所言的身体病痛,以及因为对母亲的深沉爱恋而长时间无法落笔等现实原因,但或许,这里也有文学层面的因素。文学是关乎记忆的艺术,宽泛来讲,可以说文学就是对记忆的或虚或实的呈现。作者感受到要书写母亲的强烈的创作冲动,却时常行文凝滞或无从落笔。这其实也是许多作家创作中常见的情形——越熟悉的人和事,越不知从何写起;感情越汹涌,也越无法将情绪凝注笔端。何况,在很多时候,情感温度过高,对写作只会带来伤害。曹乃谦这部书的写作过程,从其母亲去世算起,延宕了十余年。这十余年,于当下的文学创作来说,是一段相当漫长的距离。在看完整部书稿之后,我依稀感到,也正是这段为期十年的时间距离的存在,成就了这部书。在悠悠岁月中,是记忆,它自动帮助作者完成了打磨、淘洗、酝酿和沉淀的工作。它披沙拣金,将文学性最为深厚的那部分人生,自行呈现。如此,也就不难理解本书"三十六题"短文式的结构。它或可比之为一种"珍珠项链"式的结构,每一颗珍珠,都是一段时期内的记忆痛点。同时,也是记忆,在为对写作有害的那些情感热浪降温去火。曹乃谦的叙述,也如其一贯的小说语言那般,归于冷静平淡。

在书中,作者写到常爱爱和郑老师的死亡。常爱爱是"我"的初小同学,是一名好学生,对同为好学生的"我"还有一种单纯的"好感",但这种"好感"还未及发展为男女之爱,常爱爱便因"我"的一句话而误吃了有毒的东西,很快身亡。"我"喜欢也喜欢"我"的郑老师,但她产后"没有好好地休养,就急着来给我们上课"得病而死。这种年少时对"死亡"的体验,在作者从容风趣的叙述中,给读者留下足够的震撼与思考空间,让人唏嘘。在这些印象深刻的人物之外,《流水四韵》三十六题的主角,仍然是母亲。母亲是一位目不识丁、爽直泼辣又深明大义的农村女性。这种性格特点,是在母亲与"我"的日常生活细节中体现出来的,并且不乏诸多有趣生动的细节,比如母亲一生气就让"我"写作业,"我"经常要写两遍作业;母亲偷偷帮"我"完成学校积肥和除四害的任务,因为认为学校"一满是"不让学生学习,等等。

人的一生就像流水。读过此书,了悟于那些平凡的生命,其实都在时间长河里留下属于自己的命运浪花。流水是时间的隐喻——文学,或许是其间那些让我们怦然心动的朵朵落花。他的朴素的背后隐藏着一种痛和爱,这种痛和爱需要时间的磨洗和沉淀才会慢慢品尝出来。

一个时代成了曹乃谦作品中隐藏着的主角。对时代,曹乃谦在作品内不予置评,这也是他始终坚持的美学判断、情感判断,反对政治判断、道德判断等非文学判断的文学姿态——这是一个坚持做自己的人。更值得注意的是:贫穷、落后、苦难……所有风剑霜刀，未曾改变他作品中的人的可爱，当然，借这部作品，我也看见了一个可爱的、成长中的曹乃谦：迷糊、聪慧、细腻、善良、顽皮，充满活力。现当代的作品中，让人觉得可爱的人物少，举着批判旗子的作家笔下没有多少可爱的人，闰土的可爱昙花一现，随即转为麻木。人们在失掉可爱，贾宝玉可爱却不适宜凡俗生活，家族破败后他是何其恓惶。可爱的人有一种清洁的品质，有着灵魂的活力，持守着本真本性。可爱的人越多说明社会越健康，极寒背景下可爱的人儿，则如同冰山上开出的雪莲花。

在作品中有两个曹乃谦，一个以少年懵懂清澈的目光打量世界，一个则隐忍悲伤，以深致的关怀、客观的判断为人物塑形。"脸让脏手抹得一道一道的黑"，这不仅是"流泪"的证明，也是老曹乃谦在以制造笑点渲染悲情，是一个可爱的老头隔着几十年的光阴，在慈祥也有些狡黠地打量一个小于六岁的女童——他的表妹。"姨姨"去世后被人用小平车拉回来，少年曹乃谦则看见"街门外，停着辆毛驴拉的小平车。一个我没见过的老头，正举着我家的那个日本军用水壶喝水。他那样子像是在吹军号"。这里面就是少年原初的视角，天真的少年以自己的趣味为所见的形象赋形："像是在吹军号。"这同样是以制造笑点渲染缓慢加深的悲情。书法以"隔行通气"为高境界，老少两个曹乃谦相差五十八岁，凭借字里行间不变的可爱，遥遥顾盼。

曹乃谦通过这部作品找到了他失散五十八年的另一个自己，也找到了五十八年前那些可爱的人儿：表哥、常吃肉、常爱爱、郑老师、慈法、方悦、存金……表哥背书的任务没有完成，手掌被老师的戒尺打肿了,他还能笑着吃酱:"姥姥把黑酱给他抹在手掌上,说这样就不疼了。我问他疼不了,他笑着说不疼了。就说还就伸出舌头舔手掌上的酱"。常吃肉把"我"视为亲兄弟,学校发动学生"积肥",常吃肉决定先帮我解决,他甚至没有考虑先给自己的妹妹常爱爱完成"积肥"任务。常爱爱是一个有雀斑的女孩,声称男的里面"就爱见一个人","我"问那人是谁,常爱爱说:"你知道。"本来她希望吃苍耳治雀斑,而我说菩萨也有雀斑,她就不吃苍耳了。郑老师穿着丈夫宽大的军装来上课,"我说郑老师你穿着真好看。她的脸'唰'地红了"。她是一个会脸红的女教师,并且她"悄悄跟我说:'你听了别嚷嚷。'我说噢,我不嚷嚷。她说:'老师,肚里,有孩子啦。'"

曹乃谦的作品,在叙述语言上具有非常高的辨识度,平和、自然、质朴、客观、简练,以其汪曾祺称之为"莜面味"的语言吸引了大批拥趸。曹乃谦是一个内心柔软、细腻的人,是一个看重人情的作家,所以,在他的笔下,我们可以看见那么多人心和情感的风吹草动。而他的叙述褪尽火气,回到了语言自身,也就回到了人物自身。

曹乃谦作品的外部风格,是由他的内心生发出来的。细软的草有着茂密的根须,那些草的茎须汲取着曹乃谦内心的养源。他的心如平凡的发暄的土地,是作品安详的后盾。选择近乎"细草"的作品风貌,并非他心中没有树、容纳不下石。我以对美学原则的取舍观之,觉得是曹乃谦的一种选择:他选择细弱、平易、家常,没有选择伟岸、强健、宏大。这也是他,一个被人唤作"乡巴佬",也自认为是乡巴佬——这样一个坚持做自己的作家的可爱之处。

在这里我想引用一下汪曾祺对曹乃谦的评价。其人已经仙逝十七年，其言也过去廿七载，但至今尤不失其光辉。他夸赞曹的语言很好，"好处在用老百姓的话说老百姓的事"，同时也指出曹乃谦的格局应该大一些，"写两年吧，以后得换换别样的题材，别样的写法"。两年早就过去了，二十多年过去了，曹乃谦的写法好像还没换，当然坚守本身也是一种价值。曹乃谦前些年中过一次风，他的口齿已经不如文字流畅，他与世界的交流更多地依赖于文字，文字是他与这个世界的最重要的通道。或许年过花甲的他正在酝酿别样的写法，别样的题材。

曹乃谦在本书的《后记》中说："今后，我打算继续用这种方式，一节一节地，九题九题地制作下去，最后再加工整理出一部完整的长篇小说，把她献给我恩重重如山、恩深深似海的，自私又高尚、渺小又伟大的母亲。"他要以这种"珍珠项链"式的结构创作他的长篇《母亲》。我们在期待，文坛在期待，世界也在期待。

2015 年 5 月 30 日定稿于怀柔观山居

目录

高中九题

知小录

我一到了大同就生病,一回了村就好了。我妈就常年把
我寄放在应县村里姥姥家。我妈是大同和姥姥村两头跑,在
大同住一段日子就回了姥姥家,在姥姥家住一段日子就又返
回到大同。

我姥姥家除了我表哥忠孝外,还有一个孩子。那是我姨
妹,叫玉玉。她是我姨姨的孩子。表哥叫我姥姥叫奶奶,姨妹
叫我姥姥也叫姥姥。

那天后晌,表哥到大庙书房上学去了,我和姨妹在姥姥院
推着大人们用的那种独轮车正玩儿着,听见街门在响,我一转
身,是我妈进院了。

我妈是带着姨妹到大同看病去了,我已经有好长好长时
间没有见到我妈了。我高兴得"妈妈妈"地叫着,张开两臂迎
着她跑过去。当我跑到了她跟前,她一下子把我给推向一旁。

我没防住她会这样,后退了两步没站稳,冲后倒在地上,跌了个屁股蹲儿。我愣了一下后,正要张开嘴哭,可她却先哭开了。她不是哭,她是放声嚎,"妈唉——妈唉——"。

"妈唉——妈唉——",她就嚎就往院里走。

我妈这么一嚎,我不敢哭了。

姥姥和七姈姈从堂屋跑出来了,姥姥就跑就问:"换子换子,咋了咋了?"我妈没说她是咋了,就嚎就掀转过身,又往街外返去。

我爬起来,跑着冲在她们前面。

街门外,停着辆毛驴拉的小平车。一个我没见过的老头,正举着我家的那个日本军用水壶喝水。他那样子像是在吹军号。

我妈她们也都急急地出来了,围住小平车。

小平车上苫着盖物,盖物的白里子迎了外,被弄得脏兮兮的。我觉得盖物下面好像是苫着个人。我正要揭启盖物看,我妈又把我拉扯到一旁。她揭开盖物。

盖物下面是我姨姨。

姨姨的鼓症病没看好,死在了大同的医院。我妈雇了毛驴车把她拉回来了。

姨姨就像是睡着似的,还是那么好看,只是脸色有点苍白。

姥姥一下子趴倒在盖物上,手摸着姨姨脸,放声哭:"二女二女,你咋不给妈活呀,二女二女,我的二女呀——"

我姨妹在那些日一直没有放开声地哭过,要哭也只是流眼泪,脸让脏手抹得一道一道的黑,也没有人顾着管她。人们都在忙着办事宴。

姥姥村的人们，把办喜事和办丧事统统叫做是办事宴。

那是个春天，当时我是六周岁。

那天我表哥在大庙书房背书没背对，让陈先生拿戒尺打了板子，打得很厉害，左手掌膀肿得端不住碗。姥姥把黑酱给他抹在手掌上，说这样就不疼了。我问他疼不了，他笑着说不疼了。就说还就伸出舌头舔手掌上的酱。我妈说表哥，"你不好好儿学习就短个挨板子了"。

表哥不敢笑了，我看着他笑。我妈突然对我大声说："你别笑！你也不是个好好。尽在村里耍了，我看这回就跟我回大同念书去哇！"

"好好"是我们家乡话，意思是好孩子。如果说"灰灰"，那就是指坏孩子。

可我不想到大同，我从心里头就觉得大同城不如姥姥村好。我说我想跟着表哥就在大庙书房念书。我妈的脸一沉，说："大同念！"

我和我妈走的那天，是姨夫送我们进的应县城。姥姥村到应县城是三十五里地。为了能赶住应县到大同的长途汽车，我们黑黢黢就起身了。姨夫背着包包裹裹，我妈背着我，我背着七舅舅用过的一个书包，里面是他和表哥念过的几本书。

在我妈的背上我又给睡着了。当她圪蹴下来说让我自己走，我才醒来，才知道天已经大亮了，才知道我们已经进了县城的长途汽车站的大院。院里一满是难闻的汽油味儿。

我们上了车，姨夫回去了。

车是大卡车。车厢上铺着席子,让人们坐。汽油味儿呛得我一阵一阵的恶心。加上路不平,车一颠一晃的,我难受得直想吐。

过了怀仁县往前没开出几里,汽车坏在了路上。让人们下车,男人们帮着把车推到路边儿,驾驶室的那两个人钻到车底下修车。

车坏了我很高兴,这样就用不着在车上被人挤。下了车后我离得车远远的,这样我就闻不到汽油味儿,就不恶心了。

太阳过了正午,车修好了。可没开出多少里又坏了,又修,一路坏了好几回,修了好几回,到了半后晌时,说是彻底坏了。这个时候,离大同还有二十多里。驾驶室里的两个人留下一个看车,另一个人说回大同要车,让乘客们等着。

乘客们等着等着,有人沉不住气了,说不等了,站起要走。有人说要走咱们一块儿走,然后就问大家谁还跟着走。先是有一半的人响应,后是一多半,那人最后问我妈和另一个女人。那个女人只抱着一个两岁多的小孩,我妈可是还有捆在一起的几个包包裹裹。我知道那包包裹裹里有跟西院掰下的玉茭棒,有跟窨子里够出的山药蛋,有办完事宴乱着蓝点儿的鬼馍馍。这里面还有给大同五舅舅的一份儿。

我妈问我说能走动走不动。我说能。我早就不想坐这辆烂汽车了,我是不想再闻那恶心的汽油味儿。

我妈说:"妈背着一百多斤粮。妈可是再抱不动你,你能走动?"

我坚决地说:"能!"

前头早有人出发了。我妈跟那个女人说,要走就赶快地往上跟。

我妈背着东西，我相跟在她的旁边，那个女人抱着小孩，我们四个人一直是走在队伍的最后面。

走着走着，天黑下来了。我们和前面的人差着老远老远，只能看到前头那些人的影子。我妈急了，说招娃子你快快的，落在后头看叫狼叼走的。我实在是走不动了，但也不敢说出来，咬着牙紧跟。又走着走着，听到前头有人说话。原来是到了一条河，那伙人就喝水就歇缓，看样子也是在等我们。他们说这是七里村。

我也早就渴了。我饿是不饿，我的书包里除了装着书，还有煮鸡蛋。另外也装着几牙儿鬼馍馍。那鬼馍馍很大，不切成牙儿，还装不进我的书包里。中午等着修车时，我和我妈都吃过了。

周围黑乎乎的，水面白白的，我们赶快都趴在河边，狠狠地吸了一气。

见我们喝完水，有人说："快走快走，再有七里就到了。"说完那伙人站起就走。

喝了水，歇缓了一会儿，我们也能跟紧他们。可走着走着，我就又不行了。我是脚疼。

我穿的是新鞋，是妗妗过大年时给我做的，可新鞋的帮子硬硬的底子硬硬的，穿着不舒服。我就还穿旧的。旧鞋尽管是大脚趾上面破了个小洞，快往出露脚雀儿呀，可我穿着舒服。

到大同来上学呀，我妈非让我穿新的。穿新鞋走短路还行，可以慢慢地走小心地走，可走长路就不行了。新鞋的帮口

进城
7

硬硬的,像刀子在刻着我的脚。我的脚面好几处地方疼得实在是受不了。我渐渐地落在了我妈的后头。

"快!跟上!"我妈转过身说。

我说我脚疼。

"不行!走前头!"我妈冲我喊,"来!拿书包来!"

我就走就把书包从肩膀上卸下来给了她。没有了书包肩上是轻省了,可脚仍在疼。我妈见我又放慢步子,而且我们距离前面的人也越来越远了。就连原来跟我们相跟着的那个女人也看不见了。

我妈冲着我屁股就是一脚,差点把我踢倒。

"走前头!落在后面就短个喂狼了。"

除了能看见路两旁的树影子,别的啥也看不见。我好像是觉得狼就在我俩的后面追着。我把鞋脱了,提在手上。鞋帮不刻脚了,可脚底板又让石头硌得我疼。我不管了,流着泪,咬着牙,往前跑。我妈也小跑着紧跟着我。当我们一口气追上了前面的人时,听到了有狗的咬叫声,我们这是到了大同的南关。

又往前走走,进了南门洞。眼前一下子亮了。马路东边有家铺子点着电石灯,灯前摆着盆,盆里是茶蛋。我大声说:"妈!没狼了!"说完就一屁股跌坐在地上。我不是钳死耍赖,我不是想吃那盆里的茶蛋,我真的是脚疼得走不了了。

我抱起脚才看见,我的两只脚被鞋帮刻破的几处地方,都在流着血。

　　我们家住在大同市城内东北隅的草帽巷十一号，这是个
很整齐的四合院儿，东西南北都有房。我们家住东下房。

　　高果果是房东的女儿，比我大五岁，可我妈教我叫她果果
姨。果果姨喜欢我，我也喜欢她。她领我出街玩儿，别的孩子
们就不欺负我。

　　果果姨放学回家，见我家开着门就进来了，问说招人是不
是回来长期住呀？我妈说这次我是想叫招人来大同念书，你
明天领姐到学校给他报个名。

　　果果姨说报名上学那得是在秋天，现在是春天，学校早就
不招生了。我妈说他爹到太原上党校去了，我不懂得这些，就
把他跟村里给引来了，省得他在村里头瞎混。我说我又不瞎
混，大庙书房的陈先生老夸我。果果姨问我说，招人你在村里
上学？我说我老常在村里的大庙书房念书。

姥姥村里有个大庙书房,我表哥就在大庙书房念书,我也常跟着去书房玩耍。大庙书房是大土炕,念书的娃们就在大土炕上坐着。

书房的教书先生姓陈,一看见我来了就说,招人俺娃入家哇,俺娃上炕哇。

有时候我就真的上了炕,听陈先生讲课。

这次我的书包里就装着表哥在大庙书房念过的几本书,我把书拿出来给果果姨看。果果姨接过看看说,哟,这都是老书。她又问我,招人你认得这上面的字吗?我说我会背,她就让我背,我就背起来。

果果姨用佩服的眼光看着我背,听着我背。其实我是东两句西两句地瞎背。果果姨跟我妈说,换梅姐,招人真行,我已经是高小二年级的学生了,可也没如他会背。

我妈是半个字也认不得的文盲,更听不出我是在背啥。果果姨又跟我妈说,换梅姐我想起了,招人能上学了,半路不招生,可半路是可以跟外校往来转学生的。她说明天我就领你们去我们学校。

果果姨在我们家附近的西柴市完全小学校上学。

当时的小学分初小和高小,初小的学制是四年,高小是两年。学校里又有初小又有高小,就叫完全小学。

第二天一大早,我背着书包和我妈跟着果果姨到了她们的学校。她把我们领到了教导处,在门口指给我们一个人,说是主任,让我们进去找他。我妈按照果果姨在路上教给的,一进去就跟主任说,我的娃娃是来转学的。

主任愣了一下,说:"转学?"他伸出手,"那我看你们的手续"。

我妈指着我的书包,跟我说,俺娃掏出来让这个舅舅看看。

我跟书包里掏出我的书。这都是大庙书房的陈先生手工用麻纸装订成的、又用小楷毛笔抄写成的那种手抄本。有《百家姓》,有《千字文》,还有《四言杂字》。

我把这三本手抄本捧给主任舅舅。他接过翻翻说,这是什么? 手续呢? 他又问我妈:"转学的手续呢?"

我妈说:"你先听听。我娃娃会背。"她又掫转头跟我说:"俺娃给舅舅背背。"我听了我妈的,就大声地背起来,

"天地黄黄,宇宙黄黄。赵钱孙李,周吴郑王。寒来暑来,秋收冬藏。孔曹严华……"

可能是我的应县话口音主任舅舅听不懂,他打断我的背诵,问说:"你这背的是什么呀?"我说:"我背的是四书五经。"他说:"这就是四书五经? 我咋一句也听不懂。"

实际上我背的这些内容我也不懂。于是我就把我能懂得的背起来。我心想,我懂的,你就也能听得懂。

我又大声地背:

"猪狗牛羊,砂锅铜瓢。红枣黄梨,花生核桃。叉耙扫帚,锄头铁锹。豆角葫芦,萝卜山药……"

可能是我就背就左右摇晃的样子很可笑,教导处的几个老师都放声大笑,有个老师还笑得直拍打肚子。我妈也听出我是在背什么了,也得意地跟着笑。

可我白背了,他们不收我。

主任舅舅解释说,一个是我们没有转学手续,再一个是我

还不到七周岁,他说他们学校今年最小只能是收到属相是属鼠的。而我是属牛的。

果果姨在教室外面等我们,问我报了名了吗?我妈跟果果姨说:"娃娃背得恁好,可他们却不要。嫌娃娃小。"果果姨说,那就等明年秋天的吧。她还教给说:"换梅姐你记住,阳历的八月底前就得拿着户口簿到学校去报名。"

上午,我妈背着一布袋跟姥姥家拿来的东西,我跟着她,到了五舅舅家。

五舅舅在城内东南隅的仓门街十号院住。

在舅舅家吃完饭,我跟我妈走呀。忠义表弟说想跟表哥耍,也要跟我们。五舅舅不让他跟。我妈说,跟上哇,正好招人也有个伴儿跟耍。

我妈抱起忠义,拉着我的手,往我们家返。

进了我们草帽巷十一号院,我说我领表弟去看花儿捉蝴蝶。我妈把怀里的表弟放下地说,去哇,别掐人家高爷爷的花儿,我说噢。

房东高爷爷好种花儿,当院围着垒了四排矮砖墙,上面都摆着大的小的花盆,还有木箱箱,瓮底子,种着各种各样的花。

我和表弟正玩着,西下房的宝宝过来了。宝宝比我大好几岁,可他也不上学。他一见我就骂我"村香瓜",我不想跟他玩儿,就拉表弟回家,可表弟不回,他想捉一只落在花儿上的白蝴蝶。可没等到他的手伸过去,蝴蝶飞了。宝宝指着一朵花儿说:"来,你捉这个你捉这个。这个好捉。"表弟听了他的,把手伸向了那朵花。我一看,那朵花上面落的是一只野蜜蜂。我赶快说:"别捉!蜇你呀!"但是迟了,表弟的手已经伸上去了。一下子，表弟的手心儿让野蜜蜂狠狠地蜇了一下，表弟甩着手，哇哇地哭。宝宝高兴得拍着手叫。

我妈从家里跑出来，她问清是怎么回事后，拉住宝宝的胳膊，把他拉进了西下房，那是宝宝和他奶奶的家。

我听到我妈大声地和宝宝奶奶说："咱们把话搁在前头，宝宝如果再欺负我们孩子，可别赖我不客气。"说完，放开宝宝出来了。我妈见院里有邻居出来看红火了，她又大声地冲着西下房说："小王八蛋你再敢欺负我孩子，我非给你点颜色不可。"南房刘奶奶也冲着西下房大声说，这个宝宝专欺负小孩子不说，心眼儿还毒，那回把我外甥推倒在脏水坑儿，弄了一身臭泥。

没有在大同上成学，我妈就又把我送回了姥姥家。就在这一年，姥姥村的大庙书房改成了"钗锂村初级小学"，学校也有了省里统一的教学书了。可村人们还是叫这个小学叫大庙书房。我也还是经常去大庙书房，去听老师讲课，听"狐狸和乌鸦""狗和公鸡"这类迷人的故事。

第二年，也就是1956年的秋天，我再次返回大同来上学，可我跟那个西柴市小学没有缘分，我是在大福字小学报了名。

村
猴

　　小学校开学前的八月底，我妈领着我从姥姥村来到大同，到西柴市小学报了名。可是快开学的时候，我病了。让自行车给撞了，右嘴角撞得里外透了亮，缝了好几针。等拆了线消了炎，过了二十多天了，我妈这才领我去学校报到。学校的那个主任舅舅说你们报名是报名了，可你们这么长时间没来报到，以为你们不来了，你们的名额让别人占了。我妈说娃娃有病不能来，主任舅舅说那你们应该来请个假说一声，我们就知道你还要来，可你们没请。我妈说我们顾着给娃娃看病，哪能想得起来迟了你们会不要我们，你们这么大的一个学校多这么一个学生怕啥。我妈接着说："再说了我这个娃娃是个灵孩子，你忘了上次给你背书。把你们一家人笑的。"主任舅舅看看我，想起来了。指着我说："哇，是个你。那好说，我给请示一下校长去。"他让我们等着，他出去了。

过了一会儿，主任舅舅回来了，摇摇头说："校长说了，我们主要是没有多余的桌子凳子，你们自己能解决桌凳的话，就能来。"

我妈说："这也算是个话。那我们就回去想想法子。"

我们跟学校回来了。一进街门，在二门巷廊碰到了宝宝。前些日就是他追着打我，我没来得及往家跑，却是向街外跑去，让南边骑来的自行车把我给撞了。我跑得飞快，那人骑得飞快，我一下子让撞翻了。撞得右嘴角里外透了亮，到医院缝了五针。

那些日，我妈顾着给我看病，没有找宝宝算账，这下碰到了。我妈又正好是为我报名没报成，心里窝着火儿。她一看见宝宝，气就上来了，冲当胸一把把宝宝揪住，一用力，像是提着一个提包似的，把宝宝横着提起来。宝宝吓得哇哇叫喊。我妈没再打他，只是把他从二门巷廊提进了院里。提到了当院，问他敢不敢了，再敢欺负招人不了。宝宝只是哇哇叫喊，不回答。这时，院人们也出来了，看红火。我妈说，好小子，你不告草爷爷就把你扔房顶。

"告草"是我们家乡的老话，意思是向对方宣告：我是草民你是大王，我投降认输。

见宝宝还不告草，我妈就伸直胳膊，左右用力地悠晃，"爷爷今天非把你扔房顶不可"。

"不敢了不敢了，别扔我别扔我！"宝宝求饶了。

我妈停下悠晃，但还提着他，问："再欺负招人不了？"

"不了，不了。再不欺负了。"

我妈这才把宝宝放地上。宝宝没往起爬，趴地上哭。他奶奶过来质问我妈："你一个大人打小孩。"我妈说："我娃娃打不过他,我能打过。我就要打。这就是我的理。"宝宝奶奶说："你这是不讲理。大人打小孩儿。"我妈说："我就是这么不讲理。你不服气,来,让你打我两下,我不还手。但除了我,谁也不能打我孩子。谁打我孩子,我就没给他股好的。"

院人们把我妈给推回了家。回了家我妈又强调我,谁打你你甭还手,你告诉妈妈给你打他。

听着没? 我妈大声喝问。我说噢。

最终,我和这个叫做西柴市完全小学的学校没有缘分,本来是家离得这里最近,可没有在这个学校上了学。最后是由五舅舅给我联系到了距离草帽巷很远的大福字小学。

大福字学校把我安插在了一年级五班。班主任是个女的,二十来岁,姓张。

第二天早晨正式来上学时,我迟到了。教室门没关,张老师坐在讲桌前判作业,同学们上自习。我犹豫了一下进了教室,往我那个座位走。

"嗨嗨嗨嗨,"张老师"嗨"我,"你咋不喊报告就耗子似的往进溜?"

我不知道什么是"报告",我从来没听说过这个词。我愣在当地不知该怎么办。她又指着我嗨,"嗨嗨嗨,你看看,全校再有一个光头吗? 就你。下午你就别来了,理发去! 明天再是光头,就别进教室"。

我妈怕我认不得回家的路,中午放学时,她在学校门口接我。路上,我跟我妈说张老师要我剃头,剃成跟别的男生一样的头。我妈说男子汉,光头多英武,你看你爹,多会儿也是光头,在省党校学习也还是光头。我说张老师让我下午就剃。我妈摸着我的头顶说,还不长着呢,刚刚剃了二十来天,等下次。我说不长也要剃,要不,张老师不让我进教室。

我爹的光头,一直都是我妈给剃。这回我妈也没想起领我到理发店,她把我头顶的头发留了下来,把下边的用剃刀剃掉了。我以为这样也就跟别的男生一样了。可下午到了学校,同学们骂我"揭盖儿头"。

张老师看见我,问说:"嗨嗨嗨,你就理了个这? 村猴一个。"

同学们都笑。还有的拍着桌子"村猴,村猴"地叫喊。

那以后,同学们就叫我村猴。我明明知道这是辱骂我,可我也只得忍耐着。更要命的是,有的同学喊我村猴还得让我答应,要不答应,他们就从下往上地抽打我头顶,说是揭我的"盖儿"。

怕同学骂我,怕同学抽打着揭我的盖儿,我躲得他们远远的。课间十分钟,同学们都在班门前玩儿,可我一下课就溜到大操场去,估计着快上课了才返回来。

我想哭又不敢哭,整天是孤自一人逃避着。

一到了学校我就盼着快快放学,我好快快回家,家里有我的妈妈。我还天天盼着快快放假,我好回姥姥村,大庙书房的孩子们不打我不骂我。

有个下午的最后一节自习课,比我大两岁的、学名叫常吃肉的男生,提着白上衣从外面进来了,我看了他一眼,他就问我为啥看他。说着他就用手里的白上衣摔打我。我抱着头缩着脖子,不敢动。

"你干啥你干啥?"有一个女生过来,把常吃肉给拉走了。

常吃肉摔打我时忘记了兜里装着水彩膏,他回座位儿后,发现水彩膏全都摔破了,把白上衣的前胸染得花花绿绿,一塌糊涂。同学们都笑。他站起来恶狠狠地冲着我喊:"爷回了家,爷妈要是打了爷,爷明天就非打死你个村猴不可。"

晚上我妈把煤油灯吹灭了,可我睡不着,我想着常吃肉回了家让他妈打了,我想着明天我到了学校他就要往死打我。我想把我妈推醒,告诉她,可想起她吩咐过我"到了学校甭跟同学们打架",我这一说,怕我妈说我是跟同学打架。可我又想起明天常吃肉就要往死打我,我越想越害怕,偷悄悄地哭起来。

我妈听着了,问我哭啥。

我一下子放开了哭声:"妈,我想回姥姥家。"

我妈说:"咋了?"我说:"这里不好,我不想在这里。我想到大庙书房念书。"

我妈坐起来,点着煤油灯。

她看见我满脸都是泪:"孩子们欺负你了?"我说:"嗯。"

她问:"那你不会告老师?"我抽泣着说:"老师,也骂我。骂我村猴。"我妈说:"好了。男子汉。不哭。"

她一把把我按倒在枕头上,吹灭了灯。

第二天早自习课,张老师坐在讲桌前判作业。我妈领着我进了教室,她先跟我说:"俺娃回你的座位去。"然后一转身,冲着张老师说:"你跟我到校长那儿一趟。"张老师直起身问:"去校长那儿干啥?"我妈说:"去校长那说说啥叫做村猴?"张老师嘴一张一张的,没发声。

我妈指着她,大声地喝问:"说!什么叫村猴?"说着,左手一把揪住张老师的领子,把她拉下讲台。张老师挣扎着不让拉。我妈一用力,推着把张老师摁在了教室的门上:"走!到校长那儿说说啥叫村猴。"

张老师想反抗,我妈说:"你还嫩着呢。"说着左手一用力,把她按得半蹲下来。我妈的左手没松开,摁着她。张老师想蹲蹲不下,想站站不起。她觉出不是眼前这个女人的对手,抬起头求饶:"您放开,我承认错了。"听她这么说,我妈把她放开,"承认错了?那站起来,跟同学们把刚才的话大声说说"。

张老师乖乖地站起来,稍停了一下,大声说:"同学们,我说曹乃谦村猴不对。我错了。"我妈指着外面说:"把这话到校长那儿也说说去。"张老师两手合一起,连连地给我妈作揖,低声说:"不能。不能。求您了,我,还没转正。我错了。求您了。"

"你还没转正?那好,爷爷放你一马。"我妈"哼"地冷笑一声,转身走了。

那以后,同学们再没有人骂我村猴了,也没有人骂我揭盖儿头了。

赛仿

下午的头一节课,我们正上着图画,班主任张老师进班了,跟图画老师说"有个紧急通知",就走上讲台。

张老师跟大家说,学校要在写仿好的同学们当中,挑选出好的仿,送到少年宫去参赛。

她像平时讲课提问那样,提高着音量,拉长着调子问同学:"大家说说,咱们班的毛笔字,最数谁写得好呀?"她说这话的时候,眼睛一直看着我,而且是笑笑的样子。同学们也跟着她的节奏,拉长着音调,看着我大声地回答:"曹,乃,谦——"她笑着说:"对,曹,乃,谦。"她又问:"那同学们再说说,咱们班的毛笔字二数谁的好呀?"同学们看她的眼睛,她正看常吃肉。同学们又齐声喊着说:"常,吃,肉——"

张老师让我和常吃肉在下午的最后一节自习课时,带着写仿用的毛笔和砚瓦去学校的教工会议室。她说,仿纸和墨汁就不用带了,学校给统一准备着。

我们那个时候,每天都有一节写仿课,毛笔和砚瓦是现成的。但她还是检查了我俩的毛笔,见笔头都很软乎,这才离开班。

倒数第二节课的下课铃声一响,张老师进班了,她是怕我们忘了,来班催我们了。

常吃肉站起喊我:"老曹,走。"

自从那次我妈拉着张老师要去找校长后,常吃肉就要跟我"结拜亲弟兄"。他说你妈抓着张老师就像是老鹰抓着小鸡,你妈一准是有武功。我说我妈打过日本鬼子。他说:"哇——你妈打过日本鬼子。"我说我妈捅死过狼。他更惊奇地大叫说:"哇——捅死过狼。"他说那你也一准是有武功,可你是不露。我说我妈不让我跟人打架。他说,不用你打,谁敢打你,我就往死打谁。

常吃肉说:"老曹,以后你叫我小曹。"

我不明白他的意思,看他。

他说:"我以后也姓曹呀,咱俩就是亲兄弟了。我叫你老曹你叫我小曹。"

过了两天,他很失望地跟我说他妈不许他姓曹,他说他妈屁不懂一条,姓曹多好,曹操,姓常,啥也没有。那以后他真的就一直是"老曹,老曹"地叫我,他还不许别的同学这么叫,只能是他一个人叫。

我和常吃肉相跟着到了教工会议室,各班推选出的参赛学生,在校大队部领导的指挥下,我们按照个头大小排成了三路横队,在门外等着。过了一会儿,我们就一行一行地一个跟着一个地按顺序进了会议室。

会议室是个大教室，里面也摆着有桌子凳子。每个桌子上早已经给放好了统一的白麻纸。同学们坐好后，又有老师过来，给同学的砚瓦里加点墨汁。

大队部领导吩咐同学们先把自己的班级和名字写在仿纸上边。然后他指着身后的黑板，让我们照着黑板上面事先就写好的一段一段的话，往下抄，就用这一张麻纸，把黑板上的字抄完。他说咱们比一比，看谁抄得又快又好。

我在姥姥村里的大庙书房常常替表哥写仿，从描红摹开始，到后来的拓仿影，再到以后的吊小楷，都是我来。我表哥的仿常常是被陈先生给判红圈儿，有时候十六个字有一多半要被画上红圈儿。

黑板上的字不难，"中华人民共和国万岁"，"吃水不忘开井人，翻身不忘毛主席"，"共产党领导穷人闹革命"，"打倒蒋介石，解放全中国"，还有几条别的，我都认得。我是第一个写完的。我举了一下手，站起来。有个老师过来了，看了看我的写满毛笔字的仿说，好，可以走了。

我回教室放砚瓦和毛笔时才知道，别的同学早就下学了。

我妈要求我一放学就回家，要回得迟了，我就得挨打挨骂。我小跑着往家紧赶。当拐进巷口时，我远远地看见，我妈在街门口站着，冲我的方向瞭望，可她看见了我，却转身进院了。

我进了家，没等我妈命令，就乖乖地站在门后的墙角，一动不敢动，等着发落。可她却不做声，我也不敢说话。我听见灶台坐着的锅里面，有水在沙沙响。我知道锅里那是给我热着的饭。

我妈一直不理我,在炕上就着煤油灯的光亮,在给我做过大年的新衣裳。这时煤油灯的灯芯突突地跳了两下。我说:"妈,明儿变天呀。姥姥说,灯芯跳,要变天。"

我妈这才大声地喊着说:"站那儿干啥?等人请你?"我知道她这话是解除了对我的禁令,那意思是说,"别在那里站着了。自己去吃饭吧,没有人会请你"。

我赶快去揭锅盖。

第二天,我到了学校,常吃肉悄悄跟我说,学校发现了反标,是用毛笔写的,字体写得很好,但一看就是个小学生写的,不是大人写的。他说,张老师这是把咱俩当成了反革命了。

他这话,让我有点紧张。我本来知道我没写反标,可我不知道为什么,还是有点害怕。怕张老师跟校长说:"就是他,就是这个曹乃谦。把他抓起来。"要这样的话,那我突然有一天就回不了家了,我妈咋等也等不住我,那可咋办。

常吃肉见我有点紧张,问我:"老曹,反标不是你写的吧?"我说:"我肯定没写。"

他说:"那你怕啥。老曹你别怕。哪天我非教训她一顿才算。'小板儿一盖,电灯着了'。老曹你就等着看西货洋景吧。"

常吃肉说的"西货洋景儿"也叫"西湖景儿"和"西洋景儿",统称"拉洋片儿"。

西门外有好多拉洋片的。三尺多高的木架上安放一个像橱柜那样的大木箱,木箱外面有几个小洞口,洞口里面安着放大镜,把眼睛堵在圆洞上,就能看见里面的西洋景,场面很大,看啥也跟真的一样。木箱里面有好多木框,木框上面绷着各种各样的画片,拉洋片的人用绳子拉上拉下地控制着木框,调换着片子。孩子们花二分钱就能看一场。每一场调换八个片子。片子的内容有西洋风景画儿,也有《劈山救母》这样的故事片。

木箱顶上还安着锣鼓镲,也都用绳子拴连着。拉洋片的人一只手控制着锣鼓镲,"咚咚镲咚咚镲"地敲打着,一只手控制着调换木箱里的片子,同时,嘴里还要配合着片子的内容在唱和。"小板一盖,电灯着了",就是其中的一句唱词。孩子们都喜欢这句,都跟着学唱。

过了两天,常吃肉终于对张老师实施了报复,他的手段也就是小学生们常能想起的那种,他趁张老师不注意,把半张事先写好字的麻纸用别针别在了张老师的后衣背。张老师在教室里走来走去,正好让同学们都看见了麻纸上用毛笔写的字:

"张老师,真拉沙,头上晚了个大疙瘩。张老师,真拉沙,锅台本儿,扁巴巴。"

这里应该解释的是,"拉沙"是大同方言,意思是"邋遢";"晚"应该是"绾";"锅台本儿"应该是"锅台钵儿",这也是大同方言,意思是"灶坑"。

尽管这两句话里好几处错误,可同学们都看懂了这两句话的意思。都在偷偷地笑,但也不敢跟老师告发。他们都怕常吃肉。

最终,还是常爱爱出面了。

常爱爱说:"张老师,你背后有张纸。"说着她走到了张老师背后,把麻纸取下来了,叠了两下装兜里,向自己的座位走去。

张老师说:"什么? 拿来!"张老师伸着手,走到了常爱爱桌前。

常爱爱是个好学生,很听老师的话,她说:"是我哥哥写的,我替我哥哥承认错误。"

张老师生硬地说:"拿来!"

常爱爱把麻纸给了张老师。

张老师是个近视眼,她把麻纸堵在脸上,看后,"啪"地把麻纸一拍,大声嚷着问:"谁? 这是谁?"

常爱爱已经告诉她了,也已经替她哥哥承认错误,可张老师还要谁谁地问,说着向门口走去,"我非让校长来查查这是谁干的"。

常吃肉站起来指着张老师大声说:"你要是告校长,我就告你给学生取外号儿。你给好几个学生取过外号。"

张老师一下子站住了。不敢去告校长了。

张老师慢慢地走向讲台,在讲桌前坐下来。同时,她的眼泪"哗"地流下来。

张老师哭了,没出声地流着泪。

看着张老师静悄悄地擦泪的样子,我很同情她,我觉得她很可怜。

扫
盲

　　街道每天晚上都来人给我妈做工作,让她上扫盲夜校。
那伙人说我们中国五万万五千万人口,有八成儿是全文盲,啥
叫全文盲呢? 那就是斗大的字不识一个的睁眼瞎。

　　衣胸脯别着个别针的那个姨姨指着我说,像他们这样的
初小生都是半文盲,刚把眼睛睁开了一道缝儿,只有高小毕业
了,那才算是睁开了眼。她又对我妈说,可睁眼瞎是不行的,
睁眼瞎咋能建设新中国呢? 你今年才四十岁,你学好了文化
还能参加工作。再说你男人是国家干部,你得起带头作用呀。

　　"张大女,你说我们说得对吗?"又一个姨姨问我妈。

　　张大女是我妈的户口簿上的名字。

　　我妈说:"对对对。"

　　那个姨姨进一步叮问说:"光说对对对,那你明儿就去。"

　　我妈说:"噢噢噢,去哇去哇。真麻烦。"

那些人就正式给我妈做了登记,还问我妈取不取个学名?我妈说啥学名。她们说,取个正式的大名,不能就叫张大女哇。

我妈说:"我有大名,叫个张玉香。弓长张,金玉的玉,香甜的香。"

别针姨姨说:"呀呀呀,你这不是知道吗?"

我妈笑着说:"我知道我的名字是这三个字,可我不会写。"

别针姨姨问:"谁教你的?"

我妈说:"我男人。"

"他没教你咋写?"

"教是教了,可我给忘了。那还是打鬼子前的事儿。"

"那正好,明天去先学会你的名字咋写。"

第二天吃完晚饭,我跟着我妈到了街道办的夜校。

夜校有两个班,都吊着电灯,亮堂堂的。给我妈他们班当老师的是个十三四的小姐姐。另个班的老师是个留着分头的叔叔。

分头叔叔讲,大家看,这个"女"字呢,盘着两条腿。这个"男"字呢,上面是田地的"田",下面是力气的"力"。大家想想,女人盘腿儿在家坐着,男人在田地里费力拔气地受呢。大家都笑。

分头叔叔又接着讲,咱们再说这个"好"。老古时发明"好"字的人想,"好"字该咋来表示呢?啥是世界上最好的呢?世界上最好的当然是女子,那就用这个"女子"来当"好"吧。不用问,发明"好"字的人是个男的。大家又哈哈笑。

我妈不舍得用新本儿,就拿我用过的本子,在背面上写。我妈写得很慢,每写一笔划,舌头尖儿跟跟着的嘴唇往出顶,很是认真。

回家的路上我跟我妈说,人家那个叔叔才教得好呢,可那个小姐姐,她还得等人教却要教别人。但我说这话没过几天,我这个初小生却也成了小老师。

扫盲运动掀起了高潮,市扫盲委要求"万人教,全民学"。教师不够,就从我们小学生里面挑选,去"一对一"地教那些出不了家门的文盲。我们班挑出十个小老师,有我。每天上午我们在班里正常上课,下午再上两节课后,小老师们就分头各去各家。

我去教一个解放军家属姨姨,她有一个两岁的女孩。

这个姨姨她根本就不想学,每天招引着三个老太太,来家玩一种叫"牌九"的硬纸条。她们好像是还带赌,常听他们几毛几分地算账。

我一进她家,她就很高兴地欢迎我,"好哇,曹老师来了,快上炕给我看住女女"。

"女女"是她的孩子。见我不情愿的样子,她笑笑地说我再耍一圈儿咱们就学。她把女女往炕上一放说,找那个哥哥去。

女女倒是不认生,往我身上爬,让我抱。我没抱过孩子,觉得很难受,很别扭。但女女身上有股我从来没闻过的味儿,挺好闻。

看着她玩,我心里真烦躁。我盼着她快快地玩儿完,我好教她。好不容易看得是一圈儿完了,可她们又重新洗牌,我唉地叹一口气。

她们出牌时嘴里还“麻雀”“八万”地叫喊着。睁眼瞎，认不得字，可认得牌。

我觉得腿上热乎乎的，是女女尿了我一裤子。我说我回家呀换裤子去呀，放下女女就下炕走了。

我回家跟我妈学（读 xiáo）了这个姨姨，我妈说，我娃娃专门去家教她她还不好好儿学。我说，妈您在夜校好好儿学。我妈说，妈的一个心思是在你身上，你给妈好好儿学，学成个样样子，妈就满足。我说，妈我不想让您是睁眼瞎。我妈说，你放心，妈已经让那个小老师教得会写名字了。

我把铅笔给了她让她写，她用舌头舔舔笔头，一笔一笔地写出了“张玉香”三个字。

哇——我高兴得拍着手大声叫起来。

后来我妈还认识了“曹乃谦”三个字，但她不会写，只是能认得，但认得很死，无论我跟哪本书里找出这三个字里的一个，她都能认得。

每天下午上完第二节课，我还是得照常去那个姨姨家，有时候她的牌友还短人，不能玩儿，这时候我也能教她学一会儿。我就按她们发的扫盲书教，可好几天她却记不住一个字。她说学这些真没意思，哪如耍牌。

看她没兴趣的样子，我想起我妈夜校的那个分头叔叔。我从书里找见了“女”字说，这个字好学，就像是两条腿盘起来。她看看说：“哞，像。真像。”认得了“女”字，她又主动地问我“男”字，我照着分头叔叔的话给她讲，她说有意思有意思。

看她来了兴趣,我又教她"好"字。我学着分头叔叔的口气说,世界上最数啥好呢?最数女子好,所以"好"字就是"女子"。

她睁大眼睛问,你刚才说世界上最数啥好?我说最数女子好。

她掫头跟炕上的两个牌友说:"哇,这个孩子,小小的年纪就开心了,就知道女子好。"

她们都笑。

当时,就我八岁的年龄,不懂得"开心"除了高兴外,还有别的什么更深层的意思,但我看出她们是在笑话我说了"世界上最数女子好"这样的话。可我不明白,这有什么好笑的呢?

她低下头问我:"曹老师,世界上最数女子好。可你说说看,我好不好?"

我看着她的眼睛说:"你,好是好。可你……可你,可你不好好儿扫盲。"

听我这么说,她们三个都放声大笑。

她把我紧紧地搂在怀里,说:"曹老师曹老师我学呀,我好好儿学呀。"

她嘴上这么说,可等另个牌友一来,她就又忙忙地上炕耍去了。

但不管怎么说吧,那天我终于教会了她三个字。

我们学校放假了,可我们小老师不放假,还让继续去扫盲。

我去她家里的大部分时间,还是得给她哄女女,她好腾出手来玩牌九。不仅是哄女女,她还让我到院里的柴禾房取炭,添火炉。

我妈骂那个姨姨说,在家里我舍不得让我娃娃做半点营生,可她却让我娃娃给哄孩子当保姆。我妈说我,以后你别去了。我说我怕老师骂。我妈大声说,又不是你不教她,是她自己不学。我说我不敢。

又过了两天,我爹也跟省委党校放假回来了,我妈跟她的夜校打了招呼后,又去我学校跟张老师说我们回村里有事,不能当小老师了。

我们一家三口回到了应县老家。

　　二年级寒假结束后,学校说要在春耕之前,掀起一个"百车千担"的积肥运动。校长在大操场向我们宣布,同学们领上书以后,推迟开课一礼拜,要求每个初小生积肥三担,高小生五担。

　　"积肥是积什么呢?"为了让台下的上千号学生听得着,他大声说:"就是积牛羊驴马牲畜粪便。"

　　"粪便是什么呢?"他又自问自答地大声说,"我看同学们应该知道吧。那就是牲口们拉的屁屁。"

　　台下的老师和同学都笑。

　　我想,一个牲口粪,这有什么好笑的呢?

　　又有同学在台下面问话,校长听不清,一个老师问过那个学生后,转告给校长。校长听听后摇头说:"不要不要,不要大粪。咱们不主张学生积那种肥。"可他又紧接着说:"不主张并不等于是反对。如有谁积到这种肥的话……"他想了想后大声地宣布说:"谁积到大粪,一筐就顶三担。"

"哇——"同学们吵闹开了。

校长又安顿学生们说,把积好的肥送到学校的西小院儿,专门安着个老师在那里等着,收到肥后,他就会给你个证明,上面写着你送去了几担肥,什么肥。你把证明交给班主任,统一登记。

校长还建议各班主任回班后,把同学们分成积肥小组。他说低年级学生一个人提不动一筐,分成组后,同学们就可以抬了。

常吃肉跟我说,咱俩跟我妹妹三个人组一个组。

他妹妹叫常爱爱。一年级他用上衣抽打我时,就是常爱爱过来把他拉走的。我一直很感激她,后来才知道她是他的妹妹。常吃肉是退班生,比我们大两岁。

我说行,咱们三个人组一组。

常吃肉跟我悄悄说:"老曹,不急,明天你就能完成任务。"

我看他。他看看左右,神秘地说:"我知道哪有人屁屁,干的,足够一筐。你这不就是完成任务了?"

我说那也是先紧你妹妹完成。他说先搞到手再说。

第二天早晨来学校时,常吃肉提着筐子,他妹妹拿着铲铲。

当时的大同城里面偶尔才会有一辆汽车开过,城里面看到的是各种各样的马车牛车驴驴车,人们把这种车统称作马车。各个单位都养活着马车,我们学校就有一辆,车场就在西小院儿。有的单位不只是一辆，是好多辆。这种种各样的马车在城内的四大街八小巷七十二条绵绵巷里，随便行驶。大搞爱国卫生运动以后，要求马车在牲口的屁股后带个粪兜子。但即使这样，牲口的粪便也到处是。

常吃肉像个游击队长，一挥手说，出发，我和常爱爱就跟着他走了。他把我们领到了北城门下。

他抬头看看，一挥手说，上。

城墙很高。古时候，城墙外面原来都包着有砖。那砖很大，要叫我看是平常砖的四五倍也多，后来老百姓们都把那大城砖刨了下来，拉回到自己家，盖房时做地基。这样子，没了砖的城墙就是土城墙了。盖房需用大量的土，城里面的老百姓们又把土城墙的土挖下来盖房时用。于是，这个本来应该是很好看的一个城墙，就不像个样子了，到处是被挖过的痕迹。有的地段居然是被挖下半截。这样倒也好，对小孩子们来说想上城墙就很容易了。但孩子们上城墙总是很危险的，常听说有小孩跟上面掉下来摔伤摔死的事。

我妈明令禁止我的事有好几项，其中最最强调的一项就是，不许到井边玩耍，再有一个就是，不许上城墙。她说如果知道我违犯了这两项，那就要"往断打你的狗腿"，让我再出不了家门。

我和常爱爱跟在她哥哥后面，爬上了城墙。

高大的城门楼就堵在面前。

北门的城门楼跟别的那几个城门楼不一样，别的城门楼在下面看上去，是木柱木梁木门窗的那种木头结构。北门的城门楼从下面看，是一砖包到底的那种。这个城门楼盖得很结实,人们想刨下城门楼的砖,那是很不容易的,费上很大的劲,也刨不到一块整齐的砖,最后只好不刨了,让城门楼还是很整齐地站立在北城门的城头上。

我问常吃肉,城门楼这里面咋能有大粪。他说,上城墙的孩子们还有那些逛城墙的大人们,都在这里拉㞎㞎。他说他还在这里面拉过。说着,常吃肉就领我们进了城门楼里。这时,"扑啦啦"一阵响,把我们三个都吓了一跳。是几只野鸽子从门楼里飞出去了。

突然,常吃肉大声骂:"是哪个坏蛋把爷的㞎㞎偷走了!"他指着地板上一处一处被铲除过的痕迹,说这里原来都是㞎㞎。

"这是哪儿去了? 是哪个坏蛋偷走爷㞎㞎。"他又骂,"谁偷走爷㞎㞎谁就是反革命、一贯道、点传师。"

看着他那个又急又气的样子,我和常爱爱都笑。

跟门楼出来,我们在城墙上看到,城门外有一个骆驼队从北面过来了,骆驼仰着头,迈着大步子,慢慢地走着。

常吃肉说了声"快",就打头从城墙的外面三跳两跳地跳到了城墙下面。跟城墙的外面下,很不好下,但最终我们都还是很安全地下去了。

骆驼队在护城河外的一个大场地上停下来。

骆驼很高大很威武很严肃,我和常爱爱不敢靠近。这时候有个骆驼抬起尾巴"叭哒叭哒"地拉出些粪蛋蛋。可惜不多,左不过二十多颗。常吃肉提着筐子过去了,怕骆驼踩他,他用手探着,把粪蛋一颗一颗地往筐里拾。拉骆驼的黑脸人远远地喊着,让常吃肉走开,说看让骆驼把你踩死的。

我说骆驼刚拉出来的粪蛋亮晶晶的,像糖炒栗子。

常爱爱说她没吃过栗子。

我说以后我有了就给你。

她说我有好吃的也给你。

我说那次是你把你哥哥给拉开了。

她说我跟哥哥说你以后别打他,哥哥说你喜欢他了,我说我脸上有雀斑。

我问说啥是雀斑。她把脸努向我,说黑点点就是雀斑。

我说有雀斑好看。她说不好看。

又过了一阵,骆驼们都前腿一跪,慢慢地卧下来了。但再没有一个拉㞎㞎的。

常吃肉返回来看看筐子说那几颗粪蛋蛋太少,咱们不稀罕它。说着他又把那些粪蛋蛋都倒掉了。这时正好有辆驴车从北面过来了。

我们看见驴屁股后的粪兜是空的,常吃肉分析说,这说明它还没拉,没拉就是快拉呀。常吃肉一挥手,"跟上"。我们就跟着驴车从城门洞又进了城。

跟着跟着,驴车放慢了速度,我们看见驾辕驴就走就把尾巴抬起来。常吃肉说"有戏",他就两手合一起祷告说:"驴呀驴呀求您啦。多多地给往出拉㞎㞎。"我也跟着他说:"驴呀驴呀求您啦。驴呀驴呀求您啦。"

可是驴没听我们的,驴没给拉,驴是给"哗哗哗"地尿了一大泡。

我们三个人几乎是同时,失望地"唉"了一声。

中午我回到家里，我妈说："学生不好好儿让学习，一天价扫盲呀积肥呀。一满是不念书了。行了，这个礼拜你就好好儿在家学习吧。"

我低声说我不敢不积肥。她说妈给你积了，就说就递给我一个二指宽的纸条，上面写着"大粪一筐"。纸条上还盖着我们学校的公章。

我惊奇地问她，您跟哪儿拾的大粪。

她说是在北门城楼上。

我一听北门城楼，"啊"地张大了嘴。

　　星期日上午，我妈跟我说了好几回，说有个姨姨想见见你，一会儿妈引你去串个门儿。我问去哪，我妈说北门岗房。

　　岗房是解放前把守城门的士兵值班室。大同城的四个城门内，都有岗房，南门内的岗房是个铁匠房，打马掌打铁铲。西门和东门的岗房都已经倒塌了，北门的岗房住着人。

　　我惊奇地说："啊？ 北门的岗房？ 那里可是住着个拾破烂儿的侉侉。"

　　我妈立马把脸严肃起来说，你咋知道那里住着谁，是不是不好好儿上学，一天价尽瞎转。我说我又没尽瞎转，我们拾粪出城门洞儿时，路过过岗房。听我这么说，她这才不骂我了，又很生硬地问我做作业了吗。我说做了。我妈一生气，就要问我做作业了吗。

　　"那走哇。"她说。

路上我问姨姨家咋住岗房,我妈说姨姨一直在那里住。咱们还在那里住过。

我惊奇地问:"啊?! 咱们还在那里住过？岗房？"

我妈说,妈在你九个月大的时候抱着你来大同找你爹,贵贱找不见,就跟姨姨住在了那里,要不的话,冻也能把你冻死。

我问:"那后来找见吗？"

我妈说:"用问？"

我想了想说:"噢。不用问。找见了。"

我妈说:"咱们不许看不起穷人,人多会儿也是在有的时候不能忘了没的时候。"我顾着想原来我也在那破岗房住过的事,没太注意我妈说啥。

她大声问我:"听着没?"我说:"听着了。不许看不起穷人。人不能是忘了,那个……"我回想不起我妈是怎么说的,学不来,结结巴巴说得我妈也笑起来。

可我知道我妈说的那个意思,就想起了我妈常说的另一句话,我就说:"人不能是讨吃子拾着个钱,忘了那二年。"我妈说,对着呢,多会儿也是,当你有的时候不能忘了没的时候。再一个是,人对咱们有过的好处,永远也不能忘。

我说噢。我妈说,你还吃过人家这个姨姨的奶呢。

"啊!? 我还吃过佮佮姨姨的奶？"

"不准叫人家佮佮,叫人家佮佮没礼貌。"

我说噢。

我妈说:"你还吃过东关曹夫楼一个姨姨的奶,吃了有二十多天。"

这时我想起姥姥村的三姈姈说我吃过她的奶,还想起老家下马峪的四大妈也说我吃过她的奶。我说："妈，我咋吃过那么多别人的奶，妈你的奶呢？"

我妈愣怔了一下，有些尴尬，说："妈那是，那个，那个，为了，为你长命。吃百家奶的孩子长命。"我妈的神情放松了，说："你小时候身体不好，成天尽病，妈就让你吃百家奶。要不你活也活不到这会儿。"

见后面有辆空马车超过了我们，我妈也没跟我打招呼也没跟车倌打招呼，一下子把我举起，轻轻地放在了车板上。车倌跨坐在车辕上顾着看路，没有发觉我站在了他的车上。

后边的一个街门口有几个孩子看见了我站在车上，大声地喊唱："小孩儿小孩儿扒车哟哟，车倌车倌抽鞭儿哟哟。"

"小孩儿小孩儿扒车哟哟，车倌车倌抽鞭儿哟哟。"这是小玩童孩子们经常会喊叫的话，意思是告诉赶车倌儿，后面有孩子扒你的车，你赶快拿鞭子抽他。

赶车倌听到了，回头看看，看见我站在车上，可他没问我咋就上来了，也没往下撵我，却说坐下坐下，看颠倒的。又问我妈，你坐就上来哇。我妈说我不坐，我为他是个小孩儿。车倌笑着问我小孩儿坐过车吗？我说我坐过东院舅舅的马车，我说我还坐过大汽车，我说大汽车不好，汽油味儿真恶心。

草帽巷儿距离北门不远，很快就到了。我妈又把我轻轻地举下来。车倌惊奇又佩服地说："你这个女人可真有力气。刚才我就纳闷，三四十斤重的孩子上了车我咋就半点也没感觉到。"

侉侉姨姨在岗房旁整理破烂儿，看见我们，拍拍手站起来，"呀呀，这是招人。快进快进。呀呀，眼睛大大的，有小时的样子"。

我妈问说姐姐呢,又出去转着卖零碎儿去了?我妈还说我在街上见过她几次,姐姐真闯荡,啥些的女孩不敢自己出去。

侉侉姨姨说,我就叫她挂些铜的钥匙链儿,挖耳勺小零碎儿,太好的像长命锁儿、银手镯我也不敢给她往出带。

我妈说现在的社会也安定,人们也不刁抢,搁前两年可不行。

侉姨说招人来了,咱们吃油饼儿吧。我妈也没客气说不吃。正说着,有个姐姐过来了,她举着个"平"字样子的竹竿架子,上面吊着各种的小零碎儿,有挖耳朵小勺儿,有钥匙链儿,有剔牙棍儿,都是红铜的。她笑着叫我妈姨姨,看样子她跟我妈很熟悉。我一下子想起我妈替我积肥的事,当时我就想过她咋就会知道北门的城门楼上有旵旵。原来她是常来这里串门儿。

大概是我吃过侉侉姨姨的奶,我见了她们娘儿俩总觉得很是亲切。

小姐姐脸盘和鼻子都是平平的阔阔的,眼睛笑笑的。她说,我领你出去上城墙玩儿。小姐姐跟我说着大同话。

我妈说,不能上城墙,看摔下来的。侉侉姨说,就在门前玩儿吧,城门楼上脏的。我说我不上,就在门前耍。

小姐姐右手拿着尖嘴钳左手握着细铜丝,教我做钥匙链儿。她说,一扭一拧一铰一夹。一个小环儿做成了,再一扭一拧一铰一夹,又一个小环儿链上去了。可我怎么也学不会。我主要是没手劲儿。

吃饭时，侉侉姨姨说政府要拆城门，让她们赶快往走搬。她说，可我们往哪儿搬呢。我妈说，你们在这里住了大概也有十年了。侉侉姨说，十三年了，住惯了。我妈说，再搬哪儿也得交人家房租。

侉侉姨说，我已经打问了好几天了，交房租也怕得是一下子找不到房。

我插嘴说，我知道哪儿有房。

两个大人都看我。

我是想起了扫盲时的那个解放军姨姨。她自己住一处院，房很多。

我妈说走，那你这就引妈去问问，借米借上借不上，又丢不了半升。

侉侉姨说，吃完饭再去，不在这一会儿。我妈说，有时候就在这一会儿。可我还想喝侉侉姨做的酸辣汤，我妈说回来再喝，拉起我的手就走。

世界上真的是有巧事情，这次的这个巧事情也真的让我妈给说对了。

我们去解放军姨姨家时，她抱着女女正要锁院门出去。见是我，她开玩笑说："小曹老师，你又来给我扫盲呀？"我赶紧说不是不是。我妈接住把我们来的意思详细地说给了她。

解放军姨姨一听，立马表态说："真也是巧了。我这出去正是想让邻居们给问寻个住房的。"

解放军姨姨要到部队探亲，要走一个月，正愁没人给看门，这下就可以放心地去部队探亲了。

解放军姨姨说她原本不想招住房的,"但看在小曹老师的面子上,她们住就住吧"。我很清楚地记得,她的原话就是这么说的。我也很清楚地记得,她说这话时还用手摸了摸我的脸。

解放军姨姨同意侉侉姨她们可以住在西下房,但提出一个条件是,院里也好街外也好,不能堆放破的烂的东西。侉侉姨马上说,破的烂的就堆在城墙下,那又不怕丢。

就在那天下午,侉侉姨她们搬了过来。

为了感谢解放军姨姨,侉侉姨给了女女三件银器,一挂长命锁儿一副手镯一个项圈儿,解放军姨姨起初不要,后来在我妈的说和下,收下了,但说,一年不要侉侉姨的房租钱。

侉侉姨也要给我银项圈儿和银锁儿,我妈坚决不让要,侉侉姨坚决要给。最后侉侉姨说,要不把这个银锁给孩子留下,这个有说法呢,是个长命锁儿。我妈听说是能让儿子长命,这才装了起来。

侉侉姨的男人在老家种地,她让我给写封信,告诉她男人搬家了。

我爹教给过我写信,我也常给在太原念党校的我爹写信。

解放军姨姨也说让我给她男人写信,我也都给写了。

女女认不得我了,但她还是不认生,让我抱。不让那个侉侉姐姐抱。

解放军姨姨问那个侉侉姐姐多大,侉侉姨看着我说,比招人大两岁,说完这话时,她又突兀兀地说:"我们那里女人都比男人大,大五六岁也不算大,还有的大十多岁的。"

听着她的话,看着她的表情,我觉得有些异样,我赶快打岔说别的。我问解放军姨姨说您还玩牌九？她说不了，让派出所抓住好几次，再耍的话，让我们进班房。她还说，那次派出所警察把另三个老人都用绳子抽打了几下。

我想起我妈那次也让派出所警察用绳子抽打过。

我说："派出所的警察真坏，还打我妈。"

我妈说："你长大给妈当个不打人的警察。"

我说噢。

菩萨

暑假过去了，一开学我就是初小三年级学生。

升成了三年级我尽是高兴的事儿，一个是我爹跟省党校毕业了，以后家里面就不光是我跟我妈两个人了，我妈如果再动不动就打骂我的话，我爹就会出面来救助的。再一个是我们换了班主任了，自从我妈拉着张老师要去找校长后，她表面上是不敢再欺负我了，可我能感觉到，她认定我就是一个村猴，对我有一种发自内心的鄙视。这下好了，我们班主任换成郑老师了。郑老师最喜见我，我也最喜见郑老师。

第三个让我高兴的事儿是，在我开学没一个月的时候，我们家从草帽巷搬到了圆通寺住。圆通寺可不是一般的院子，圆通寺是个寺院，寺院里有佛爷有菩萨，还有个老和尚。

第四个让我高兴的事儿是，自从搬进了圆通寺，我们家就结束了煤油灯时代，我可以在电灯下亮堂堂地做作业了。为了对得起电灯,我爹给我买了个小的方炕桌。这样,我就不再是趴在炕沿上写作业了。

我妈说:"桌子也给你买上了,我看你就再别好好儿学。"我妈真冤枉我,我啥时候不好好儿学了?

学生进入初小三年级,学校就让班主任在班里发展少先队员。我和常爱爱都入了队。可我总是不会戴红领巾,常常是绾个死疙瘩。常爱爱就重新给我戴,有一次她教给我说:"你记住,是这样的。左压右,右压左,往上一翻,往下一掏。"从那以后我也学会了。

因为我"学习好劳动好品行好",郑老师让同学们把我评为三好生,我高兴地把三好生奖状拿给我妈看,她半句也没表扬我,还绷着脸说:"你敢不当个三好生。"

我们班的三好生有三个。两个男生一个女生。女生是常爱爱。学校教导处还给我们三个人拍了照片。拍照片的那个老师让常爱爱在当中,她不。让我在当中。背后她跟我说,在当中的话我就跟他也紧挨着了,我不想跟他紧挨着,我就想跟你紧挨着。

常爱爱得了三好生,她妈奖给她两毛钱。她说她要领我跟她哥哥吃好吃的。问我好吃什么,我说我好吃烤红薯。那天放学她领我和常吃肉去买烤红薯,两毛钱只能买一个,常爱爱掰开两半,一半给了我,她跟她哥哥分另一半。我把半个烤红薯的肉啃完后,剩下焦煳皮要扔,她说你别扔,我最好吃焦煳皮了。我就把焦煳皮给了她,她接过就咬了一口在嘴里。她:"真好吃真好吃,焦煳皮真好吃。"为了讨好妹妹,常吃肉也要把焦煳皮给她,她却不要。她只要我的。

以前我给常吃肉兄妹俩吃过糖炒栗子,这次为了回报常爱爱的烤红薯,我问她你想要啥,我给你买。她说她的果络烂了,想绾新果络。我就到小百货给她买了五绺线,一绺一种颜色。她高兴地说真好看,"我给绾果络"。

果络就是装红缤果的小网络。

八月十五,大人给孩子们分几个红缤果,不让孩子们一下就吃光,说吃完了就没有了,大人就给孩子们用五色线绳儿绾一个小果络,把红缤果装在里面。红缤果很香,但不大,只比鸡蛋大一点。果络里能竖着摞五个缤果。孩子们把果络挂在胸前的扣子上,闻缤果那好闻的香味道。实在馋不行,就够出一个来吃。

我们上小学的那个时候,学生们写字,主要是使用蘸水笔。这样省钱。墨水也不是买的那种"高级鸵鸟牌墨水",而是花二分钱买"飞鹏"牌儿的墨水晶。墨水晶有去疼片那么大,放在小瓶儿里,再加满温水搅一搅,就是一瓶墨水了。墨水晶有好几种颜色,我最喜欢莲青色的。常爱爱原来用的是黑绿色的墨水,见我喜欢莲青色的,她也说莲青色的好,以后也用莲青色的。

小学生们来上学的时候,人人都提着那种果络。但里面不是装着缤果,是装着砚瓦,砚瓦上面是墨水瓶。

常爱爱给我们三个人每人绾了一个新果络。我跟她说,我们庙院里有一个菩萨成天笑笑的,可像你了。

她说,是真的吗? 我也想去见见她。

我说,以后我引你去看。

常吃肉说他也想跟我去看,去看看那个菩萨像不像他妹妹。常爱爱说,你要是好好学习就也领你去。常吃肉说,我好好儿学呀。

有的同学常在背后给其他的男女学生捏对儿,但是没有人给我和常爱爱捏,因为我们两个都是班里的好学生,老师都喜欢好学生,郑老师就喜欢我们两个,班主任喜欢我们,同学们也就不敢给我们捏对儿。还有个原因是,班里的同学都怕常吃肉的大拳头。

有一次常爱爱问我说女的里头你尽爱见谁。我说我爱见郑老师,还爱见我们院的果果姨,还爱见我给扫盲的那个解放军姨姨。她说你爱见的那么多。我问她男的里头你尽爱见谁们,她说她就爱见一个人。

我问:"是谁们?"

她说:"你知道。"

过了元旦节,照我妈的说法是,学校又不好好儿让同学们学习了。

学校让五六年级的高小生,参加"超英赶美"大炼钢铁运动,领着他们到什么地方去往碎砸矿石。让我们初小生去野外摘苍耳和野蓖麻,说这些东西能为国家榨机油。

学生每人背一个书包,要求摘满书包。学校让体育白老师事先就踩好了盘子,知道哪儿有这些东西。我们一至四年级的学生在各班主任的带领下跟着白老师到了叫做阳合坡的一个地方,果然,满坡都是。每人把书包装得满满的,回学校了。

学校领导在我们出发前在操场的台上讲,这两种东西不仅能榨油,还能治病,主要是治风湿病和皮肤病。但他强调说,这两种东西有毒,谁也不许烧着吃。同学们本来不知道这两种东西能吃,而且是能烧着吃。这下,都知道了。

常吃肉身上装着火柴,放学后把我带到学校外,把蓖麻皮剥掉,用棍儿串起来,点着,让它着一会后,吹灭,递给我说,吃吧,我昨天吃过,比肉也好吃。我吃了一串,也觉得好吃。可我不敢再吃了。我怕我妈知道往断打我的狗腿。

常爱爱不吃烧蓖麻要吃烧苍耳,她说老师说了吃苍耳能治我的雀斑。我说雀斑好,我们庙院的菩萨脸上也有雀斑。她高兴地说:"真的吗,菩萨脸上也有雀斑?"我说真的有。她说那我就不吃烧苍耳了,那我也吃烧蓖麻呀。

回家后,我心里犯疑,觉得肚里难受,可我不敢跟我妈说,到后院悄悄跟慈法师父说了吃烧蓖麻的事。他问我你吃了多少,我说吃了一串儿。他问一串儿是几颗,我说五六颗。他摇头说,那没事。

但是,常吃肉和他妹妹都出事儿了,两个人都是蓖麻中毒。过了一天,常吃肉抢救过来了,可他妹妹常爱爱却……这事我不想往下说了。

我真的后悔这件事,常爱爱本来是想吃烧苍耳的,要吃烧苍耳的话,就不会出事儿。慈法师父说生苍耳有毒,如果烧着吃的话,基本上就没有毒了。可我却说雀斑好,不让她吃烧苍耳,还哄她说菩萨脸上也有雀斑。结果她听了我的,没吃烧苍耳吃了烧蓖麻,就出事了。

真赖我真怪我,我真后悔。

我现在还记得她给我绾红领巾时的样子,她一边绾一边教我口诀,我现在还记得她的那个口诀,左压右,右压左,往上一翻,往下一掏。

我本来还答应,引她到我们院去看那个笑笑的菩萨。可是,这,再也不能够了。我只能是看着她给我的果络,思念她。也只能是在戴红领巾的时候想起她,也只能是在思念她和想起她的时候,去佛堂看看那个笑笑的菩萨。

梦梦

早晨一醒来我就说，妈我梦梦了，梦见郑老师在讲桌后坐着，她把我叫上讲台，摸着我的头顶笑笑地说，老师回老家呀，你要好好学习。我说噢。她搂了一下我说，好孩子。我就给醒了。

我妈问说郑老师不是好长时间没有给你们上课了？我说郑老师有病，她男人引她到北京的部队医院看病去了。

我妈问说，你梦见郑老师说回老家呀？我说嗯。我妈"唉"地长叹一口气说，多好的一个人。

我妈引我来大福字小学报到时，学校已经开学半个月了。教导处主任把我们领到初小的语算教研组，让教研组组长郑老师给我安排看到哪个班。她摸着我的光头考我，树上有三只麻雀，打下一只还有几只？这个，我早就知道该怎么回答。我说树上一只也没有了。她说不会吧，应该是还有两只嘛。

我说，另两只吓得给飞了，不在树上了。她笑着又问，牛的头朝东，它的尾巴朝哪儿呀？我说，朝下？她说不对吧？头朝东尾巴应该朝西呀？我说是屁股朝西，可尾巴多会儿也是朝着下，我姥姥村就有牛。

她学着我的应县口音，重复一句"姥姥村"后，又考我，你知道姥姥姓啥不？我说姓章，"立早"章。她问，你还会写？我说会。她把一个本子翻过扣在桌上，又给我找铅笔，可我已经把她判仿用的红毛笔随手拿起来，在本子上写出了"章"字。她惊奇地说"好漂亮的字"后问我谁教的？我说表哥在大庙书房念书，我常常替他写仿。她把我搂进怀里说："真是个灵孩子。"

就是在那一刻，我感觉到她是真心地喜见我和看好我。我真想着让她就教我，可不能，她是带三四年级的老师。在我升到了三年级时，她才是我的班主任了。

郑老师在黑板抄题，背对着学生。她说我看见了，谁做啥我都能看见，我还看见数谁坐得最好，对，数常吃肉坐得好，一动也不动。常吃肉马上把手里玩的东西放进柜壳里，两手放在背后，直直地坐了起来，一动不动，一堂课里都是这样。别的同学也是这样，只要是郑老师的课，都是一动不动地坐在那里听讲。

在一年级和二年级时，学校规定是冬天由班主任老师给班里生炉子，三年级以上，班里的火炉子就是由值日生给生了。可是郑老师每天都提前来到班里，把火炉生着，同学们来上学，班里面早已经是暖烘烘的了。

我们班大部分的同学家里没有使用电灯，有几个同学下午放学后,乘着天还亮,在学校外面,趴在马路台上做家庭作业。那些学生的衣服往往是很单薄,郑老师发现后,就把他们领到自己家里。郑老师平时点的是十五瓦的灯泡,可为了让他们在亮堂堂的灯光下学习,专门给换了四十瓦的泡子。

郑老师从来都不骂学生,从来都是表扬。

她让常吃肉用"恍然大悟"造句,常吃肉站起来,想想后说:"黑夜里我在背巷走着走着,猛地一下,从旁边跑出个'恍然大物'。把我吓了大大一小跳。"

同学们大笑,郑老师也笑。同学们安静下来,郑老师说:"好!有意思,有声有色。但是里面有个错误,曹乃谦,你给说说他错在了哪里啦?"

常吃肉是班里的差等生,别的老师从来都没有在学习上表扬过他,只有郑老师常夸他有进步。还在三年级后半学期时让他也入了少先队,戴上了红领巾。为了鼓励他,也为了激励大家,郑老师让常吃肉站在讲台上给表个态。常吃肉脸红红地上了讲台,半天说不出话,郑老师笑笑地说,没事儿,说什么也行。

常吃肉愣定了一会儿,指着下面的同学大声说,我宣布,以后谁要是在郑老师的课堂上捣乱,我非打死你不可。说完,下了讲台。

同学们都笑。郑老师却让常吃肉给感动得眼里涌出泪花花。

四年级我们就开始写作文,在郑老师的鼓励下,常吃肉作文一次比一次写得好,郑老师说他的作文语句生动,比喻形象,内容朴实。看了常吃肉的作文,我领悟了郑老师的评语,也用常吃肉的这种"语句生动,比喻形象,内容朴实"的方法来写作文,我和常吃肉的作文经常贴堂,郑老师还给传到别的班去看。

郑老师的老家是雁北山阴县的,父母都是农民,她自己考学校当了教师。她的家就在学校对面,是临时租的一间南房。她经常叫我和常吃肉到她家,有时候她单独叫我去,那就是她家做了好吃的了,给我吃。

她问你妈打不打你,我说打呢。她笑着说,这么好的孩子还舍得打?为啥打你?我说大多数的理由是嫌我回家迟了。她问你妈咋骂你,我说我妈不骂脏话,一生气了就大声地喝喊我说:"做作业去!"我如回答说我作业做完了,她就又大声地喝喊说:"作业还有个做完的?再做!"那我只好再做。

郑老师笑着说,我说着呢,见你的作业经常是写两回。我说我要是不赶快再趴在那里写的话,她就会用更大的声音喝喊我:"一了儿甭学了!回村放羊去哇!"

郑老师听了,给哈哈地笑出声。

郑老师的男人是部队的军人,那次她穿着男人的四个兜的军干服来班里了,宽宽松松肥肥大大的。我说郑老师你穿着真好看。她的脸"唰"地给红了,悄悄跟我说:"你听了别嚷嚷。老师,肚里,有孩子啦——"我"啊"地一声,又赶快捂住嘴。

过了些时,她的肚子明显地突起来了。有次在她家里,她说:"来,你听。"我按她教给的,把耳朵贴在她肚子上。她说你跟娃娃说句话,我想想说:"小弟弟你出来,跟我耍来。"郑老师高兴地问,你咋知道他是个小弟弟而不是个小妹妹。我说我一下子就想起个小弟弟。她说,他要是能如你一样聪明伶俐就好了。

我说,我知道,他可比我聪明也可比我伶俐,咱们全校也没有比他聪明伶俐的。郑老师说,你倒会哄老师高兴。我说我不哄你,我说的是真的。

郑老师生了个男孩儿,可她生完孩子后没好好儿地休养,就急着来给我们上课,慢慢地就有病了,后来她男人把她接到北京去住医院。

后来我再没有见到她。

她去世的那天,正是我梦梦梦见她的那天。

踏
雪
小
品

離
别

　　我父亲1944年从应县老家下马峪村出来,参加了革命工
作,在大同的北三区跟小日本打游击。当时的北三区也就是
现在的大同市新荣区。解放后的肃反运动一结束,我父亲就
被选送到太原的省委党校去住校学习。学了三年毕业后,领
导没有让我父亲回新荣区,而是安排在了大同县民政局工作。
后来大同县和怀仁县合并在了一起,叫大仁县。可合并了不
久又分开了,又分成了大同县和怀仁县。按说我父亲理所当
然地应该是还回到大同县工作,但情况并不是这样。原来是
怀仁小县城的那些人,只要是会活动会钻营,就乘机到了大同
工作。我父亲没有活动,一个心眼儿等待着,听从组织的
安排。
　　其实当时那些掌权领导的胃口并不大,我父亲只要给送
上五十斤全国粮票或者是五十斤胡麻油,这个事情就解决了,

但我父亲不是那种向权贵低头折腰的人，于是他所信任的组织就让他继续留在了远离大同八十里外的怀仁县。先头是在怀仁县的组织部，后来在总路线大跃进人民公社三面红旗的指引下，说他有农村工作经验，就让他到了怀仁的金沙滩公社去了，后来又调到了清水河公社。

我父亲上班的地方是离家越来越远了，我母亲很有意见，骂他是个"担大粪不偷着吃的真心保国"。我母亲没文化，她的这句话有点语句不通，但她就是这样地骂我父亲，骂了一辈子。我父亲不好跟人吵吵嚷嚷，母亲骂他，他总也是不言语不吱声，最多说个"你看你没完了"，我母亲接着说"今儿就跟你没完"，我父亲也就再不说什么了。我母亲骂来骂去闹来闹去，最终也解决不了问题，最终也得接受现实，每当我父亲跟怀仁的公社回来送工资，她就又忙着给父亲割肉吃饺子。

那次吃完晚饭，我母亲又唠叨这件事，说我父亲跟村里出来"把脑袋别在裤腰带上，转山头打鬼子闹革命"，可革了一辈子的命，临完又革回到村里去种地。我父亲说你不提我也正想跟你说说，你不是种地的能手吗，那你正好跟我到村里来种地。我母亲说，我好不容易跟着你来了大同，你又叫我跟你去村里种地，我越看你越……我母亲正要说"越看你越是个担大粪不偷着吃的真心保国"，我父亲打断她的话，"跟你说个正事哇"。说完，他看了一眼在旁边睡觉的我，压低声音说："叫我看，不出明年，全国就要遭年馑闹大饥荒呀。你赶快跟我到村里种点地，积攒点粮，日往后咱娃娃就不会饿肚子。"母亲知道父亲从来不好跟人开玩笑，也从来不压低着声音说这种怕外人听着的话。这时她不骂了，疑惑地看他。

我父亲又看了看我后，仍然是压低着声音，说出了好多对形势对时事分析判断的话。父亲的话我每句都能听得到，可我听不太懂，但我觉得我母亲是被说服了，同意了父亲的看法。她说："要这么说，咱们可真的得做个准备。"父亲说："手里有粮，心里不慌。"母亲说："为了娃娃也得做个准备。说啥也不能把娃娃给饿着。"父亲说："做个准备好。"母亲说："你说让我去你们公社种地。可那地都是公家的，我哪的地去种。"父亲说我在那里工作，你开点荒地还是没问题的。但我不能出面，得你去做这个营生。母亲说我去开荒种地，那咱们娃娃呢？父亲说："我也是想到了娃娃，要不我上个月送工资的时候就跟你说这个事了。"母亲说："反正是，说上个啥也不能让娃娃饿着肚子。我知道咱娃娃在学习上头很是自觉自愿的，不用人监管，那就还让他到五子家。"

　　父亲说这回不是个临时的三天五日，要放五子家咱们得给五子个生活费。我母亲说，得给。父亲说你看哇，你说多少就多少，一个月给二十也行给三十也行。母亲说二十块就不少了，五子家在家用缝纫机做零活儿，除了奶孩子做饭，剩下的时间都是趴在缝纫机上，"咔噔咔噔"地一天有明没黑地受，才能挣个六头七毛，一个月下来也挣不了二十块。

　　他们说的五子，就是说我五舅舅。我五舅舅小名叫五子，这是按照村里叔伯弟兄们排下来的。

　　他们说的五子家，就是说我五妗妗。也可以把五子家说成是五子街。这是我们应县老家土话。叫"家"叫"街"是一样的意思，都是指男人的女人。这里有个区别是，如果是远远地呼叫的话，一律是叫"街"。比方说，我妗妗走远了，我妈想把她喊住，那就是呼叫"五子街——"，而不能呼叫"五子家——"。

我妈又说，他们紧罩，小女女去年的奶就不够吃，可他们连两毛钱一斤的牛奶也舍不得给孩子打，就喂米汤来补，小女女都一岁多了，还不会站。父亲说，有这二十块也正好补贴补贴他们。母亲说那就这了，就把招人搁五子家吧。

这时我趴起身说，我也想去农村，跟你们到金沙滩去上学。我父亲说我妈："你看，把娃娃吵醒了。"我说："爹，金沙滩是不是杨家将和契丹人打仗的金沙滩。"我爹说："就是。"我说："我要去金沙滩上学。"我爹说："爹现在已经又调到清水河公社了。"我说："那我就跟你们去清水河。"我妈说我："不行，你还在大同念，住你舅舅家。"

我妈要去我爹爹那里种地，那得走多长时间呢？我七岁前基本上是在姥姥村住着的，我知道农民种地是在做些啥，那可不是一下子就干完的营生，那就得经过一春天一夏天一秋天，才能算是种完，才能把粮食收拾回家。我不想跟我妈离开这么长的时间。可我妈是大人我是小孩，小孩管不了大人，我就得听我妈的，就得照我妈主意去做。即使再不乐意，也没办法。

我捺转过身，背对着他们。我想快快睡着，盼着我妈在第二天把主意改了，说不去了。

第二日一大早，我爹就赶火车走了。我一见是我爹自己走的，我妈没跟着一块儿走，我高兴了，心想着她是改变了主意。我问说："妈您不是到怀仁呢，不去了？"我妈说："妈得先安顿安顿才能去。"我一听心又凉了。

我妈说你进后院去跟师父说说,就说我们走呀,让他给打照着点门。

"打照"是我们的家乡话,打是打听的打,照是照看的照。

我进了后院跟慈法师父说:"师父,我妈到我爹公社种地去呀。我也到我舅舅家呀。我妈让您给打照点我家的门。"慈法师父看看我说:"你妈咋种地去呀?"我说:"我爹说闹年馑呀,得赶快种点地给我攒点粮,要不就会把我的肚子饿坏。"师父说:"闹年馑?这话可不能瞎说。"我说:"我不瞎说。是我爹说的。您不信等他回来您问他。"师父说:"这话你可甭跟别人说。叫别人知道了不好。"我说噢。

跟师父家回来,我妈问我说,从舅舅家到你们学校你知道咋走不,我说不知道。我妈说,先到九龙电影院,再走皇城街,再出大北街。我说我不知道。其实我知道,这就是跟舅舅家到我们旧院草帽巷的路线。可我是专故意说不知道。我妈说,那妈领你去认认路。

我五舅舅家住在仓门街十号。这是路南的一个高坡大门院,院里有十多户人家。房东姓狄。但这个时候的房东已经不能像以前那样,收人们的租房费,他们家的房归了公,院里人们的房租费是由城区房管所的一个房管员进院逐家逐户地上门来收。但院人们仍然叫原来的房东叫房东。

仓门街十号院门前很是宽阔,因为东面是大同二中的大门,但这个大门却用砖砌住了,学生走另外的一个门。

西边的十字路口还有家纸铺。纸铺就是小卖铺。里面卖酱油、醋、糖果什么的。当然了,还有纸张,要不就不会叫纸铺了。里面卖家庭用的草纸、窗花纸、围墙纸,还有学生写仿用的麻纸,钉本儿用的白联士。当时学生很少买本儿,都是买上白联士纸,自己回家钉本儿。

我跟我妈到了舅舅家,正碰上房管员上门来收房费了。妗妗赔着笑脸跟房管员说:"小黄求求你了,下回的哇。"她看着炕上卧着的小娃娃说:"我没奶,想给娃娃打牛奶也没钱。"小黄说:"不行。你每回都说是下回。你看你们家都四个月没交了。不行,这回你不交我不走了。"起初他是在地下站着,说完这话就一挨身坐在了炕沿上。

小黄说:"这次不交,明天就来封你的门。"我舅舅说:"封门?打不起房钱就封门?啥话你还想说。这可不是旧社会。"小黄说:"一个当男人的,交不起个租房钱,还好意思说。"舅舅说:"我就是个交不起房钱的男人,但你来封封门看。"起初我们是在门外站着,一听里面好像是吵起来了,我妈赶快进去,问小黄,差你多少房钱。小黄说,一个月九毛,四个月三块六块。我妈说我给我给的同时,掏出钱数了三块六,给给小黄。

舅舅跟我妈说:"动不动就拿封门来吓唬人。姐姐你那会儿甭给他。叫他来封门。"小黄说:"你就试试甭交。你看我姓黄的敢封不敢封。"舅舅说:"姓黄的。我看你是个黄世仁。"我妈冲着舅舅说:"少说上句行不行?"说着把舅舅往里面推。妗妗也冲着舅舅说:"交也交了还吵啥?"说完转过身,连哄带劝,把小黄请出门外。

小黄走后,妗妗跟我妈说,这个小黄真正的比黄世仁也厉害。

舅舅家有三个孩子,表弟叫忠义,八岁了,上初小二年级。

大表妹叫秀秀,四岁,二表妹叫丽丽,一周岁多点。

忠义拉着我的手,叫我表哥。我说妈我领表弟出街耍去呀。我妈说去哇。秀秀也要跟,妗妗不让她出去,让她看妹妹。我跟秀秀说表哥给你买糖去。我妈说我甭走远,就在二中门口耍上会儿。我说噢。

舅舅院有五六个年龄跟我差不多大小的孩子,他们见我来了,都跟着我出来了。我以前也常来舅舅院,跟他们都熟悉。我到纸铺买了十颗没包纸的糖蛋蛋,给他们一人分一颗,还剩几颗,让忠义给秀秀送回家。

不一会儿,我妈和妗妗舅舅出来了,我妈喊我说走吧,妈领你认认路。

我们走过纸铺,我说妈咱们别往九龙电影院走了,我想起来了,我知道跟舅舅家咋到学校了。我妈说那你说,我说先到九龙电影院,再走皇城街,再出大北街,再往一医院那儿拐,路过一医院门口再照直往前走,就是我们大福字小学。我妈一听我说得很对,就说,那咱们就回家哇。

路过鼓楼西街,在南戏院门口,我妈主动给我买了一个大的烤红薯,她自己掰了一小块儿,剩下的都给了我。

我很清楚地记得,那几天我妈啥都跟我商量,征求我的意见。这在以前是没有过的事。那天她还主动地问我说:"想吃啥好吃的想要啥好东西,妈给俺娃做,妈给俺娃买。"我的心思主要是不想离开我妈,可我知道再把这个心思说出来是没用的,我想了想就说,我想要个新口琴,我妈问多少钱,我说三块多。我妈二话没就给给我五块,让我去买了,剩下的钱也不跟我要了,说俺娃留下哇,碰猛有个啥想买的花去哇。

我很清楚地记得,我妈是在又一个礼拜日的晚上,我俩在家吃完饭后,她正式地把我送到了舅舅家。她说她第二天就要早早地赶火车到怀仁。

因为先前两家的大人已经好多次说过要把我留在这里的事了,所以我妈这次把我交代给妗妗她就要走。我和妗妗把她送出大门。

我妈说,给小女女把奶子订上哇。妗妗说,这就订呀姐姐。

我妈下了台阶后,突然地捵过身手指着我说:"好好儿学习!我赶一个月回来要是发现你退了步,那你就干脆回姥姥村跟存金放羊去哇。"我说:"噢。"

我妈说:"在妗妗家甭害!你要害,回来我就往断打你的狗腿。"我说:"噢。"

妗妗说:"不会的不会的,姐姐您就放心走哇。"

我妈这是又突然地跟我厉害起来,可她越是专门地这样,我越是不想离开她。

她的背影让二中门口的路灯打得长长的。

我和妗妗一直瞭得我妈走过了纸铺,又往西走去。

我瞭着她一直是头也不回地往前走去,当走到我一点儿也看不见她时,我控制不住自己,一下子哭了,大声地呼喊了一声,"妈——",同时,眼里便哗哗地流下了泪。

是妗妗拉住了我,也或许是我原本也不敢追上前。我就那么蹲在大门口的台阶上,大声地哭着。

第二日早晨我从妗妗家出发,按照我妈前些日教给我的路线到了学校,可让我没想到的是,我妈就在学校的门口站着。

是我妈先"招人招人"地喊我,我才看到了她。我一看是我妈,心里一下子高兴了,高兴得不知道说啥好,跑到跟前叫了一声妈后,就再不知道问我妈个什么话,只是看她。

我妈大清早地在学校门口等我,我想那一定是应该有重要的话要跟我说,可她只是说,在舅舅家要听话。我说噢。

"在舅舅家要听话,不要让妗妗黑眼你。"她说。

"黑眼"是我们应县的家乡话,意思是斜视你,讨厌你。相反,"白眼"就是正视你,喜欢你。

我说噢。

"要好好学习,好好做作业。"她说。

"不要在街上乱跑,看让洋车撞着的。"她说。

这样的话我妈已经是吩咐了有一百回。

趁我妈说话停顿的当儿,我问说,妈您不是说一大早就到怀仁呀。我妈说妈误了火车了,前晌坐长途汽车走呀,在舅舅家俺娃要听话。我说噢。

我妈说,妈去种地也是为了俺娃日往后不饿肚子,不是哇妈也不想把俺娃搁舅舅家。我说噢。

我妈说在学校要好好儿学习。要帮妗妗做营生,别叫妗妗黑眼你。我说噢。

她说:"妈走了你不要想妈。"我说噢。

她说:"妈听你夜儿晚妈走过纸铺,你给'妈——'地喊了一声妈。妈听着了。"我说噢。

她说:"你多会儿要是想妈了,你就想想妈以往是咋打你了。"我正要说噢,没说。她接着又说:"妈走了以后你不要想

离别

67

妈。"我说噢。

学校拉响了预备铃。我说妈铃响了。我妈说，俺娃进去哇俺娃要好好儿学习。我说噢，就捺转身进了校门。

"招人招人！"我妈在后边又急急地喊我，同时还追进了校门里，她从兜里掏出钱，"夜儿给了俺娃三块，这再给上俺娃五块。俺娃想吃啥买点儿"。我说我不要了不要了，我妈说："俺娃装上，装上。给妈装上。"我这才把钱装上。我妈说，去哇。

自上小学，我四年没有离开过妈，这时候我一想到要好长时间见不到妈妈了，我一下子拦腰抱住她，"妈你别去给我种地打粮了，我不怕挨饿"。我妈一下子把我推开，差点儿把我推倒，"去！上学去！"

我哭着转过身往教室跑去。她在身后喊："别跑！摔倒！"

跑到快拐角的地方，我回头看。她还在校门口看我。

値班

五舅舅在城区缝纫社当会计。妗妗是家庭妇女,没工作。

城区缝纫社是 1956 年公私合营时才组建起来的,是一个手工业小单位。舅舅一个月不足三十块钱的工资,养活着家里的几口人,光景过得紧紧巴巴。为了贴补些日常的生活费用,他就跟单位揽回零活儿,让妗妗在家里做。妗妗就成天地坐在缝纫机前"咔噔噔咔噔噔"地做着活儿,经常是要做到半夜。

那天妗妗跟我说,明儿是礼拜天,你今儿黑夜跟妗妗到缝纫社值班去。我问值班儿是干啥。妗妗说就是在那儿睡一觉。

吃完晚饭,天快黑的时候,妗妗说招人咱们走哇。又说妗妗蹬了一天缝纫机,腰疼,招人我孩给妗妗把丽丽背上。我说噢。妗妗就用一块专门的兜布,把丽丽给我兜在了背后,让我背着她。

路上，妗妗跟我说，我孩好好儿看护丽丽，以后就把她给给你，当妹妹。我问是不是当亲妹妹，妗妗笑着说，那作准的。我问，您说以后，可那以后是多会儿呢？妗妗说，等她不吃奶，就给你们呀。我问我妈也知道？妗妗说那作准的。我问那她以后就也跟着我姓曹呀？妗妗说那作准是了。

我真高兴。我往上掂了掂背上的丽丽，她好像是睡着了。

到了缝纫社，妗妗正给往下解丽丽，我觉得背上热乎乎的，是丽丽尿了。我说妹妹给尿湿我背了，妗妗说妗妗一会儿给俺孩把褂子洗洗。

跟妗妗一起来值班的还另有两个女工，都比妗妗年龄小，叫妗妗叫何姐。她们都是缝纫社职工的家属。

有一个来得迟些的，见到睡在裁案上的丽丽说，何姐，这个孩子没问题，一看脑门就能看出来，不是别人的，肯定是张会计的。妗妗说，小毕又灰说呀。小毕再一看丽丽说，呀，这孩子是个六指儿，以后一准是个有出息的，凡是六指儿都有出息。

丽丽左手的大拇指外又长出一个小的大拇指，我觉得很好玩儿，常常捉住她的这只小手看。我一看，她就跟我笑。

小毕又说，何姐以后一准能指望上这个孩子。妗妗说，但愿你能说得准。可我听了她们的这两句对话，觉得有点问题。妗妗您不是说丽丽要给我当亲妹妹吗？可您回答她"何姐以后一准能指望上这个孩子"时说"但愿你能说得准"，这不是说丽丽还是您的孩子吗？没有给了我妈来当女儿吗？

我心里觉得很不是滋味，很不好受，可我不能说出来。

在她们的对话中我听出，她们这三个家属，也算是缝纫社的临时工，她们盼着能快快转正，好正式坐在车间里上班，而不仅仅是揽些活儿拿回家做。

妗妗把她的褂子脱下来叫我穿，让我把所有的衣服都脱下来，要给我洗。替换的时候，我有点躲躲闪闪，旁边姨姨逗我玩儿，说我："一个小麦鸡鸡还怕人看。"另一个说："长大就是好东西。"一个说："东西是一样的，人材见高低。"另一个说："拉灭灯是一样的。"我有点听不懂她们在说什么。

妗妗冲她们说："甭灰说！"

妗妗又跟我说："看丽丽醒来掉地的。"她就抱着衣服到了茶炉房。洗回来，那两个姨姨都说乏了一天了，快快睡觉。

裁案很长很大，我们几个人都要在裁案上睡。裁案上铺着线毯，线毯上铺着深米黄色的斜纹布，躺在上面感觉挺舒服。

妗妗说我，你就光白（读 bo）牛睡哇。我说我不光白牛睡。妗妗跟小毕说："那就麻烦小毕姨姨给他往干烙烙。我给奶奶孩子。"

小毕姨姨把我的裤衩和背心给烙干后，给了我。又开玩笑说："一个小屁孩睡觉还非要穿裤衩背心。光白牛怕啥，谁稀罕看你那个小狗鸡。"

我们身上都盖着新盖物，新盖物是给哪个单位做的，一样样的。拉灭灯，她们三个大人又在说灰话，可没说两句，都呼呼地睡着了。她们白天在家里做活儿都做乏了。

半夜，我梦见教室里都是烟，学生都被呛得跑出外面。我也跟着往出跑，一下子给醒了。我不知道自己是在哪里，想了想才想起是跟着妗妗来值班了。这时，我的鼻子里真的闻到了一股难闻的味道。我就"妗妗，妗妗"地喊，把大人们喊醒了。拉着灯，才知道是出事了。

满家都是烟。

是睡觉前小毕姨姨给我在裁案上烙干背心后，忘记拔插销了，把电烙铁下面的布和线毯给烤得冒烟了，拿开烙铁后，才知道，下面烤得更厉害。小毕姨姨吓得哭出声，就哭就骂我："就赖你个小屁孩。光白牛睡觉就咋了？这下好了？"

妗妗劝她："小毕没事儿。跟你没关系。是我自己用完烙铁忘记拔插销了，要赔是我赔。跟你没关系。"小毕姨姨说："咋没关系。咱们是一个组的，这下我们都别想转正了。"说完，还又指着我狠狠地骂："就赖你个小屁孩。"妗妗说："你先别骂我外甥。要说转正的话，火烧财门旺，这说不定是好事呢。"另一个姨姨说："对！火烧财门旺。这真的或许是个好的兆头。"妗妗摸摸我的头顶说："到时候我们还都得感谢我外甥呢。"

我知道妗妗是在安慰我，她是见挨了骂的我，眼泪汪汪地站在那里，很是懊恼的样子。

我原想跟妗妗说，要赔就让我妈赔，可后来又听说这事还跟她们转正有关系，那我妈就赔不了了。我真的是很懊恼，我真后悔，我要是光白牛睡觉，也就没这事了。

我盼着她们说的"火烧财门旺"是真的。真要是"火烧财门旺"了，她们都转了正，那就好了。我想着这样的事情是不是会发生，只有我们院慈法师父才能知道，我就偷偷地跑回到圆通寺，问师父。

师父详细地问了时间地点和过程后说,招人你放心哇,她们很快就会转正的。我说真的?他说,你放心哇。

这事发生后的第三个中午,我在屋里见舅舅在门外打自行车,车后有个大布包。我心想着舅舅这是又跟厂里给妗妗揽回了零活儿。我赶紧出去帮着舅舅往家抬大布包。

舅舅笑笑地说:"不用俺娃不用俺娃。看打了的看打了的。"舅舅一进家门,就大声地说:"喝酒喝酒。"说着跟大布包里掏出一瓶二锅头酒说:"喝!"

原来妗妗她们真的都转正了,舅舅说:"但厂长说,亲家是亲家,政策是政策。张文彬你老婆烧坏的东西是要赔的。"舅舅打开大布包,里面包着裁案铺着的那块深米黄色的大苦布。

妗妗说:"转了正比啥也强。你几年了,出来进去老虎下山一张皮。这块苦布还是新的,正好给你做一身衣裳。"

舅舅说:"厂长说,从下个月开始,你们也有了正式工资。"妗妗说:"火烧财门旺,这得感谢招人。"

舅舅说:"招人命好,走哪都能给人带来好运。"妗妗说:"就是就是,不是招人来咱家,丽丽能喝得起奶?你看丽丽,这些时吃过来了,你看那脸……嗨,你还没说我们的工资是多少?"

舅舅说:"厂长说了,半年内一个月十八块。半年后,等雁塔下的新厂房盖好了,你们正式坐进了新车间上班,那一个月就是二十四块。"妗妗说:"火烧财门旺。这可真是好事。小毕我跟她没完。不能白叫她骂我外甥。"

没用一个星期,妗妗就拿裁案的那块深米黄色的斜纹布,给我和舅舅还有忠义三个人一人做了一套新衣服。给我和忠义做的是三个兜的学生装,给舅舅做的是四个兜的干部装。

我穿着这身新衣服到了学校,常吃肉说:"老曹你穿这身衣裳像是国民党的将军。"我说:"我是共产党。"他说:"共产党是灰色的,可你这是深米黄的。"

穿着这身将军服,我专门返到圆通寺,我说师父您算得真准,就是火烧财门旺了,我奵奵就是转正了,您真会算卦。

师父笑着说,也不是师父我会算卦,师父当时是想,全国都在高举着总路线大跃进人民公社这三面红旗,轰轰烈烈地搞运动。缝纫社不招工的话,咋能跟得上形势呢?

　　我梦见我妈了。梦见我在炕上趴着小桌看《林海雪原》，看到了《白茹的心》那一章。正看得起劲，她站在地上呵斥我说："尽顾着看闲书。做作业！"我头也没抬说："作业我做完了。"她说："作业还有个做完的？再做！"同时，她用尺子"啪"地敲打了一下炕沿，警告我。

　　我一下子给醒了。

　　我醒了后才知道，我不是在圆通寺家的炕上看《白茹的心》，我是在仓门十号院舅舅家的炕上睡午觉。地上也没有站着我妈，是我妗妗坐在缝纫机前做营生，她把尺子搁在了缝纫机板面上，发出了啪的一声响。

　　这是个星期天的午饭后，包括我在内的四个孩子横七竖八地在炕上睡觉。我没有起来，还躺在那里装睡，我在心里头算了算，我妈走了三个星期了。

我心想说我妈一准是回来了，要不她咋知道我看闲书。这两天我的书包里装着同学借给我的《林海雪原》。

我认准是我妈回来了。

我认准我妈现在就在圆通寺我们家等着我。

我坐起哄妗妗说，我得回圆通寺，去跟慈法师父要我的书，他拿我线装的《唐诗三百首》，是我借同学的，同学跟我要呢。妗妗说我孩去哇。还说路上别跑，看车的。我说噢。

我在七岁的时候从院里往街上跑，叫街外的自行车给撞得嘴角缝了好几针，当时我妗妗还买着好吃的，到家眊我来了。以后大人们动不动就提醒我"路上别跑，看车的"。

我一出大门，就跑开了，向我们家的方向跑去。跑到鼓楼东街路北的那个大门院，才停下来。我站在门口往里面瞭。

在二十多天前的那个星期日晚上，我妈把我送到舅舅家，她就走了，她要到怀仁农村去种地。第二天的早晨她在学校门口等住我，又给了我五块钱，她就要坐长途汽车到怀仁去了。

那一上午，我静不下心来听课，中午一放学，我没有等着班长整理队伍，和同学们相跟着出校门。我是头前溜走了。我没往仓门街舅舅家去，我是又顺着以往回家的路，往圆通寺跑去。我一心盼着我妈没有走，早晨她说她是误了去怀仁的火车，只好得坐长途汽车，可我现在还盼着她又把长途汽车也给误了，那她只好是明天再走，我更盼着她改变了主意，一了儿就不去怀仁种地去了。我跑上圆通寺院台阶，又跨过石门闩，跳进院里，可我远远地看见我家的门上吊着锁子，窗玻璃拉着窗帘。我的心一下子泄了气，但我还是慢慢地走向了门前,从门缝儿往里瞅,可我什么也看不见。

慈法师父在我背后说,你妈早起走了。又说,你啥时候回来的话,就进后院儿。我说噢。他说那你这阵儿就进后院哇,师父给你做好吃的。我说不了,我到舅舅家呀。我揿转身走了,他又在后面说了什么,我也懒得回答,懒懒地出了大门朝东拐,从牛角巷儿向舅舅家走去。

走到鼓楼西街的南戏院门口,我一下子看见了我妈,她在那里买烤红薯。我高兴地大声喊着"妈——",跑到她跟前,可她一揿头,我才认清,她不是我妈。她拿着红薯,就走就吃,向东走了。我也是要向东走,她走的跟我是一个方向。她在前面走,我在后面跟着,为的是看着她的背影。她的背影就是我妈的背影,一模一样。我盼着她就那样一直走下去,好让我一直就是看着我妈的背影。可跟着跟着,她进了鼓楼东街路北的一个大门院,我没有再跟进去,我怕让她发现我是一直在跟着她。

以后,我每天的上下学都要路过那个大门。按我妈教给我跟学校到舅舅家的路线,是不路过这里的。我妈教给我的路线是背巷,我妈怕我走大街让自行车给撞了,就教给我走背巷。可我没听我妈的走九龙电影院,我是走了鼓楼东街,为的是要路过那个大门院。我每次路过那个大门院,都要站在大门口向里面张望,盼着那个背影像我妈的女人从里面出来,我好再跟着她,她走哪儿我跟她到哪儿,我好看她的背影。可我一次也没有再碰到,她那天大概是来这里做客串门儿来了,她根本就不是这个院里的人。

碰不到她,我也还是要走鼓楼东街,还是在路过那个大门院时要向里面张望,这已经是成了习惯了,就连一次也没有忘掉。

我跑乏了,也正好跑到了鼓楼东街那个大门院,我停下了跑,同时习惯性地向门里张望,那个像我妈的影子没有出现。

我不稀罕你出现了,你出来也是个假妈。我的真妈回来了,现在就在圆通寺我们家等着我。

我认准是我妈回来了,要不你看天上的云彩,你看那块白云,那块白云多像我妈侧面的影子,越看越像。我就走就仰望着天上的那块白云。

“嗨!不看路瞭天!”是一个骑自行车的人“嗨”我。

我赶快收回心来,又迈开大步子,向我们家跑去。

跑跑走走跑跑走走,跑到牛角巷儿,我加快了速度,一口气跑进了院。

哇——真的是我妈回来啦。

我看见,窗帘拉开了。

“妈!——”我高兴得大声喊着。

我妈推开门,跟家里出来。

她跟我笑,笑着问我:“俺娃咋知道妈回了?”

我喘着气,回答:“刚才,我,梦梦,梦见您了。”

我说:“我还看见,天上的云彩,就像是您。”

我说:“我断定,一准是您回来了。”

我们进了家。我问:“妈您刚才是不是给我托梦了?”

我妈说:“刚才?对,刚才妈想着你是不是没人管了,不好好儿学习了。尽看闲书。”

我说:“妈,我好好儿学习着呢。我一点也没有不做作业。

也没有尽看闲书。您不信问妗妗。"

我妈说："妈信。妈知道俺娃是个好好。"

我妈很少正面地表扬我。这她好像是第一次在夸我是好好。

我妈见我穿着一身新衣服，问说是妗妗给做的？我跟我妈说了跟妗妗去值班"火烧财门旺"的事。我说这是里院慈法师父给算出来的。

我妈说你多会儿回师父这儿，一定得跟妗妗打招呼。我说噢。

我问我妈你回来干啥，我妈说，她这是在上午刚跟怀仁清水河回来的，到粮店换粮票。

那年月，本月的供应粮如果不买的话，是可以到粮店换成粮票的。但只能是当月换当月的。当月如果不换或者不买的话，那就要作废。

我妈说已经办理好了，明儿一大早就走呀。

我说，那我今儿黑夜跟您在家住呀。我妈想想说，妈明儿一大早就走呀，你量为一黑夜跟妈住啥，你还回舅舅家去哇。

我说妈我可想您呢，今儿我跟您住一黑夜，啊妈。

我妈说，那你妗妗不知道你要在这里住，我说那我返回妗妗家说给一声。

她说你怠要得来回跑。我说怠要的。我说妈您黑夜给我做捆锅面。

我妈说，你明儿还要上学，记得把书包背回来。我说噢。我妈说去哇，妈给俺娃做捆锅面，俺娃路上甭跑。

我说噢。可我一出大门，就撒开腿，向舅舅家跑去。

一路上，我真高兴。我跑跑走走，跑到了舅舅家。跟妗妗打过招呼背着书包，又跑跑走走跑跑走走，回到圆通寺。

我真高兴。

我妈早已经把搁锅面的菜汤做好了，见我回来，就往汤里下挂面。

我看见了炕上的苍蝇拍，说："妈我往走拿这个苍蝇拍呀。"我妈说："拿那干啥？妗妗家哇没有？"我说："妗妗家的忠义还要往学校拿。"

我妈看着我说："往学校拿，往学校拿苍蝇拍做啥？"

我说："学校让除四害。"

"又除呀。去年不是除过了？我见那时候街上到处是你们小学生，哇哇哇地喊说'除四害讲卫生'。"

"去年是让学生们上街宣传，今年是让学生们也要做到人人动手。我们高小生，在这个学期一人要交两条耗子尾巴，两只麻雀腿，二十盒苍蝇。"

"啥？那么多？蚊子呢？也交二十盒？"

"哈——妈您真红火。蚊子咋能攒够二十盒呢？"

"那蚊子是几盒儿？"

"蚊子不交。见了往死打就行。"

"噢，我就说。"

我还说学校说了，多交五盒苍蝇可以顶一只麻雀腿或者是一条耗子尾巴。

我妈说："今儿做个这明儿做个那，一满是不教娃娃们念书了。"说完又返过身去搅锅里的面。

我们家一进门墙上有个小的壁橱柜，我们都叫它窨窨儿。

我撩开布帘看看说:"妈我记得窑窑儿里面有火柴,咋没有了?"我妈说:"没有了,该买了。要洋火干啥?"

"放苍蝇呀。可我的火柴盒不够。"

"你莫非真要打二十盒苍蝇呢?"

"人家班长要统计,还要排名呢。"

"排名。一个打不够苍蝇坐红椅怕啥。"

"妈我不想坐红椅。"

"好好儿学习是正经的。别的都寡。"

我不敢说了,我是见我妈有点生气了。我知道我妈不是跟我生气,她是生学校的气。可我要再说的话,我怕妈说,"一了儿甭学了,回村放羊去哇"。我只是这么想的,但我妈自从决定到怀仁种地,对我的态度不像以前那么生硬不讲理了。

吃完饭,我进后院跟慈法师父要火柴盒儿。他把他家的两整包火柴都扯开,找了个硬袼褙壳壳,把二十盒儿火柴棍儿都倒进了壳壳里。

当时的火柴还不是现在的这种保险火柴,当时的火柴是白头的,随便在什么硬地方上,都能够划得着,不用火柴盒儿也能划得着。

我高兴得像得了什么宝贝,立马就回家取书包,来装这二十个空盒。

师父还说了,也要帮我打苍蝇,叫我过些日来取。还说来取的那天你下午放了学来,你提前跟你妗妗打好招呼,就在师父这儿吃饭哇,吃完饭就在师父这儿睡觉哇。我说行。我说说不定哪天就来了。

第二天一大早,我妈又给我做了搁锅面,吃完饭,她跟我相跟着,把我送到学校。

在学校门口,我吩咐我妈说,妈,您要是啥时候又回来,您就再给我托个梦。

我妈笑着说,赶快进学校去哇,好好儿学习。我说噢。

这时候,我妈突然问我:"你是不是有弹弓?"我说:"我没有。"我真的没有弹弓。因为我妈以前一再地强调过我,坚决地不许我要弹弓。

我妈又问:"没弹弓你咋打麻雀?"

我说:"我不打麻雀。早就想好了,我多打苍蝇来顶。"

我妈把刚才的严肃的表情收了起来,笑笑地说:"这才是个好好。妈这才放心了。好了,你进去哇。妈走了。"

我妈掭转身,欢欢儿地向长途汽车站走去。

我在校门口一直瞭一直瞭,直到再瞭不见她,我才转身进学校。

常吃肉过来,问我说:"老曹你咋不进校门,瞭谁?"

我没有回答他,反问他你做梦准不准? 他说他一倒头就睡着了,没时间做梦。

我说我做梦可准呢。他说知道,你那次梦郑老师回老家了,郑老师就真的给回了老家了。

我们就说就向教室走去。

常吃肉说:"你做梦准,那是你有老和尚教你,你能不能也教教我?"我说:"要想做梦准,那是得有人给你托梦才行。没人给你托梦,那你做出的梦,也是不会灵验的瞎梦。"说着,上课铃响了。我们各坐各位了。

我盼着我妈再给我托个梦。

除四害

四年级第二学期,我们的班主任郑德清老师去世后,我们班又让张老师给临时带。她是我们在一、二年级时的班主任,当时她待我很不好,总觉得我是个村猴,很是讨厌我,可这回对我的态度有了变化。她看完教室后墙上贴堂的仿,跟我说,曹乃谦你的毛笔字写得更好了,过大年时张老师家的对子就叫你给写呀。我说我没写过对子,她说能行,你可比我男人写得好。

五年级一开学,校长站在操场讲台上宣布,市爱卫会说了,要把过去两年放松了的爱国卫生运动重新发动起来,并提出一个"以卫生为光荣,以不卫生为耻辱"的口号。城区教委说,这次除四害,我们每个学生都要动手,打苍蝇打蚊子捉麻雀捉老鼠,把这四害消灭尽。最后,校长宣布了这个学期,初小生高小生每人除四害的具体任务。

他还告诉同学们,把苍蝇盒麻雀腿老鼠尾巴交给各自的班长作登记后,班长再统一交到学校西小院,去焚烧。

他说,焚烧是什么意思呢? 焚嘛,焚书坑儒,就是烧掉。

回了班,张老师跟我们说,校长的话大家听明白了吗? 那就是,从今往后,同学们不仅要除四害,还要讲卫生。哪个同学不讲卫生,那你就别来上学。"以卫生为光荣,以不卫生为耻辱",你不懂得耻辱,你来上学干什么,别上了,回去哇。

她大声问:"同学们说说,咱们班最讲卫生的是谁呢?"她永远也改不掉她的这种对幼儿园小朋友讲课的方式。

同学们都看她,见她看着我。同学们就大声回答说:"曹,乃,谦——"她说:"对,那我们以后都应该向曹乃谦同学学习。做一个以卫生为光荣,以不卫生为耻辱的好学生。大家说对不对?"大家说:"对——"张老师用手指扫射着大家说:"可你们,看看你们。一个一个的。明天都穿着干干净净的衣服来。要不你就别来。"

那些日,我正好穿着妗妗给我做的,常吃肉称作是国民党将军服的一身新衣服。张老师就说我是个讲卫生的好学生。别的同学们大部分还都穿着是大裤裆的中式裤,他们就被说成是不讲卫生。

又过了些时的一堂作文课上,张老师让同学们写"除四害"方面的诗。高小的作文要求写够五百字,写诗的话,四行就行,但都是当堂就让完成。

她又特意把我叫起说,去年你写的"耳边呼呼是风声"被抄写在了学校的墙报上,老师一直还记着。你看,老师给你背:

"耳边呼呼是风声，脚踏一朵紫仙云，见了玉帝先声明：我要一颗人参果，再加一匹小白龙。要这宝物有何用？送给亲人毛泽东。"

背完，她问我："老师背得对吗？"

我说："好像是。"

她说："写得真好，老师跟别的老师说，这个曹乃谦我教过，可是个好学生。"

张老师说了我一大通的好话后说，这次的作文你再好好给老师写上一首诗，咱们拿出来，去跟别的班比比。她问我："信心有没？"

我没听懂她说的"信心"指的是什么，站起说："啥信心有没？"

同学们都笑。

她说："你好好写一首除四害的诗，就像上次你那个'耳边呼呼是风声'。咱们拿出去跟别的班比一比，咱们要压倒他们。信心有没？"

我说："我写。"她又问："有信心没有？"

张老师非要我说个有信心才行，我只好说有。她说这才对。然后抬头跟同学们宣布："大家开始，都写，下课班长就收作文本。"

张老师让我写诗。我想了想后，没用十分钟就想出一首。八行，每行七个字。我是在模仿古书上的"有诗为证"写出来的。上一学期时写的那个"耳边呼呼是风声"，也是模仿古书上的"有诗为证"写的。

《大八义》《小五义》《施公案》《彭公案》这些线装书里，

有好多的"有诗为证"。有些同学看这些书,只看故事情节,一看到"有诗为证",就跳过去,不看。我不,我是一首不落地都往下看。这些"有诗为证"又不难懂,大白话似的,记得哪本书里描写雪景的"黑猫过街变白猫"这一句,我还把它用在了作文里,当时郑老师在旁边的批注是"想象丰富"。看来郑老师她没有看过公案武侠这样的线装书。

张老师看出我写完了,过来要看,我捂住不让她看,我说我还得改改。她笑着走开了。

我这八句的第一句是"各位看官听仔细",下面就说有只黑猫好几天了没吃到耗子,这不是因为黑猫手懒不去抓耗子,而是耗子在除四害中让除没了,黑猫没耗子可抓。猫说,没办法,我总得吃东西,你们这是逼得我去偷吃鸡。我的最后一句是"也学时迁去偷鸡"。

在快下堂时,我又把这八句改成了四句:

"黑猫咪咪叫声低,腹中无物来充饥。老鼠耗子都灭尽,逼上梁山当狐狸。"

我的这首诗被评为是全年级的最好的除四害诗,但是没有被抄写在学校的墙报上。倒是另一个班同学写的被评为第二名的那首,被抄在了学校的墙报上。张老师说,真正地可惜了呀,人家教导主任的看法是,"逼上梁山当狐狸"这句不好,说黑猫想干什么?反天呀?

同学们都笑。班长晋财笑得最厉害。他那深情又夸张的大笑,笑得把同学们都惊动了,都看他。

张老师又说,真正地可惜了呀。说完她朝着我又大声说:"咱们把最后一句改改,再交上去,或许下期的黑板报上还能用。明天就改。"

我没听她的，我没改，我写作文原来也不是为了往学校的黑板上抄。

第二天她没来，以后我在学校里也再没有见到她。后来才听班长晋财说，她是因为初中没毕业，一直转不了正，学校没办法给她发工资。她本来指望我的那首诗能登在学校黑板上，也算是她班主任的成绩，可最后没达到愿望。

晋财是学校总务主任的亲戚，他消息灵通。我知道是这个原因后，为没能把那首诗写得被学校看对登在校黑板上，而感到很是对不起张老师。她让我给写大年的对子，我也没答应她，我也感到很是对不起她。

我们的班主任由教导主任临时代理了一些时，正式的新班主任来了，叫杨淑贞。教导主任给我们介绍，说她是大同二中高中毕业的高材生，本来考住了山西大学，可因为家里有事，不能去太原上学，就来咱们学校当老师了。

教导主任大声说："大家欢迎！"同学们都拍手时，杨老师的脸红了。

她教我们语文。

中午放学回家，我见仓门十号院里的家家户户都在擦玻璃，隔壁狄大大端了半碗用白石粉调成的白糊糊，用毛笔在已经擦好的窗玻璃上点白点儿。白点儿点得很大，像是一颗一颗的大白枣儿。妗妗看见我："快快，招人，我孩给妗妗擦玻璃。妗妗给调白石粉。午饭后街道就要来查卫生。"见忠义也回来了，妗妗安排说："忠义你背着丽丽到院里耍去，看尿炕上的。秀秀把丽丽的尿褯拿院里晒去。"忠义说："今儿咋叫我背丽丽。表哥呢?"妗妗说:"表哥跟我擦玻璃。"

舅舅回来了,妗妗指挥他赶快担水,说水瓮里快没水了。舅舅担着水桶走后,我把瓮底的水全都舀出在洗脸盆里,把水瓮里面擦洗得干干净净的。这时正好舅舅也担水回来了。

街道干部查卫生,不查大面儿,专找门头呀抽屉呀这种旮儿旮儿的地方检查。上次是查电灯盘。在检查别家时,忠义跑进家说,妈,灯盘灯盘。妗妗赶快站炕上,探着把灯盘擦净。最后检查的结果,妗妗家得了个甲。街道干部把原来挂在狄大大家的甲牌摘下来,挂在了妗妗家的门头上。

这次街道检查卫生的干部们,知道别的地方居民们肯定是都打扫干净了。这次专门是检查水瓮。而且是先跟上次是甲的人家开始查。那个女干部拿着个长把勺子,探进妗妗家的水瓮里搅。院里探风儿的孩子们赶快回各自家里报告说"搅水瓮呢搅水瓮呢",可是,事先如果没淘净的话,当时是来不及了。

检查的结果是,别家的水瓮都能搅得漂浮上沉在水瓮底毛毛絮絮的脏东西,只有我妗妗家的水瓮,无论怎么搅,那水都是清清粼粼的。

妗妗家的甲牌仍然是保持着。

妗妗是个很要强的人,为这个再次的甲牌的荣誉,她高兴地说,招人我孩就是有算计。

"招人我孩咋就算计出他们要搅水瓮?"妗妗问。

我说:"我也不知道他们要来搅水瓮,我是擦玻璃舀水时,看见水瓮底里有脏东西给漂浮上来,我就把水瓮底的那些水全都给舀在脸盆里,把瓮里给淘洗净了。我在我们家见我妈也是这么做。"

妗妗说:"你看他们正巧就是检查瓮里的水。"

舅舅说:"我跟你说过招大头命好。"舅舅夸我时,老也是叫我"招大头"。

仓门十号院里的上学孩子有七八个,人人都有苍蝇拍,人人见了苍蝇就打,打得家里院里就没有了苍蝇。孩子们就进厕所打。厕所也没了苍蝇。新的苍蝇又一下子没生出来。

一个院是这样,十个院也是这样。那个时候,大同城真的是没了苍蝇。午休时候很安静,没有讨厌的苍蝇往脸上爬。但是没苍蝇来打,完不成任务,孩子们心里着急。

星期天吃完午饭,我和武叔家的顺顺相跟着到东关菜园去打苍蝇。菜园里有粪池,苍蝇打不完。但那里的苍蝇不往地上落,就在粪池上空飞来飞去。有个小孩儿让引逗得差点儿掉进粪池里。我们回家时,一人才打了三盒。回家我都给了忠义表弟。

那天临明时,我们还都睡着,听到有人在街外"咚咚"地捣后墙。妗妗让舅舅出去看。不一会儿舅舅进家,说是姐姐给招人送来了蝇盒儿。当时我也醒了,我问我妈呢,舅舅说,又急着走了,要到矿上拉炭。我一听,外面的衣服也没顾得穿就跳下地,跑了出去。

跑出大门,看见有拖拉机拐过了纸铺,还看见我妈就在拖车车厢上坐着。我"妈——妈——"地大声呼喊着,往前追。

我妈听到了我的呼喊,让拖拉机停住了,跳下车厢。我跑到跟前哭着说,妈你咋不进家跟我说说话就要走。

我妈穿着不知道是谁的一件破大羊皮褂,坐在车厢上。

拉过煤的车厢上,风旋起的煤尘,把她的脸刮得黑黑的。我妈说"俺娃冷着俺娃冷着",说着要脱她的皮褂。司机把他的皮大衣脱了,给我披裹在身上。

我妈说:"男子汉,不哭。"

我说:"你咋也不先给我托个梦。"

我妈说:"行了行了行了。快回去哇回去哇,叔叔着急着还要到矿上拉炭,要迟了今儿就拉不上了。"

司机叔叔说:"你妈是半夜就起来,搭我的拖拉机来给你送苍蝇盒。我没见过世界上还有这么孝敬儿子的妈。"

我妈说:"我是怕娃娃顾着打蝇子,掉到粪池,出点事。"

我说:"妈,你咋知道我到菜园打苍蝇去了。"

我妈说:"啊? 怕的是啥可偏偏是啥,你原来真的去菜园了。倒好我给你把任务都完成了。这下好好儿学习哇。"我说:"噢。"

我妈说:"妈刚才都让你舅舅拿给你了,是三十盒苍蝇,七根耗子尾巴。"

我问:"有麻雀腿吗?"我妈说:"麻雀不能打。"

司机叔叔说:"麻雀是益鸟,在村里是不能打的。"

我妈说:"毛主席说'麻雀就不要打了'。以后它就不是四害了。"

这时候妗妗也跟大门跑出来,给我送衣裳。

跟妗妗打过了招呼,我妈说:"俺娃好好学习。"我说:"噢。"

我妈说:"我要是知道你跟孩子们要弹弓,小心我打断你狗腿。"

我妈有时候总是这么突兀兀地骂我。我想起上次她也是问过我弹弓的事。

　　我说："我又没耍弹弓。"

　　妗妗说："姐姐放心。我就没见他有过弹弓。"

　　司机叔叔说："快走吧。"

　　看着拖拉机突突突地开走了。我跟妗妗返回家。

　　妗妗说："三十盒儿苍蝇也不知道咋打了。"

　　舅舅说："咱们可从来没想起帮孩子打打苍蝇。"

　　妗妗说："又是远天大地地在半夜五更给送过来。"

　　舅舅说："你当是啥。想做个好家长，真也难呢。"

孩
子
们

仓门十号院在路南,院大门很讲究,上五个台阶后是平平
的月台,月台往里缩进,是前后两出水顶子的那种大门洞,门
闲里门闲外的空地,加起来有一间房大。进了门洞下三个台
阶,才进了二门巷廊。二门巷廊是进院的过道,像个小院儿,
有两间房大。

从二门巷廊往东一进院,路过的第一间房,是这个院的西
耳房。

这个院子是那种东西南北都有房的很整齐的四合院儿。
四合院的北房就是人们说的正房,这个院的正房是三间,加上
东西各有一个耳房,就是五间。

正房三间的中间那一间,人们叫堂屋。进了堂屋右手是
东房,左手是西房。东房住着狄大大。西房住着武婶婶。堂
屋是狄大大和武婶婶共同的。

东房的东隔壁是东耳房。西房的西隔壁是西耳房。西耳房住着吴婶婶他们五口人。我舅舅他们住在东耳房。不算我的话,也正好是五口人。

这个院还有西下房三间,东下房三间,南房三间。南房的东侧和西侧各有一个半圆的门洞儿。进了东侧的门洞,是个碾房,但只有碾盘,没有碾子了。这个地方由房东狄大大占着,放着杂杂乱乱的东西。进了南房的西侧的这个门洞,是这个院的厕所。雁北和大同地区的人把厕所叫做"茅厕"。"茅厕"的发音是"茅次"。

这个院的房东就是狄大大。

这里顺便说说"大大"这个称呼。在大同地区,"大大"是对人的称呼,但有两个根本不同的意思。一个是男性,是指爸爸。一个是女性,是指大妈。指"爸爸"读音"dada"时,前一个"da"读四声,后一个"da"读三声。指"大妈"读音"dada"时,前后两个"da"都轻声,而且还要连得很紧。

人们叫狄大大,意思就是狄大妈。实际上狄大大的年龄也不大,三十多岁,人们称呼她狄大大也是带有尊重的意思。

狄大大很漂亮,头发光光亮亮的,梳着个后抓髻。她的男人在1955年时候死后,她没再嫁人,靠着房钱拉扯着一女一男两个孩子。后来,她家的房子归了公了,她再没有权利收院里住户的房钱了。我现在实在是回想不起她家当时是如何来维持生活。

狄大大的女儿叫美兰,比我大四五岁,是个初中生。不用问,长得很美。狄大大的儿子比我大三岁,叫栓栓。按年龄他也应该是初中生,可他却只比我高一个年级,当时是上着高小六年级。

西房住着的武婶婶，他们有四个孩子，大红、顺顺、小红、二顺。

西耳房住着吴婶婶，他们有三个孩子，柱柱、香兰、云兰。

西下房住着唐婶婶，她有个女儿叫芳芳。

东下房住着冯婶婶，她有个女儿叫英儿。

芳芳和英儿都比我小两岁，她俩是一个班的，可她俩好像是有仇，成天吵架。

南房住着刘奶奶一家，她家没小孩。

我没有正式来舅舅家以前，我妈就常领我来。我跟仓门十号院的孩子们很熟悉。我一来就找他们耍，他们一知道我来了，就站在舅舅家门外"招人招人"地叫我。

我上小学三年级时，有回在栓栓和顺顺的主持下，我和东下房冯婶婶的女儿冯英儿举行结婚典礼。那个隆重呀，那个正式呀，回想起来真红火。一伙孩子们簇拥着经过化了妆的我和英儿，挨着个儿推开院人家的门，站定在一进门的里面。栓栓拉着长音大声唱喊说，"新郎新娘拜见武叔叔武婶婶——"，顺顺接着大声唱和说，"一鞠躬——"，后面跟着的孩子们紧接住起哄说，"二鞠躬——三鞠躬——"。我和冯英儿真的也是很主动地认真地弯腰九十度，给大人们鞠躬三次后，这才退出这一家，然后再到下一家。我妗妗家和冯婶婶家也同样要去拜见，我和冯英儿当时谁也没有想起害羞来，谁也没扭捏着说不进个儿家。

我小时候在姥姥村，跟姨妹还有她的堂妹穗儿玩过家家时，姨妹当妈,穗儿当新媳妇,我当新女婿。但那是我们在上学前的时候。可我这个三年级的学生跟上一年级的冯英儿也玩这种过家家的游戏。而且是那么地当回事儿。妗妗喊我回家吃饭,我也顾不得。一直玩到把仪式都进行完,才散伙儿,回家。

记得妗妗问我说:"招人,我孩们结婚原来不坐席? 还得回家吃饭?"

我还清楚地记得,妗妗问我这话时,我假装顾低头吃饭,没听着她在问啥。

西下房住着的芳芳,在后来又跟我们耍的时候说:"招人哥哥招人哥哥,我也想跟你耍结婚,我也想戴大红花。"英儿抢白她说:"芳芳芳芳你迟啦。我们已经结过了。"芳芳没理英儿,跟我说:"招人哥哥你再结一回。"冯英儿说:"人们就结一回婚。不结两回。不信你问你妈。"芳芳很委屈的样子,好像是快哭呀。

芳芳长得很像是我们班死去的常爱爱,我很同情她。我也想着跟她耍耍结婚,可主持人们不提这个事,我自己也不好意思申请。

当这次我正式来舅舅家住,院里碰到冯英儿和唐婶婶的芳芳时,大家好像是都把两年前结婚这码子事给忘记了,谁也不再提。

可那天她俩不知道是什么起因,又吵开了。我们几个男孩过去时,她们吵得更厉害了。

冯英儿说:"用你管?"

唐芳芳说:"不管你能长这么大?"

冯英儿说:"我吃我妈怀中的奶吃我爹手中的饭,你管我啥了？"

唐芳芳嘴一张一张的，没个说上的了。

冯英儿接着说："想管我，想当大人。你结婚了吗？羞不羞你？问你羞不羞？"

唐芳芳说："你想跟男人结婚。你羞不羞。你问我羞不羞，我还想问你羞不羞？"

冯英儿说："我想跟谁结婚了？"

唐芳芳说："你想跟谁你知道。问我。问你自个儿吧。"

冯英儿说："你才是想呢，说我。你才是想呢。"

唐芳芳说："那你说说我想跟谁？"

冯英儿说："你想让我说是谁。我就不说。气死你。"

唐婶婶过来，把芳芳拉回去了。

顺顺跟我说："小女生就是心大。小小儿就想搞对象。咱们男生就不这样。"

我低声说："就是。"

妗妗整天坐在缝纫机前"咯噔咯噔"做营生，挣钱。家里的箱顶柜顶，永远是一垛一垛地垛着舅舅给跟单位揽回来的活儿。没公家的活儿，她就做自家的活儿。家人多，活儿也多。妗妗手也巧，她能拿着看上去没什么用途的布头，给孩子们做衣裳。舅舅家孩子们，包括我也在内，我们的衣裳在全院来说，穿戴最整齐了。她还拿碎料对成大料，再用对出的大料做枕头做门帘做被褥。

妗妗有永远也做不完的缝纫机活儿，经常是做到半夜，隔壁狄大大经常是过来敲门玻璃说："她张婶儿，让我睡会儿行不行。"

舅舅在家主要是料理孩子们,给孩子们洗脸洗衣服。黑夜妗妗乏得倒头就睡死了,孩子们都是由舅舅管了。半夜里把接这个尿摇醒那个尿,都是舅舅的事儿。舅舅家的孩子们一哭,都是喊"爹呀爹呀"的,不像其他的孩子,都是"妈呀妈呀"的哭喊。

小孩子们哭的时候喊"爹"的,我在别处还没见过。

舅舅还管着给全家人做饭。舅舅做饭时,秀秀帮着拉风箱。

忠义不帮着做营生,他一进家就趴在那里写作业。有时候抬起头跟人们说话,舅舅就说,做你的作业。他就赶快低倒头写。他的作业好像是和妗妗的缝纫机活儿一样,永远也做不完。他永远也是嘴里含着根铅笔,时刻准备着要低头写字的样子。

我的作业都是在学校的最后一堂自习课就写完了。妗妗给我布置的任务就是哄丽丽。别人哄丽丽丽丽哭,我哄丽丽丽丽不哭。

妗妗专门给我做了一个背兜带,用来背丽丽。我出去跟孩子们耍,也是背着丽丽。

丽丽会走了,也还是离不开我,就叫我哄。妗妗说过,要把丽丽给我当妹妹,还说也要改成姓曹。为了有这么一个也要姓曹的妹妹,我走哪儿都带着她。她会走了可她也懒得自己走,要叫我背着她,要不她就会哭。但这时候就不用背带往身上绑了,我蹲下来,她趴我背上,我站起来背她走,她可能是已经习惯我的背了,我背着她,她还是常常在我的背上睡着。

丽丽睡着了,不一会儿就热乎乎地给我尿背上了。我已经习惯她往我背上尿了,尿上就尿上吧,也不跟大人说这事了。

自我来了舅舅家,妗妗就听了我妈的,每天都给丽丽打牛奶喝。一天一斤。早晨中午各半斤。早晨由舅舅来喂,中午就是由我来负责。

我喊说:"秀秀拉风箱。"秀秀就给抱住风箱拉火。我喊说:"秀秀行了。"秀秀就住了手。

我端起小铝锅儿把奶子倒在碗里,用小勺儿喂丽丽。丽丽喝完,我给倒少半碗开水,涮涮碗,后又把涮碗的水倒在奶锅里,用小勺儿把巴在铝锅上的奶皮刮净,又倒在碗里,给给秀秀说:"喝吧。"

秀秀早在那里等着这点涮奶锅水了,这对于她也算是特殊的福利。后来,我还做主往碗里给她放一点点白糖。

当时秀秀只有五岁,可秀秀最是个善良勤劳的孩子了。吃好吃赖,穿新穿旧,干多干少,秀秀从来都听大人的,从来没有表示过半点不满意。

西耳房的云兰是吴婶婶的二女儿,她在家也是负责拉风箱。她跟秀秀同岁,也还没上学,可不知道她哪里学会了那么多的歌儿,就拉风箱就唱"花篮的花儿香,听我来唱一唱,唱呀一唱""一条大河波浪宽,风吹稻花香两岸""九九那个艳阳,天来唉嗨哟",没有个她不会唱的。只要是一听不到她唱,那就说明她家的饭熟了,她正吃饭,占着嘴呢。她的那些歌儿一准是她的哥哥姐姐教的,可我从没听过她的哥哥柱柱和她的姐姐香兰单独地唱过。

狄大大老头痛,眉颅骨上老是有个圆的打过火罐的印子,过些时,火罐的印子就又换到了两鬓。栓栓连着退了两班后,她就不让栓栓耍了,栓栓一出院,她就拿着掸子追出说:"回家做作业去!"栓栓说:"我到到茅次莫非也不让?"说完真的往厕所走。狄大大就在院等着,等他跟厕所出来,还得乖乖跟着他妈回家。

栓栓虽说是比我大三岁,个头也高出许多,可我们两个合得来,能耍在一起。有个傍晚天还不是很黑,他偷悄悄地领我到碾房。用钥匙打开门锁,进到里面。碾盘上有个木箱,他揭开木箱,划着根火柴说你看。我一看,箱盖里面用白粉笔写着字骂他姐姐。他姐姐比我们大四五岁,在我的眼里那就是大人。

我说你咋写着字骂大人,不好,骂大人就不是好孩子。他说我就要骂她。我说你要骂她,我不跟你耍了。他说我是悄悄骂。我说悄悄骂也不行。他说,那我黜了。他就抬起胳膊,用袄袖把上面的字黜了。我说你要黜就黜干净。他说没事,我姐姐人家那高级人儿才不进这个烂地方。

栓栓的姐姐美兰和武婶大女儿大红都是初中生,不跟我们小孩玩儿。

街道干部教给住户们,用白石粉往窗玻璃上画四害。说画上画儿,玻璃稍有点脏也看不出来,说这样用不着每天擦玻璃。不管画得像与不像,家家都把苍蝇蚊子老鼠麻雀画在窗玻璃上。怕雨淋,都是画在屋内。

妗妗家是一进门就上炕的那种老百姓们叫做的棋盘炕,窗玻璃下面就是炕,那次丽丽站在炕上用耍尿尿的湿手把妗妗画的四害涂抹得一塌糊涂。当时妗妗不在家,我赶快把玻璃擦洗干净。

那些时,家家户户都有事先就泡好的白石粉糊糊碗,碗里还有支毛笔。我端着碗打算把四害重新画上去,一下子改变了主意,我想起图画老师教给的图案画,雪花。我决定不画四害了,我把所有的玻璃都画上雪花。

妗妗回来一看,"呀咿呀,真好看"。

狄大大见了也夸说好,"大夏天,画着雪花,显得家里清凉清凉的。真好"。

狄大大和武婶婶都赶快把自家的四害擦洗掉,要画雪花。可她们因为不会抓毛笔,雪花总是画不好。于是就派着各自的女儿来跟我学。

我画的雪花这是最简单不过的图案画,只要是把毛笔捉稳,幼儿园小朋友也会画。美兰和大红这两个初中生姐姐一学就会。

后来一院人都跟我学着画雪花。

以前,一院人的窗玻璃都是苍蝇蚊子老鼠麻雀在跳跃,现在一院人的窗户玻璃都是雪花在飘飘。

晚饭后,院人们坐在自家门前乘凉。孩子们在院里玩耍。

武婶婶家的顺顺最是个玩家了。他有好多好多的玩法,每次大家玩什么,都是他决定。我们玩得都很文雅,猜谜语,讲鬼怪故事,有时候也抓特务。抓特务跟捉迷藏差不多。但我们从不玩追追杀杀打仗的。

女孩子们在一起唱歌,吴婶婶家云兰的嗓音最响亮。

美兰和大红是大同二中的同班同学,是好朋友,她俩总是在一起。有次在她俩的号召下,男孩女孩要在一起唱歌。

唐芳芳提议说,让招人哥哥用口琴给伴奏。

美兰问我:"你还会吹口琴?"我说:"会。"

唐芳芳说:"我小姨姨跟他是一个学校的,那次我小姨来我家时在院里认出了他,说他口琴吹得可好了,六一儿童节在台上给吹好几个。我小姨姨说,比老师拉的手风琴也好。"

美兰说:"那快去取去。"

我跟家里取来口琴。大红说:"那你先吹一曲。我们听听是不是比老师拉的手风琴也好。"

这支口琴是我妈去怀仁前,我跟我妈要钱新买的,音色特别好。我从盒里倒出口琴,捧在手里,看了看两个大姐姐后就吹起来,我只吹了一句"雄赳赳气昂昂,跨过鸭绿江",她们就鼓掌。

大红说:"哇,了不得。招人你还什么本事是我们不知道的?"

美兰说:"大红别打岔。别打岔。我看咱们今天就不合唱了。让招人来个独奏吧。"

孩子们都欢呼,这时有的大人也围过来了。

他们会唱的,我都会吹。那晚,我吹了一支曲子又一支曲子。妗妗本来在家里做缝纫机活儿,后来也出来听我吹。

以前,狄大大不叫栓栓跟我们耍,说是,"一天就跟小孩子耍,你还能有个长进吗?"自从我来了个口琴独奏音乐会以后,狄大大放松了对栓栓的管制。栓栓做完作业后,是能够出院跟我们这些小孩子们耍了。

游行

　　下午的最后一堂自习课，杨老师让同学们在第二天都穿上好衣服，她说这是学校要求的，说明天要上街游行示威。同学们问游行示威是做啥，她说是要支援巴拿马，打倒美帝国主义。

　　巴拿马我们知道，美帝国主义我们也知道。前两天音乐邢老师教我们歌时给大家讲到过。歌词唱说，"我们大家一起来，支援巴拿马人民的斗争。我们大家一起来，支援巴拿马人民的斗争。要巴拿马要巴拿马，不要美国佬，要巴拿马要巴拿马，不要美国佬"。还有古巴，我们也知道。也是她教我们歌时说的。她说古巴和巴拿马一样，都受美帝国的欺负。

　　我觉得邢老师教的这两个歌儿都很好听，尤其是她教的古巴的这首歌更好听。歌名叫《哈瓦那的孩子》。歌里面唱说，"美丽的哈瓦那，那里有我的家。明媚的阳光照新屋，门前开红花。……跟着那英雄的卡斯特罗，打回哈瓦那"。

常吃肉又问杨老师:"说了半天,我还不知道游行示威是做啥?"杨老师想想说:"游行示威嘛,就是,我们高小生要穿上好衣服,集合起来,排好队,就走就喊着口号,到西门外的工人体育场开大会。向美帝国主义示威。"

常吃肉说:"美帝国离我们这么远,我们这里示威他们能知道吗? 要是不知道,那不是白游了吗?"

班长说:"你懂得个屁好烧着吃。人家美国知道。我姨夫说了,美国有 U2 侦察机,能看见我们游行。"

常吃肉说:"我不懂得屁好烧着吃。你懂得。你吃过你还不懂得吗?"

同学们都笑。

杨老师说:"行了行了。"

杨老师给了班长一个口号单儿,让他回家背会。明天游行时让他领着呼口号。

班长说我不知道咋呼口号。杨老师说你没见过呼口号?班长说没。她问同学,你们谁见过,同学们都说没见过。

我当时正在低头做作业,我的家庭作业永远是在学校里赶程着要做完。

我做作业的同时,也听到了老师的问话。我想想后,站起说:"我知道。我在电影里见过。"

杨老师说:"就是嘛。没吃过猪肉还没见过个猪跑? 那你这阵儿就给领着呼喊。让同学们跟着。"

她跟班长要过口号单,给了我。我照着口号大声地呼喊一句"打倒美帝国主义",可同学们没人跟着喊。不仅没人跟着喊,还都"轰"地一声,全都给大笑起来。

我让同学们笑得有点蒙了，不机明是我喊错了还是怎么回事。

杨老师跟同学们说："大家别笑。这就是呼口号。曹乃谦同学呼喊完一句，紧接住，大家就大声地跟着他呼喊。"

她让我再重呼喊。

我又大声地呼喊了一句。这次，同学们里头只有个别的跟着喊了，可只喊出两个字后，就又停了。

大家又开始笑。这次杨老师也笑了。她就笑就摆手说："我知道了我知道了。是你这应县话口音不行。平时说话还不显色，这喊口号怎么这样地特色明显。"

我七岁前是在应县老家度过的，我来大同上学也已经五年了，可我还不会说大同话，一直说着应县话。这大概是因为我妈一直是说着应县家乡话的原故。

杨老师看着班长说："晋财。还是你给喊吧。"

班长他起初不知道呼喊口号是做啥。我给示范了这两次后，他知道了。他拿着口号单儿，领着大家喊，大家都跟着呼喊开了。

这时候，我们听到别的班同学们也在练习呼喊。

临放学，杨老师又强调，让大家明天都穿新衣裳。她说："明天我们要跟别的班比一比，看哪个班同学们衣裳穿得好，红领巾最新，队伍走得整齐，口号喊得响亮。还有就是，更要看在工人体育场开大会时，哪个班同学最遵守会场纪律。"

第二天，同学们穿得干干净净地来了。但大部分还是穿着用手工缝做的白洋布单布衫，下身是中式大裆裤。

常吃肉早就跟我说过他妈给缝了一身新衣裳，但他不想穿,他说穿新衣裳别扭。可今天老师要求全体同学都换新衣裳,他就正好穿来了。白布衫蓝裤子红领巾,脸也洗得挺干净,就连脖根儿好像是也洗了。

我说看你今天打扮得……我说这话的时候,一下子想起了跟舅舅院的冯英儿耍拜天地了。那天我不仅是打扮了,脸上还让栓栓给搽了红脸蛋儿。

常吃肉说,可我的红领巾是旧的。

我当下把我的新红领巾换给了他。他高兴地就踏步就唱,"准备好了吗? 时刻准备着。我们都是共产儿童团"。我说:"你该唱'我们是共产主义的接班人'才对。"这时杏花过来了。

杏花说常吃肉:"看这打扮得干眼骨净的。"

常吃肉说:"你说说我打扮得像个啥?"

杏花想想说:"像个袼褙人儿。"

常吃肉说:"不对。"

杏花说:"不对是啥?"

常吃肉说:"你看我像不像新女婿。"

杏花说:"嘘——梦梦娶媳妇。你。"说完跑开了。

常吃肉看着杏花的背影儿,傻笑。

我看着常吃肉傻笑的样子,也笑。

杏花是我们升五年级时,她跟上个班退下来的。她退班不主要是因为学习不好,她是因为家里困难不让她上了。后来学校说给她减免学杂费,她才又来了,到了我们班。她跟常吃肉都住在学校背后的石头巷,街门对街门,常见面,来我们班前就跟常吃肉熟悉。

杏花家弟妹多,学校让除四害时,家里的火柴盒儿不够用,她自己粘了纸盒装苍蝇,班长不收,说你这不是火柴盒。为这,常吃肉跟班长吵,还把班长按倒,从领口把苍蝇都填进了班长的肚里。学校给了常吃肉一个留校查看的处分。还罚他多交十盒苍蝇。

我的苍蝇有富余,把慈法师父给我打的十盒苍蝇都给了常吃肉。

今天班长晋财穿了一条蓝色的西式裤,不住气儿跟教室出来进去的,为叫同学们都能看着。可后来同学们想到,班长以前从来没有穿过西式裤,今天是头一次穿,这应该说是条新的才对,可他的这条裤子是旧的。再后来,同学们又有了重要的发现,他的这条西式裤前头没开着口儿。

常吃肉就问他:"你这条西式裤子为啥不跟老曹的一样?你的前头为啥不开尿尿口儿?"

班长说:"你的裤子前头不是也没尿尿口儿?"

常吃肉说:"我的反正是中式大裆裤,前面不开口。可我侧面也不开口呀,但你的裤子侧面却是开着口。"

班长说:"反正我是西式裤。你想穿还没有。"

常吃肉说:"你的这个西式裤跟杨老师的一样。你这是女人的。你这是穿你嫂嫂的。"

班长说:"反正我是西式裤。你想穿还没有。"

常吃肉说:"我们不稀罕穿女人裤子。我们是男人。我们不是女人。"

杨老师来了。她说,男生一律不戴帽子,女生一律不戴头巾。要有戴来的话,一律放在课桌里。

同学们在班门前集合，最后又都带到大操场。校长给我们五年级六年级的这十个高小班训了一气话，宣布出发。

一出校门就呼喊口号，街面上两旁的行人不知道我们这是闹啥，跟着看红火。

在我们高小的十个班主任里头，最数杨老师年轻漂亮，文化也最高，走到正经的大街时，她拍拍手，让大家注意，然后就起个头让我们唱歌，

"雄赳赳气昂昂，跨过鸭绿江。保和平，卫祖国，就是保家乡。"

在雄壮的歌声中，同学们越走越整齐，越唱越响亮。有个背着照相机的人退着走路，给我们照相。

起先，我们前面和后面的那两个班都是在呼口号，没想起唱歌，后来也跟我们学，唱起了歌。

太宁观小学的学生跟院巷街街口拐出来了，跟我们学校的学生走了个并排。但是，我们在马路的北边，他们在马路的南边。一齐着向西门外走。可人家们太宁观小学的学生每人手里拿着一支用纸做的三角形小彩旗。呼喊口号时，把小彩旗举起来，花花绿绿真好看。

我们校长没想起给大家做彩旗，我们只好是用响亮的歌声来压倒他们。教导主任悄悄地串通了各班的班主任，班主任又悄悄地告诉大家，十个班同时唱一支歌，

我们大家一起来，支援巴拿马人民的斗争，
我们大家一起来，支援巴拿马人民的斗争，
要巴拿马要巴拿马，不要美国佬！

要巴拿马要巴拿马,不要美国佬!

……

　　我们唱了一遍又一遍,反复地唱。唱"要巴拿马要巴拿马,不要美国佬!"时,在教导主任的引领下,连连地往起举四次拳头。十个班的四百多号同学,好像是在学校训练过似的,动作一致,歌声嘹亮。路两旁的老百姓,给我们拍手鼓掌。又过来几个背相机的人,给我们拍照。

　　还没走到西门口,天上给下起了雨,太阳红耿耿的,给下起了雨。我们不管,我们跟太宁观小学的队伍摽上了劲,我们在继续唱:"我们大家一起来,支援巴拿马人民的斗争,我们大家一起来,支援巴拿马人民的斗争,要巴拿马要巴拿马,不要美国佬! 要巴拿马要巴拿马,不要美国佬!"

……

　　唱着唱着,我们看到太宁观小学的队伍乱了。后来才看出,他们手里的小彩旗都让雨给打湿了,有的头掉了,有的叠回去展不开了,有的同学干脆就把小彩旗扔地上,不要了。太宁观小学的领导指挥着学生,跑步超过了我们。

　　这时候,雨住了。

　　太阳雨好像就是为了往湿打太宁观的小彩旗似的,只下了那么一小会儿,不下了。

　　我们一看,唱得更来劲了,走得也更来劲了。

　　到了体育场才知道,开会的不仅是我们高小学生,还有初中学生高中学生,还有工人干部,还有好多穿着袈裟的师父们和穿着黑袍的道士们,还有戴着小白帽儿的不知道是什么教。反正都是些上了年岁的老爷爷们。我远远地瞭见,我院的慈法师父也在那群人里面。

看大会标我们才知道,原来这是一个叫做"大同市各界'声讨美帝国主义'万人大会"。

工人体育场放得下放不下一万人,这我们不管。我只觉得毒日头晒得我直冒汗。

会议一直开到中午。那时候全国已经进入了困难时期,大部分学生在家里是吃不上早点的,再加上游行的劳累,会场里有十多个小孩饿得当场昏倒在地上。救护车把他们拉到医院去救治。看来市领导也想到了有人要饿得昏倒这样的事。

会议结束,让佛教师父和道士们以及天主教等等的宗教老爷爷们先走。我们学生们是最后离场的。幸好是不再游行了,各回各家。

我饿得不想往仓门走了,心想妗妗也知道我上午是到西门外开会,即使是我没回家,她也会想到我是去了哪里。

我直接就到了圆通寺。

我把常吃肉也领上了。因为我早就答应过他,到我们圆通寺看那个像他妹妹的菩萨,而且我也早就跟慈法师父打过招呼说要领个小朋友来,师父也答应了,还说来哇,师父给你们吃素包子豆腐汤。

因为时间的关系,素包子今天师父不一定能做得过来,但饱饱地吃一顿搁锅面,这也是我当时的理想。在舅舅家从来不吃搁锅面,因为人多,那得多大的锅呢?

一进西门口,我看到了慈法师父,他就在圆通寺巷口站着,手搭在眉头上,向西瞭望。再往前走走,师父也看见了我,把手从眉头上放下来,跟我们招手笑。

走到跟前,我大声说:"师父,我都快饿死了。就在你家吃饭呀。"

师父说:"那一准是了。"

我给师父介绍说:"这是我的好朋友,叫常吃肉。"

师父问:"叫个?"

我说:"常吃肉。"

师父把右手掌竖着举起在鼻尖前,连声说:"阿弥陀佛,阿弥陀佛。"

我赶快打岔说:"师父咱们吃搁锅面。"

师父说:"怎么又吃搁锅面? 昨晚我就准备好素包子了。"

我惊奇地问:"昨晚?"

师父说:"咱们不是早就说好了,素包子豆腐汤嘛。"

我更加惊奇了:"那,您,您是在昨天就算出今天我们要来?"

师父笑着说:"这还用算吗?"

我真的很惊奇:"这,这?"

师父说:"这什么呀,这。你俩今天来作客。这不是很顺其自然的事嘛。"

我想想说:"是。是。"

师父说:"既然是顺其自然的事,那我就顺其自然地想到你们会来呀。"

我看看常吃肉,他也正看着我。

我俩同时摇摇头,后来又同时点头,同时说了声"顺其自然"。

武叔叔下班回家不进家,先用衣打抽打衣服,啪啪啪啪,
啪啪啪啪,抽打好长时间,把全身都抽遍,这然后才进堂屋洗
脸。洗脸当中,武婶婶已经给沏好一壶茶,放在院门前的小方
桌上。武叔洗完脸出来,坐着小板凳,慢慢喝茶。

武叔是在一个公私合营的运输单位拉小平车。中午不回
家,带干粮。后晌四点多就回来了。他的工作一定是很累,我
听他说过这样的话,"我累死累活的,就是为了坐在这儿喝这
一壶"。他说的喝这一壶,不是酒,就是指茶。

有个星期日我背着丽丽到圆通寺玩儿,返回来见武叔叔
又坐在小桌前慢慢地喝茶。我叫了一声武叔。武叔说:"来,
摆一盘儿。"我说:"丽丽睡着了。我先把她安顿回家。"

我跟妗妗家返出来,武叔已经把象棋摆好了。

我的象棋是武叔教的。那是在小学二年级时,我来舅舅

家,到武叔家跟顺顺玩。武叔说,来,我教你俩下棋。他就让我和顺顺面对面坐在方桌前。他"马走日象飞田""当头炮马来跳""卒来拱象来飞"一步一步地教会了我们。

后来我在我们圆通寺院常跟慈法师父下,水平就慢慢地提高了。顺顺根本就不是我的对手了。武叔就常跟我下。

这次武叔还给我也倒了一杯茶。我说我不会喝茶。他说喝茶那有啥会不会。

武叔说:"喝着茶下着棋,这是神仙的日子。"

大红姐姐跟堂屋出来,问武叔:"爹跟小孩下。您是不是欺负人家招人。"

武叔说:"我俩互有输赢。不存在欺负的问题。"

大红问我说:"招人,你咋啥也行。你有没有个不行的?"

我说我体育不行。我说我连我们班女生也跑不过。常有女生打完我就跑,我也不追。我追不住人家。

大红姐姐笑。

她说:"我就说,你从来不领导着孩子们耍跑呀跳呀的,原来是你在这方面不行。"

我说:"我们孩子们每次耍啥,都是顺顺来决定。"

正说着,顺顺和栓栓回来了,一人肩上扛着个布袋。

他们两个是跟菜园拾回菜了。

当时已经是进入了困难时期。人们不知道是在哪一天,突然就感觉到吃的不够吃了,可肚子永远也好像是填不饱。

我妈把我跟我妈的供应粮全都打到了舅舅家。不再像以前那样换粮票了。

大红说栓栓和顺顺:"一看你们两个就是那受苦的人。看看人家招人坐在那里,喝茶水儿,敲棋子儿。"

栓栓跟兜里掏出个西红柿,给我。我说不要不要,他说拿着拿着,我就拿住了。正好忠义和秀秀过来了,我掰开给了忠义一半给了秀秀一半。我跟秀秀说,你给丽丽留半半儿。秀秀答应说噢。

栓栓跟顺顺是我的好朋友,我不想跟他们不一样,我也想跟着他们去拾菜。

我跟妗妗要布袋,妗妗说,你妈可跟我说了,怕你到菜园。我说我知道我妈是怕我掉进粪池,可我不到粪池跟前去。

妗妗说,叫你妈知道骂我呀。我说不让我妈知道。妗妗说哪有不漏风的墙。我说要是我妈知道了,我就说妗妗不让我去是我自个儿偷着去的。

妗妗没给我布袋,妗妗给了我一个她用碎布头弥对的那种花儿提兜。

那以后,我差不多每天中午都要跟着栓栓他们到菜园去拾菜。

以前我去过菜园,那是为了打苍蝇,不太注意菜。不过当时的菜苗苗也小,这次去了,菜也都长大了,可我尽认不得是啥菜。栓栓把我们领到一个种菜叔叔跟前,他正往下掰一种菜的边叶,看样子是有规律的,一棵菜往下掰两个大叶子。

我问种菜叔叔:"好好儿的菜把大叶子掰下来做啥?"

顺顺说:"不掰下来你拾啥?"

我说:"莫非叔叔往下掰叶子就是为了让咱们拾?"

种菜叔叔笑了,说:"如果不把它掰下来,正经的菜就长不大。"

我看了半天,看不出他说的正经菜是哪种菜。我问:"这是啥菜?"

种菜叔叔说:"你们城里的人一天吃菜却认不得。"

栓栓说:"这是回字白。"

顺顺说:"这也叫勺儿白。"

种菜叔叔说:"你们谁能说出为啥叫个回字白,为啥叫个勺儿白。说出来,这溜菜擗下的边叶都给他。"

周围还有好几个别的孩子,都在抢着说。但他们都没说对。

我想了想都想出来了。我看了一眼那溜菜,那溜菜足有五十多棵。一棵往下擗两个大叶子,五十棵就是一百多个大叶子。足够我们三个人的袋子装。

我说:"我想出来了,那您都给我们往下擗吧。"

那个叔叔看着我问:"你知道了? 那你说说为什么叫个勺儿白?"我拿手比划了一下用勺子舀水的动作说:"用说吗? 不就是每个菜叶都就像是勺吗?"

那个叔叔说:"这个小鬼挺灵。好了。这一溜都是你们的了。"

栓栓跟其他的认不得的孩子说:"听着了吗? 这是我们的了。你们走开。到别处去。"

菜园很大,擗菜的爷爷们叔叔们很多,那些孩子们就跑开了,去到别处。

我们跟这个叔叔熟了,一去就找他,这个叔叔说他是初中生,考住高中没钱上,就回村当了农民。他说种菜也是技术活儿,也得有文化才行。大队就让他学种菜。

顺顺问说什么大队？种菜叔叔说，生产大队。

见我们不懂的。那个叔叔又往详细给说说，他说，农村以前叫合作社，成立了人民公社后，合作社叫成了生产大队，生产大队下面还有生产小队。但菜园都归生产大队管。

我们每次去了菜园都找这个叔叔，差不多每次都不空手回家。

我们不空手回家还有个很重要的原因是，我们有栓栓这个大个子，别的孩子们不敢抢我们的东西。别的小孩有时候就把拾的菜让抢走了。

那天，西下房唐芳芳到妗妗家叫我，说我小姨姨叫你。我看妗妗，妗妗说我孩去哇。炕上的丽丽也要跟我，我转过身，她趴在了我的背上。我背着丽丽，跟着芳芳到了她家。

仓门十号院的东下房和西下房入深小，但都是里外屋。小时候我跟冯英儿耍结婚典礼时，我进过外屋，可里屋我没进过。

里屋有女孩的声音喊："曹乃谦。进来，看认得我不？"这是芳芳的小姨姨。

我进去一看，认得。她比我高两个年级，有年六一儿童节她在台上独唱过"洪湖水浪打浪……"，好听得没底。芳芳说，她小姨姨现在是在大同四中上初二。

我说认得，我说你的"洪湖水浪打浪"比韩英也唱得好。她小姨姨哈哈笑着说，你的口琴吹得比老师拉的手风琴也好。

唐婶婶说："你们两个相互吹哇。"

唐婶婶跟一个白色的大搪瓷缸里给我和丽丽倒出两杯不知道是什么东西。我回想起来，那是我喝过的最好的饮料。

后来我问芳芳那是什么？芳芳说，那是煮菠菜的汤。她妈不舍得把它倒掉，在里面放了白糖当饮料喝。

小姨姨问我初中想在哪儿上。我说我不知道。小姨姨说，我看你和芳芳都考大同一中吧。大同一中是省重点学校。芳芳说好。我说我得问问我妈。一听我这么说，小姨姨又笑得哈哈哈。唐婶婶说："笑啥，问问妈对着呢。当你呢，啥也不跟大人商量。"

到菜园拾菜，家长不让我们引小女孩去，说是看叫拍花子的拍走。

当时大同的老百姓流传说，跟太原来了一伙拍花子的老汉。这些老汉都戴着草帽，手心上有个蓝点，这蓝点是药，只要是在你的头顶上一拍，那你就没跑。不是你没跑，是你不跑，你会主动地跟着这个老汉，他走哪里你跟哪里。最后把你领到太原，让你再也回不了自己的家，这一辈子就再也见不到自己的妈妈了。

还说拍花子的不拍男孩专拍八岁以下的小女孩儿。

顺顺的妹妹小红，还有冯婶婶的英儿和唐婶婶的芳芳那天也要跟我们去。她们说自己都是九岁多了，不怕。可我们不想领她们，她们非要跟。跟出了东城门，我们远远地看见一个戴草帽老汉，栓栓说那好像是个拍花子的，顺顺说，就是，我看见他手心有个蓝点。冯英儿问我，招人哥哥你看见了吗？

我说："你听顺顺他白嚼。即使那真的是个拍花子老汉，可离得这么远，他怎么能看见手心的蓝点呢。反正我没看见。"

唐芳芳说："还是招人哥哥不哄人。"

我说："可我好像是听说，拍花子的已经不拍八岁以下的了，现在是专门拍九岁的。"

三个女孩一听，哇哇叫着就往回家跑去。

那天幸好也没有领她们，那天我们跟另一伙孩子打了一架。

我们拾回去的菜里面，家长们最喜欢甜菜缨子了。那天我们就是因为抢甜菜缨跟别的孩子们打开了。

我们三个最数我身单体薄，让另一伙孩子给把我按倒在地上，栓栓揪住按我的那个孩子头发，照脸给了他一拳头。这下坏了，鼻血马上给流出来。双方一看流血了，这才住了手。

可这个事没完。对方不知道咋就知道栓栓的学校，几天后，家长找到学校，拿着一沓子票据，让栓栓赔钱。说是把鼻梁骨打断了，看病总共花了二十七块，还有个几毛。家长说几毛不要了，必须赔够二十七块。要不就往派出所送他。

二十七块，这可不是小数目。武叔叔吴叔叔和我舅舅，他们每个人的月工资，都也是不到三十块。狄大大家里没经济来源，咋能赔得起二十七块。栓栓根本就不敢跟狄大大说这个事。他跟学校也说了，不能让我妈知道，如果让我妈知道了，我宁愿坐法院也不赔。

栓栓找我商量。我说我给赔。我说你是因为救我才打的那个孩子。他说人是我打的，不用你赔，你能借给我二十块就行，他说他现在已经有七块。是跟碾房箱子里搜寻出了一对铜灯碗儿卖了七块。

他说，但你保证这个事不能让你舅舅妗妗知道，他们一知道了，我妈就有可能知道，我妈要是知道了那一准能把我打死。

我很严肃很庄重地举起右拳头说，我保证。

我身上经常有钱，可也没有这么多。我说我妈这些日有可能要回，时间能不能迟几天。他说，学校给他限期是半个月时间。我说，半个月，好说，我妈一准能回，半个月内如果我妈不回的话，那我就跟慈法师父借。

栓栓一听我这么说，觉得这个事情有救了。他紧紧地握握我的手，没说话。

我差不多天天往圆通寺返，盼我妈回来。其实我妈如果回来的话，是一定要来舅舅家的，可我还是想最早时间见到她，一放了学专门绕道先回圆通寺一趟。

那天中午我又是这样，一上大门洞，习惯性地看看窗帘有没有变化。一看没有，窗帘还是跟以往一样，没有被拉开。再打算进进后院，又改变了主意，赶快回仓门，去给丽丽热牛奶。一下台阶，慈法师父跟牛角巷过来了。他说你妈跟你爹一大早就回来了，他们跟怀仁拉回一车菜。你爹赶快又赶火车去了。

师父说："他们还专门给我留下一袋菜。刚才我是帮你妈把那一车菜送到了仓门。"

我妈这次跟我爹是拉着一平车菜，步行九十里跟清水河来到大同的。当中他们在怀仁的秀女村打了一尖。

我妈的脚磨起了血泡。

在妗妗家吃完晚饭，舅舅强硬地坚持着让我妈坐在小平车上，他要送我妈回圆通寺。我也坚持着要一块儿回。

舅舅跟我们家走后，我给烧了开水让我妈泡脚。同时，我也一直想着该如何说出想要二十块钱的事。我一再盘算,反正是不能说实话。一说实话我妈就知道我又到过菜园。我知道我妈最怕我玩弹弓让孩子们打破头,还有就是怕我到菜园掉进大粪池。

我妈说缓两天还要拉着空车回清水河。我说那你们拉着车路上不怕遇到坏人抢你们的菜吗?我妈说,我还不知道想抢谁,谁敢抢我?

这时我想起了我们为了抢甜菜缨子而跟人打架的事。我认为该是说说二十块钱的事了。

我想了想开头,说:"妈。您甭骂我。我跟你说个事。"

我等我妈问问我是啥事,可她没问。我掰转头看,她已经是乏得呼呼地睡着了。

第二天早起,我说呀说呀又没说。吃完饭到了学校。

中午和晚上,我妈也还是在舅舅家吃的饭。饭后相跟着回了圆通寺。

我一进门,拉着灯说:"妈。"

我正要说,我妈却说:"俺娃睡哇。妈到你舅姥姥家串个门。"我妈说的舅姥姥,是我妈的妗妗,她家离我们家也不远。

唉,我真后悔。忘了在路上说了。我拿定主意,明早一定说。

正睡得迷迷糊糊的,我觉出嘴里有好吃的东西,我也不想是什么,赶快嚼,越嚼越香,香醒了。

我妈跟我笑。她手里有个油油的小纸包儿,里面是几片儿猪头肉。她是跟舅姥姥上夜市里买的,一人买了一两,花了三块钱。我妈不舍得自己吃,给我拿回来了。

她又捏出一片儿喂我嘴里。我说妈您也吃,她说妈不好吃猪头肉。我说不行,你也吃,要不我也不吃。我妈这才"好好好,妈吃妈吃",吃了一片儿。

吃完了,我觉得这是个时机。

我说:"妈您甭骂我。我跟您说个事。"

我妈绷起脸,看我:"说哇。闯上啥鬼啦?"

我早就编好了,我说在学校不注意把个同学给撞倒,人家眼睛碰桌角了,在医院看病花了二十七块。老师让我赔。我兜里有七块还差二十块。

还没等我说完,我妈突然大声说:"重说说!怎么回事?"

我不知道我妈是听出我这话里有了什么不对头的地方。愣着看她。

她说:"妈哄你姥姥一辈子了,你还想哄妈。"

我只好告诉她,是舅舅院栓栓出了事。但我没敢说他是为了救我而打的那个孩子,要那样说了,我妈就知道是我也去了菜园。

我妈说:"不行,他打了人让他赔去,要不他下次还不经心。"我说:"他妈会把他打死。"我妈说:"那你就不怕我把你打死?"我说:"我答应了人家。再说,人家可厉害呢。街上孩子们都怕他。有他苦护,仓门街的孩子们就不敢欺负我。"

我妈说:"说不行就不行。"

我又说:"妈我求求您。半个月的期限快到了。要不他妈真的会把他打死。"

我妈不理我。把灯拉灭了。

照我妈原来的意思,她要自己拉着小平车回怀仁。她说那有啥，一天就回去了。可在舅舅的一再坚持下，她是在第二天坐火车到怀仁。而她和我爹拉回来的小平车，舅舅给办理了托运手续，会随着我妈一起到怀仁。后来我妈说起这事儿，觉得这是个好主意。可她原来不懂得这么做。

我还问过舅舅，那我妈为啥不把那一车菜让火车给托运回来，非要步行着跟怀仁往回送。舅舅说，凡是政府供应的东西，旅客只能是带十斤八斤，再多是不可以的。蔬菜水果肉蛋和粮食都是凭供应证才能买到的商品。量大了，这是不能托运的。

原来是这样。

第二天早晨我妈给我做了搁锅面。吃完饭洗完锅，我们一起相跟着出了门。

路上，我一直没敢再说二十块钱的那个事。我心想，等我妈走了我跟里院师父借吧。

到了学校门口，我眼睛看着她，叫了一声"妈"。

她突然大声问："你答应那个栓栓了？"

我低声说："嗯。"

她掏出二十块，说："那，给你。答应了，就不能悔改。"

我感激地看着我妈。

她说："可是不跟大人商量，以后可不能乱答应。"

我说噢。

我妈说："你也不要催着跟人家要。既然是借给了，就不能是一天价跟人家催着要。听着没？"

我说噢。

我把钱悄悄给了栓栓，并跟他说这钱是我妈给的。我跟他保证，说不会让狄大大知道的。栓栓紧紧地攥着钱，举起拳头说："你跟你妈救了我一命。这救命钱，我是一定要还的。"

我听我妈的，从来没跟栓栓说过让他还钱的事。可他还是因为还这钱出事了。

一个星期天，我听得院里吵吵的，不一会忠义跑进家，说派出所人到了栓栓家，说完又跑出去了。我也跟着跑出院。

一个警察在狄大大院门口站着，不让人们走向前。过了一会儿，狄大大和栓栓出来了。栓栓扛着一个行李卷儿。他们的身后，还跟着一个警察。

街门外有辆侧三轮摩托。警察从栓栓手里抱过行李卷儿，他让栓栓上了三轮摩托的侧斗后，又把行李卷儿放在了栓栓的身上。

当警察"呼呼"地发动摩托时，栓栓掾转过头看站在大门台阶的人。当他看到我，大声地跟我喊说："我会还你的！"

栓栓这是要被送到省管教所。

后来我听说，栓栓是因为多次偷菜卖钱，才让管教了的。

多少年后，我已经分在了大同矿务局红九矿当井下装煤工。农历大年，我去给舅舅妗妗拜年时，在仓门街十号的二门巷廊碰到了他，狄栓栓。他说已经在管教所上班了，是技术工人。他还说他已经结了婚，妻子也是一块儿被管教过的。他跟兜里掏出二十块，说要还我钱。他居然还记得这个事儿。我不要。他说你必须得要，借人钱没有还，我会心不安的。

我说好我收下。可我又另外掏出五十块，我说你拿着，替我给嫂子买点小礼物。他说这又成了啥了。我说你要是不收下，我更会心不安的。

他收下了。

这是后话，不细说。

坏
分
子

那回,我妈一大早坐着拉煤的拖拉机,跟怀仁清水河给我送来三十火柴盒苍蝇和七根耗子尾巴,我一下子就把一学年的除四害任务给完成了,而且在全年级里我也是头一个完成任务的学生。

班长晋财说我:"别看你是完成了,可总务处说了,你这任务完成得不全面。因为你没有麻雀。"我说:"毛主席说了,'麻雀就不要打了'。"班长听了瞪大了眼,说:"为啥?"常吃肉说:"老曹的妈说了,麻雀不是害虫了,麻雀是益虫。"班长说:"为啥?"我说:"因为麻雀吃庄稼地里的害虫,对庄稼有好处。所以毛主席说'麻雀就不要打了'。"班长说:"你咋知道毛主席说了?"我说:"我妈说的。"班长说:"你妈算老几?"

我最不会跟人吵架了。我一下子不知道该怎么反驳班长,而且他还是在说我妈是老几这样的话。常吃肉替我出头,说班长："你妈算老几？人家妈打过日本鬼子，你妈打过？你妈算老几？"

班长又让常吃肉给问得没的说了。

同学们都笑。

班长愣怔了一会儿后，反应过来了，指着问我说："毛主席跟你妈说来？说别打麻雀了？"

我又不知道该怎么说，看常吃肉。

常吃肉指着班长说："说了。毛主席跟老曹妈说了。"

班长说："你见了？说的时候你在跟前呢？"

常吃肉说："我见了。我就在跟前呢。我亲眼见了。信不信由你。反正我是见了。哎，爱咋就咋。"

同学们又都笑。

杨老师进班来了。班长赶快跟杨老师报告说："曹乃谦造谣说毛主席说了不让打麻雀了。"

杨老师看我。我说："我妈说，毛主席说了'麻雀就不要打了'。"

杨老师说："这话不能乱说。"

班长指着我说："他以前写过一首诗，说'逼上梁山当狐狸'，他是想反天呀。我看他是咱们班的一个坏分子。"

杨老师说："什么坏分子！这话更不能乱说。"

班长说："您那时候还没来呢。您不信问张老师。"他又学着张老师的口气说："张老师说，教导主任说，'逼上梁山当狐狸'，想干啥？反天呀？"

杨老师没理睬班长，提高声音对大家说："同学们听清楚了啊，刚才的事，谁也不许出去乱说。同学们听清楚了吗？"

同学们都大声回答说:"听清楚啦——"

杨老师跟班长说:"回家也不许说。听清楚了吗?"

班长说:"听清楚了。"

班长当着老师和同学的面,说我想反天呀,说我是坏分子。在二年级时,张老师还把我当成写反革命标语的怀疑对象,推荐给学校去审查。他们明明知道我不会是反革命也不会是坏分子,可他们又为什么要这么说。

常吃肉本来是住石头巷,出校门往东走一点就往北拐。常吃肉见我闷闷的样子,放学后他没往北拐,一直陪着我往前走。他说:"你妈是打小日本儿的,你怕一个烂班长干什么。"我说:"我不是怕他。我是闹不机明,他为什么明明知道我不是坏分子,可为什么要这么说。"常吃肉说:"这还用问。不就是因为老师常表扬你,他不高兴。"我说:"老师表扬我又不是我的过。"常吃肉说:"就凭他有个当总务主任的姨夫就当了个烂班长,大多得他。爷尿他他才是个班长,爷不尿他他是爷腿板的鸡巴。"

"大多"是个"爹"字,学校的孩子们说谁爹,不说爹,都说"大多得他"。

我说:"对,咱们不尿他。"

常吃肉说:"对。老曹。咱们背操手尿尿。不理他。"

那天,常吃肉一直把我送到钟楼街,才在我的一再催促下,往他家返。

过了些时,校长在大操场宣布,不让学生交麻雀腿,还宣布四害里面把麻雀换成蟑螂。

常吃肉高兴地跟我说:"老曹,咱们赢了。毛主席就是说了,'麻雀就不要打了'。你妈真厉害。连毛主席说啥都早早地知道了。看来,毛主席就是跟你妈说了。"

我笑着说:"你那天不是说还亲眼见了?"

常吃肉笑着说:"我当时就要那样说,就要气气烂班长。"他突然想起什么了,说:"不行,现在搞清楚了。我得问问晋财,谁是坏分子?"

我拦住他说:"甭价甭价。咱们不是说好了。不尿他。"

常吃肉翻着白眼儿,好像是在想,想了一气说:"也对。老曹,咱们背操手尿尿,不理球。"他还告诉我说:"记住,咱们见了班长就把手背操起来,把头掖一边儿。不理他不看他。"

那以后,常吃肉一见了班长,就真的是把手背操起来,把头掖一边儿,而且是做得很夸张,样子也很好笑。

在我上六年级头一个学期的那天中午,我们在家正吃饭,收房钱的小黄进来了。姅姅赶快说:"小黄你好几个月没来了。房钱我都给你准备着呢。"

小黄说:"房钱你就给别人吧。我不管了。"说完掄转头冲着我舅舅大声说:"张宏苑,放下筷子。跟我走一趟。"

我舅舅平素很讨厌这个小黄,可不知道为什么,我见他愣了一下后,态度很和软地问:"去,哪儿? 房管所?"小黄大声地说:"派出所!"

姅姅问:"小黄小黄,咋的回事。你让他到派出所干啥?"

小黄没理我姅姅,用大拇指比划比划门外说:"快点。跟我走。"

舅舅笑着脸说:"兄弟。你……"

小黄用鼻子"哼"地冷笑一声说："叫兄弟？叫爷爷也迟了。"

"那，那是怎么回事呢？"

"怎么回事？到派出所说去。"

"兄弟，派出所在哪儿？"

"半个小时不到，我们就下传票。"小黄说完头也不回，转身走了。

舅舅和妗妗相互看看。

妗妗说："小黄让你到派出所。这是怎么回事。样子还挺横。"

舅舅说："闹球啥？"

妗妗说："你忘了你骂过人家一句黄世仁。"

舅舅说："看今儿的这个来头比黄世仁也凶。"

妗妗说："一进门叫了你声啥？张啥啥？"

舅舅说："这个兔子。他跟派出所有啥关系。"

妗妗说："啥不啥先去去派出所。"

舅舅饭也没吃完，出去了。

那以后舅舅和妗妗总是在悄悄地说话，说话也总是把我们小孩先打发到院外边，不让我们听。

那以后舅舅一吃完晚饭就出去了，很晚才回来。有时候他什么时候回来我们也不知道，可我好几回半夜醒来尿尿时，看见舅舅趴在灶台上就着个蜡烛光，写呀写的在信纸上写什么。

我们小孩子虽说是什么也不懂，但也看出这是有了事。

我带着忠义他们出街玩儿时,丽丽也不吵着要我背了,只要我一向她招手,她就欢欢儿把小手伸给我,让我拉着她往外走。

天黑下来,我们想回家时,都是放慢着脚步,悄悄地走路。忠义和秀秀还把手压低在腰际,相互地摆动着比划,意思是别出声。

院孩子们都看出了我们这家的这个变化,顺顺问我说,你舅舅咋了? 我说不知道。

过了些时,连着有两天了,我没见舅舅回家,我心想是不是让警察给抓起来了,还就像栓栓那样,让送到哪里去管教。后来见妗妗给舅舅去送饭,这才知道不是被送到外地。第三天中午妗妗给我们做好了饭,用笼布包了两个馒头要出去,我说:"妗妗,我给去送。"

听我这么说,妗妗一下子流下了泪,把我叫到一边儿说:"看来我孩是大了。今儿妗妗跟我孩说说。你舅舅遇到了麻烦,小黄说你舅舅当过国民党的兵,让他写思想汇报。你舅舅写一个说不对,写一个说不对。可又不告给是咋不对。说是没讲清楚。"我说:"那个小黄不是个收房费的吗?"妗妗说:"人家现在不知咋就又当了警察。麻烦的是,小黄现在又不叫你舅舅在家里写'思想汇报'了,让在派出所里写'交待材料',交待不清不让回家。小黄还让我劝你舅舅赶紧交待,你舅舅说他又没做过啥坏事,交待啥。我孩想想,这问题是不是就有点严重了。"

我想想说:"妗妗,要不我给回我们院问问慈法师父。看看他有啥办法。"妗妗擦擦泪,苦笑了一下说:"原来以为没啥事,只不过是你舅舅骂过人家黄世仁,让人家叫到派出所吓唬吓唬出出气也就完了,可现在看来这事过不去。前晌我给清水河打电报了。你妈明儿回呀。"

听说我妈回呀,我心里高兴了一下。可想到眼下的麻烦事,又高兴不起来。

妗妗说:"按说当过国民党兵的人多了。咱们院西耳房的吴叔叔也当过,年龄也跟你舅舅差不多。可人家没事。就怨你舅舅脾气灰,跟人家吵架,还骂人家。这可真是应了那句,为人一条路,恶人一堵墙。"

我没听妗妗的,晚上放学先回圆通寺,跟师父说了舅舅的事。师父说:"我们这些时也是天天集中在佛教会学文件。现在上面的形势是,阶级斗争要年年讲月月讲天天讲。你舅舅的事,得从这上头想想。"他又问我:"你妈知道不?"我说:"我妈这就回呀。"师父说:"听你刚才学说,你舅舅妗妗好像是慌了神。而这时候最需要个有主见的人在跟前拿主意。"师父摸摸我的头顶说:"放心哇。你妈回来就好了。"

我妈不是妗妗以为的"明天"回,而是在接了妗妗的"速回"电报后,就让公社的拖拉机以要上矿拉炭的理由把她给送回来的,回的时候已经是半夜了。她又是像那次给我送苍蝇盒那样,敲后墙。

听见有人敲后墙,妗妗一下子就猜出是我妈。

我妈没进家,她在街外问清妗妗是怎么回事后,就又返走了。妗妗早起跟我说:"你妈分析说,千千有个头,万万有个尾。派出所叫你舅舅叫'张宏苑'。'张宏苑'这三个字只有村里人才知道的。你妈当时就麻烦拖拉机司机,把她连夜送回应县老家。"

我妈在姥姥村里只待了一白天,就搞清是怎么回事了。

原来是派出所的小黄到我舅舅单位翻档案,知道我舅舅当过国民党的兵。为了报复我舅舅骂过他黄世仁,就趁着这个"要加强阶级斗争"的大好形势,没事找事地到了我舅舅的出生地,也就是我姥姥村,了解收集我舅舅的情况,后来知道这个张文彬原来叫个张宏苑。

小黄认为,这个张文彬一定有问题,要不为啥改名字呢?最后终于在村干部的发动和配合下,跟村里的人了解到,这个张宏苑在张家口当国民党兵时候,"腰里别着手榴弹,回村诈唬过老百姓"。

我妈知道是这么回事,心里有数了。她很清楚当时的那个事,那是在我姥爷去世后,舅舅跟部队回家奔丧。他是个小医兵,没有武器。路上怕有危险,跟长官借手枪,长官不借给,他就别着个手榴弹防身。又没伤着人又没炸着人,办完丧事就又返回了张家口。

"诈唬过老百姓",这算是个啥罪名。

我妈又连夜让拖拉机给送回了大同,一大早到了舅舅家。司机在我姥姥家白天睡好了,把我妈送过来就真的去矿上拉炭去了。

我妈好像是不避讳我们小孩在不在跟前,当着我们的面谈论了一气舅舅的事儿。

妗妗说:"姐姐,这个小黄喜欢个物件儿。我有个陪嫁的玉镯,送给人家吧。可这个时候不知道人家要不要。"我妈问妗妗,你咋知道他喜欢个物件。妗妗说那个小黄有次来家要房钱,看见您给忠义的那个银锁儿就拿走了,说顶两个月房钱。我妈骂小黄说,这个王八蛋,那银锁是河南姐给的,那最少也值两年的房钱。

妗妗说:"我看把这只玉镯送给人家吧。咱们好过这个关。"

我妈说:"恶狗当道卧,手拿半头砖。我这就找他去。"

我妈洗了脸梳了头,还让妗妗够出她的好衣裳,把坐拖拉机弄脏的衣服换下身,出了门。

中午,我妈跟舅舅相跟着回家了。

他们进屋还没站稳,我爹也进家了。他是知道了这事,坐着火车跟怀仁回来的。

我跟妗妗脸上的表情看得出,这下子,她是发自内心地放松了下来。

我妈说:"招人,给舅舅跟你爹打酒去。"说着往出掏钱。妗妗赶紧说:"有有有。"

我妈把钱给了舅舅说:"五子,还是你去吧。看还买些啥下酒的。"舅舅攥住钱要出门,我妈又大声吩咐:"把那头抬起来,把那步走得那钢钢的。国民党也是人,傅作义还是共产党的大官儿呢。你是他手下的一个小医兵,怕什么。"

大家都笑。

吃饭当中,我妈给讲她是怎么把舅舅跟派出所给领回来的。

我妈是在派出所街门口等住了那个小黄,招手把他叫到跟前。

我妈说:"小子,我兄弟叫你兄弟你不理,大姐我叫你小子你得理。因为大姐转山头打鬼子时候,小子你大概还在耍尿泥呢。小子，大姐是来提醒你，派出所这个工作可比房管所强多了。但你可得闹清楚，小子，那锁儿别看是银的，那可是我们的传家宝。"

我妈说，小黄一听，当下就赶快说："姐姐，文彬的事我们审查完了。没事儿。我们正打算让文彬回家，你来了，正好跟他相跟着回去吧。"

就这样，我妈就把我舅舅给领回来了。

一家人让我妈说得都高兴了起来。

妗妗说："姐姐，我看出来了。关键的时刻多会儿也是还得姐姐您。"

我妈说舅舅妗妗："多大点事。把你们吓成这。天塌不下来。"转过身冲着我们小孩说："你们也别见人三辈儿小似的。把那头抬起来。你告诉院孩子们，我爹是共产党，是打小日本儿的游击队长，是剿灭土匪的英雄。"我妈还要说什么，让我爹给打断了："行了行了。看你。"

大家都笑。我们孩子们也带点起哄似的，放声大笑。

但，我们高兴得有点早了，这个事并没完。

冬天，街道治保主任给我舅舅下了通知，说他被定为坏分子。原因是，说他经常偷听敌台。

舅舅被留在派出所审查的那三天，小黄不让他睡觉，让他老实交待。舅舅实在是想不起什么事，又一心想睡觉，就问："我在单位值班时听'美国之音'，算不算?"小黄说："你先写上。算不算我做不了主，那得上面来定。"舅舅就在交待材料上写了，说每次值班时都好听听"美国之音"。

舅舅不把听听"美国之音"当作这是个什么事，或许是他当时迷迷糊糊地直想着睡觉，把"交待"过这个事给忘记了。他回家没跟任何人说起过。

　　我妈找小黄算账，小黄哭丧着脸说："大姐你行好呢。我也不知道听听'美国之音'这能成为个啥事，就那么报上去了。谁想着审查委员会审查的时候，给定个了'偷听敌台'的罪名。姐姐你行好呢。那我当时真要是把文彬哥哥'手榴弹'的事报上去，那说不定还得让收监。"见我妈不明白，他又说："收监，就是让捉进去。姐姐你行好呢。那要捉进去，就成了敌我矛盾了。可现在咋说也是人民内部矛盾，要不为啥是由街道通知，而不是我们派出所通知呢。行行好哇，我的亲亲儿的大姐呀。"

　　我妈最怕别人下软，小黄哭丧着脸这么一解释，我妈放了他一马，没把他的银锁儿的事给捅露上去。

　　这下，舅舅以"偷听敌台"的这个罪名，被上面给戴了个"坏分子"的帽子。

"火烧财门旺"后,跟妗妗一块儿转成正式工的小毕,跟妗妗说:"那天我骂人家孩招人,真不该。以后我每个月给招人两张洗澡票。"小毕的爸爸是大众澡堂的卖票的,大众澡堂的领导一个月给每个职工发十张澡票。都是在工人开支的时候发,小毕就在每个月的三号,固定的这一天把两张澡票给了舅舅。虽说小毕是指名给我的,实际上这两张澡票是舅舅拿一张妗妗拿一张。舅舅洗的时候领着我和忠义,妗妗洗的时候领着秀秀和丽丽。舅舅提前就跟小毕打听好她爸爸是哪个班儿,我们是专在小毕爸爸的班儿才去。本来是一张票一个人,因为有小毕的爸爸的关系,我们就能一张票进三个人。

那个星期天舅舅又领我和忠义洗了澡,星期一我穿着妗妗给做的"国民党将军服",戴着红领巾,到了学校。

杨老师还没见过我穿这身衣服,看见我说,看这干眼骨净的,这才像个学生。我跟她笑了一下,不知道该咋回答她的这句话。她突然又问我说,你妈在哪工作?我说我妈没工作,在村里种地。

她说,老师一直很奇怪,那你妈咋就提早知道说麻雀不归四害了。我说,我跟我们院慈法师父也说过这事儿,师父分析说,大概是毛主席的这个指示是先在农村传达的。杨老师想想点头说,一准是。

杨老师问我,你妈在农村那你在谁家住。我说我在舅舅家。她说你舅舅家在哪儿,我说在仓门十号。她说,哇,那么远。我说您认得仓门?她说我在二中上了三年高中,咋能不认得仓门呢。她又说,这我知道你为什么总是在最后一堂自习课偷偷地做家庭作业,原来是家太远。她说,好了,以后老师允许你在学校做家庭作业。

她大声地跟同学们说:"曹乃谦是特殊情况,家比你们来回走两趟也远。他可以在学校做家庭作业,你们别人谁也不准。"

这天的第一堂是语文课,杨老师给讲古体诗,"昨日入城市,归来泪满襟。遍身罗绮者,不是养蚕人"。快下课时,她问我"逼上梁山当狐狸"这句诗是怎么回事。常吃肉就在我后边坐,他抢着给详细地做了个介绍。

她听后,念着我那四句,"黑猫咪咪叫声低,腹中无物来充饥。老鼠耗子都灭尽,逼上梁山当狐狸"。念后,问我是这四句吗?我说是。她说"耳边呼呼是风声",老师也早听教研组的刘老师给说过了。刘老师说你有写诗的天才。

她从我的课桌跟前走向讲台,说:"好,好。曹乃谦以后就当咱们班的语文课代表吧。"

当时的小学只有班长组长，没有课代表。杨老师这是把中学的做法运用在了我们班。

后来她还让算术老师提名了一个算术课代表。那天，她在班里宣布，这两个课代表都属于班干部。

当时我们的校长是新调来的，姓闻。闻校长很重视学生的学习，对六年级抓得更紧。闻校长很赞赏杨老师的这个在班里选设课代表的创新，让别的班也效仿着这么做，语文算术这两门主课都要选一个课代表。校长还提议，凡课代表都按副班长对待，也给配发两道杠。

我左袖臂戴着白底红杠的两道杠回了舅舅院，孩子们谁见了谁都"哇——"地呼叹一声。冯英儿和唐芳芳更都是露出那又佩服又喜欢的神色。就连老也不理睬我的顺顺的妹妹小红，也问我说："招人哥哥二道杠了？"

杏花又是可长时间没来学校了。那天早上常吃肉看着她的那个空位子跟我摇摇头说，又没来。我说你们住对门，你去她家看看她是咋了。他说不敢，我说我跟你去。他说去咋说，我说我也想不起咋说，咱们去就行了。他想了想说，就说杨老师听说你病了，让我们来看看你。我想想说，这个，能行。

中午放学，我让他跟我走。我领他先到大北街的商店买了两个水果罐头，还有半斤古巴水果糖。当时别的都要供应证，水果罐头和水果糖是可以随便买的。他说买这干啥，我说你不是说老师说她有病了，咱们就说这是杨老师给买的。他高兴地说，对，对着呢。

古巴水果糖外面没包着纸,棕色的半透明的,那形状好像是颗大杏核。我们一人嘴里抿着一颗,往杏花儿家返去。

走到一个大门口,常吃肉说就这个门。我说进哇,他说可吓得慌呢。我说吓啥?他说我也不知道是吓啥,要不别了。

我说:"来也来了,罐头也买了。"他说:"那要不进就进哇。你,打头。"

看着常吃肉五大三粗的,原来这么胆小,好像是来做什么坏事似的。

进了院,打问到门吊着锁子的是杏花家。邻居说,杏花的大大在矿上下井,出事故死了。他们一家人都去了矿上了。

邻居说,矿领导为了配合总路线大跃进,以煤为纲,不顾工人的死活,拿命换煤。好几天前就发现瓦斯味儿了,不接受白洞矿去年"五九"事故死了小一千号人的教训,还要继续干,瓦斯一下子爆炸了,死了好多人。那个邻居说,他们家也死了一个。

过了几天常吃肉说,我常常是能想起晋财欺负杏花,我常常是越想越气,直想再跟王八蛋干一架。我劝他说别了,我说你忘了我跟你说过,杨老师在班干部开会时说,要给你打报告让学校取消对你那次的处分呢。

常吃肉问,杨老师咋说的?我说,你是忘了,我跟你说过。常吃肉说,你再说说。我说,杨老师说,咱们属于应届生了,不能让个小学生背着处分毕业,离开学校。常吃肉说,杨老师真是个好杨老师。我说,杨老师真好。

常吃肉说:"我想到你们圆通寺给杨老师许个愿。"我说:"许啥愿?"他说:"想给她许个愿。祝她找个好对象。"我说:

"你真二寡。"他说:"你哇不想让杨老师找个好对象?"我说:"想。"他说:"我妈说了,到你们圆通寺许愿可灵验呢。"

那个星期天,我约好了时间,跟常吃肉去了我们院。慈法师父又请我们吃饭,吃完饭还给我和常吃肉讲了苏东坡和佛印的故事。

苏东坡跟佛印禅师是好朋友。有一天他登门拜访佛印,问说佛印佛印,你看我像是啥? 佛印说我看你像是一尊佛。苏东坡一听很高兴。佛印又问苏东坡,你看我像是啥? 苏东坡想跟佛印开个玩笑,就说我看你像一泡狗屎屎。佛印听后不做声。苏东坡很得意,回家向他妹妹吹嘘,说佛印大禅师今儿让我气得半天说不出话。苏东坡妹妹听了说,哥哥你的境界太低,人家佛印心中有佛,看啥也都是佛。你呢,看别人是狗屎屎,说明你满脑子里头,只有一泡狗屎屎。

慈法师父讲完,问我们:"你们懂了吗?"

常吃肉说:"懂了。师父。我们的脑子里头就该是有个高境界的想法才对。"

师父点头说:"对,对。"

第二天,常吃肉进了班。故意引逗班长骂自己,他说:"晋财,我越看你越不像是一堆狗屎屎。"

班长愣了一下,说:"我越看你越像是一堆狗屎屎。"

常吃肉说:"晋财,我越看你越不像是一根狗鸡巴。"

班长说:"我越看你越像是一根狗鸡巴。"

骂完,两个人都笑。都觉得自己占了大便宜。

同学们听了,都觉得奇怪,常吃肉今儿这是咋了,引逗着班长骂自个儿。可我心里明白,常吃肉是想证明班长的境界太低,而自己是高境界的人。可我看着他们两个人都乐成那个样子,我实在是说不准他们是谁占了便宜。

想来想去,我觉得还是常吃肉吃亏了。但我又想,这总比鼓动他再跟班长干一架,让学校给他个更大的处分要好。

天冷的时候,舅舅他们的缝纫社在雁塔下的工厂终于盖起来了。妗妗和小毕她们原来坐在家里的那些工人,正式走进明亮的车间去上班了。

那天舅舅回来又高兴地说,他们的缝纫社不叫缝纫社了,叫服装厂了。舅舅被明确是服装厂的正式的会计。舅舅说,人们叫我张会计。舅舅为这个称呼很高兴。舅舅说,这说明人家真的不拿我这个"坏分子"当敌我矛盾来处理。

妗妗自上了班,她每次走的时候,就把秀秀和丽丽领走了,寄放在她的奶哥哥家里。她的奶嫂嫂没工作,给看着秀秀和丽丽。妗妗下班回家的时候再到奶哥哥家把两个孩子领回来。

我放寒假了,我妈也跟清水河回来了。她是坐火车回来的,她背回来一布袋冻粉条坨子。这是她用自己种的山药,自己磨的粉面,自己压制出来的粉条。她把粉条团成家常用的盘子那么大小,一坨一坨地冻出来,装在布袋里。这些东西只要不超出十五公斤,火车上是不管的。要是超出来,就会把超出的部分没收走。我妈早就称好了重量,她才不会把自己汗流拔气收获下来的东西,让公家给白白没收走的。她送回一袋冻粉条后,又返到了清水河,背回一布袋冻豆腐。这豆腐她也是用自己种的豆子磨的。我妈把这两种东西都留在了舅舅家。

妗妗高兴地说:"哎呀姐姐。这么多。院里人们过大年,无论哪家,粉条和豆腐两样加起来,最多有上这么半布袋。"

我妈说:"我把招人搁在这里,到村里去种地,还不是为了咱们有的吃有的喝,甭让孩娃们在吃上头可怜价的。"

妗妗:"我们有吃有喝了,姐姐您在村里受苦累。"

我妈说:"七娃来了,你让他带着招人先回村。我跟你姐夫随后就赶回去了。今年我们在下马峪过大年呀。"

我妈又坐着火车回了怀仁。

七舅舅在大同三中上学,他是住校生。等了一天,七舅舅也放假了。按照我妈的吩咐,我和七舅舅坐着长途汽车,先回了姥姥村。

腊月二十六,我妈和我爹也跟清水河回村了。

他们又是拉着小平车回来的,车上拉我妈种地打下的黍子。另外,还有冻豆腐冻粉条,还有各种各样的冻菜团。

七舅和七妗还有表哥,三个人卸车。

姥姥招呼我爹我妈进家缓缓,看着我妈和我爹那疲劳的样子,我问我妈:"为啥不让拖拉机送您们一趟? 看把您们乏的。"

我妈说:"你当那拖拉机是给咱们家养活的?"我爹说:"着急了求求人家,不能动不动就用人家。"

我说:"这下小平车不能让火车托运了,您们还得往走拉。"我爹说:"这次不往走拉了,留给你七妗妗用吧。"我妈说:"一个烂小平车,你爹还给总务作了二十块钱。"我爹说:"哎呀呀,你就知足些哇。"

我看见表哥正把一个装满东西的布袋放在了堂屋地上,我赶快招呼说:"表哥你来你来。"说着往外跑,表哥跟着我往街外跑。

　　小平车还在大门外,车上的东西还没卸完。我在车梆边上,抽出了一把长条钢刀。这时,我爹追出来,把钢刀没收走了,让七妗妗给锁在了堂屋的暖阁里。

　　我爹和我妈在姥姥家歇缓了两天后,我们三口就到了下马峪。

　　正月十二我们三口返回大同。我妈说这半年不去怀仁了,我问说那地呢?我妈说开的荒地连着种也不好,正好也让它缓缓,我要照看你好好儿读书。

　　我妈说:"在舅舅家这两年我看你是瞎混了,这半年得好好儿拧拧你。"

　　我说:"我又没瞎混,不信你问我舅舅。我说我还当了语文课代表两道杠儿。"

　　我跟书包里掏出白底红杠的两道杠,让她看。她说,这是啥东西,就瞎玩儿。

　　我说这是两道杠儿。她说两道杠是干啥。

　　真奇怪,她在怀仁没见过两道杠儿?后一想,她不是在怀仁城里,是在清水河种地。

　　我给她解释清两道杠是什么,她也没有个为我高兴的表情,还是绷着个脸说:"你敢不当个两道杠儿。"

　　她永远是这么个口气,想让她表扬表扬我,难呢。

正月十八开学。闻校长说,这是六年级的最后一个学期了,年级里要根据各个班学生的学习情况,对各班的学生来个大调换。

我们班有一半学生被调换走了。被调换走的还有班长晋财,调换来个女班长,叫程姗姗。

常吃肉高兴地说,杨老师真好,没把咱俩分开不说,还把那个王八蛋给换走了。

后来他还悄悄地问我:"你说,杨老师是不是有意这样的?"

我想了想,觉得好像是有点有意。我说:"好好儿学习吧,要不对不起杨老师。"他点头说:"好好儿学。加油学。"

那天上早自习前,常吃肉在班里大声:"我宣布——"见没人理他,他两手拍打着讲桌,让同学们安静下来。他说:"我宣布——我改名字呀——"

有同学说:"改什么,改成个什么了?常吃菜?"

同学们笑。

他大声说:"我就连半点肉也吃不上,白叫了个常吃肉。"

杨老师也进来了,听着他的话,也笑。

常吃肉说:"反正你们也都知道。我这个名字不好。那次到了老曹院,和尚问我叫个啥。我自己都不好意思跟人家说,老曹说他叫个常吃肉,和尚一捂鼻子,'阿弥陀佛,阿弥陀佛'。"

同学让常吃肉这话逗得前仰后伏地大笑。

他说:"我以后叫个常子龙呀。哈哈,常子龙。多好。"

这时,他看见了杨老师,赶快下了讲台,回到自己的座位上。

杨老师上了讲台,朝着常吃肉说:"常子龙同学。"常吃肉不理。杨老师又喊了一声"常子龙同学",他还不理。同桌推他说叫你呢,他才反应过来。

他笑着说:"呀咿呀,杨老师你看我,我是给猛住了。您原来是在叫我。我给忘了我叫常子龙来着。"

同学和老师都哈哈笑。

杨老师说:"你改名字得到派出所去改。你自己改了,学校给你改了,可派出所没改,还不行。中学学校招收学生,是要让学生拿着户口簿去报名的。"

常吃肉说:"真麻烦。要不不改了。"

同学们又笑。

新调换来的这个女班长长得挺袭人的,同学们很快就把她捏对儿捏给了我。有次不知道是谁把我的书包填进她的课桌里,她进班上课,很生气地把我的书包一下抽出来。

这时我正找我的书包,看见是在她那里,还没等我说是我的,她就给扔地上了。

后来她给我道歉,说我不知道是你的。我说行了。

我伤心极了,心想,我又不想跟你搞对象。你觉得你袭人,可你比起舅舅院的那几个女女,你差远了。人家那几个女女,哪个也比你强。

我不跟你搞对象,我要听我妈的话,好好儿学习才是正经。我还要把红格儿拉得你远远的,让你赶也赶不住,让你干着急。

杨老师为了提高学生学习的兴趣,她发明在坐标纸上涂染红方格儿方法,让同学们来个互相竞赛。她买了浅蓝色的坐标纸,在最下面把学生的名字都写上去。以后谁考试得了满分,就在谁的名字上描染一个小红格儿,最后看看谁红格升得高。

在班里,我原来的学习成绩是第二,差着晋财。可常吃肉说,晋财考试时经常作弊,可我不作弊,一是我不敢,我妈说我要是考试作弊,就要往断打我的狗腿。再一个是,我也不想作弊。我认为作弊很丢人。即使是别人没看见,自己也觉得羞得慌。

现在我在我们班的学习成绩就是最好的。自从新班长扔了我的书包,我的红格儿就更是一路直上。

哼,你就摔我的书包,我要把你甩得老远老远才算。

我真高兴,我真解气。

大同市成立了图书馆,图书馆成立了阅览室。闻校长给每个班的前五名的学生都发了阅览证。其中有两个是字书证,有三个是人儿书证。字书证是可以跟图书馆借阅厚本的小说。而人儿书证只能是跟阅览室借着看连环画,而且是不能往外带,只许当场看,看完当场还。

我是字书证。我可以跟图书馆借了小说拿回家看。《苦菜花》《迎春花》《青春之歌》《野火春风斗古城》那些厚书,我就是在那个时候跟图书馆借了看的。

为了抢时间看,有时候在上下学回家的路上,我常常是端着书,就走就看书。我看书又没有影响学习,我的红格格儿

"刷刷刷"地往上直冒。

那次我妈让我坐在小板凳上就看书就扇火。起初她以为我是看学习的书，可后来她看出我看的书那么厚，又是看得很入迷，她说了好几声不让我扇了，我还扇。

"招人!"她大声地喊我，我才听着。

我吓了一跳，答应说："啊! 您说啥?"

"你看的是啥书? 是学校发的学习的书吗?"她大声地问。

"不是。是跟图书馆借的。"我低声地回答。

"拿来!"她发了火儿。把书一下子抢过去，掀起锅，把书填进了灶火坑里。

我不敢争辩，更不敢去抢。

她二话没说，"叭"地给了我一个耳光，一下子把我从小板凳上给打倒在地，随后又踢了我两脚才算完。

那以后，我再不敢看课外书了，因为我妈这个只认得"曹乃谦"三个字的大文盲，说那是闲书。

后来，是七舅舅说只要把作业都做好了，看闲书也有用的。七舅舅跟我妈说："不看课外的书，咋能够全面地增长了知识呢?"

那天我妈突然地说了这么一句话："作业做完了的话，想看啥就看去哇。"我说："没啥想看的。"

中午吃饭的时候，我妈又主动问说，那回的那本书多少钱，我赔人家。我说我赔了。

她也没问赔了多少钱，也没问我哪的钱。

隔了一小会儿她又说："妈以后打你你就哭，你一哭妈就心软了就不打你了。”

我没做声。

她又接着说：“要不跑也行，你跑了妈这就打不住你了。赶你再回来，妈也就没气了。你是又不哭又不跑。你是死轴轴地死挨，妈就越打越气。”

见我没回答，隔了一会儿她又说：“要不你说也行。你就说妈把你打错了，你就说你啥有理啥有理。你得说，可你又不说。”

我没理她。她这么地跟我说话，我有点想哭。

她大声地说：“妈跟你说话呢，你是老不理妈。听着没？”

我低声说：“噢。”

这时，我的眼里憋满了泪花。

我妈这样说来说去，她实际上是打我打得后悔了，可她又从来不会说个服输的话。但她在心里头也难过。为了不让我妈再说下去，为了换换沉闷的气氛，我一下大声而又是喜悦地说：“妈，多会儿才把丽丽要到咱家来，给我当妹妹。”

我妈听我这么说，也笑了，说：“这半年妈为你考初中呀，不去种地。等你上了初中，妈还得去种地。咱们把这三年的饥荒度过去，再往过要她。”

我奇怪地说：“妈，你咋知道是三年饥荒？”

我妈说：“你小孩不懂的。老年人都知道，一般这遭年馑，没有三年是过不去的。”

我说：“三年太长了。我真想马上就要她过来。”

我妈说：“都说好了。迟早是你的妹妹就行了。”

我说：“妈我名字都给她想好了，叫个曹爽仪。”

我妈说：“曹爽仪。好，听上去顺耳。爽爽儿的。爽俐的。"

每天早晨我妈都是早早地叫我，"俺娃起哇，起洗洗脸背去哇"。完了紧接住又是自言自语地说："千日的胡胡百日的笙，背书全凭一五更。"我这个文盲妈不知道跟哪儿知道这么一句话。

我洗了脸拿起书，坐在院大殿台阶上背起来。

有燕子在殿檐下穿梭来穿梭去。

高小考初中，只考两门课，语文和算术。

从初小到高小，我把十二本语文书和十二本算术书背个烂熟。

后院慈法师父说："招人妈你就放心哇。招人一准是大同一中的材地。"

我妈问："大同一中好？"

师父说："那作准的。"

我们大福字小学考点，是在大同四中。

头一天，舅舅把他的手表也给我送来了。我胳膊腕儿细，只得把表撸在了肘跟前，才不往下掉。

上午考算术，下午考语文。

杨老师一再强调不要提前交卷儿，闻校长也在外面监督着。同学们基本是听到铃声，按时出来的。

常吃肉在考场外等着我。

我说我全算对了，他说能打七十分。他说算术能打七十分就很满意。我俩都很高兴，一起相跟着出了校门。

这时候，路上过来一辆牛拉着的车，牛角上绾着红绸子。

这是辆娶媳妇的婚车。

牛车上坐着一个穿着红衣裳的女孩,女孩的头上用一块红绸子盖着。另有个穿着粉衣裳的女人在旁边陪伴着她。

牛车慢慢地往前走,同学们跟在后面看红火。

"杏花! 杏花!"

常吃肉一下子认出那个新媳妇女孩是杏花,他指着女孩大声地说。

女孩撩起盖头看了一下我们,又把手松开,盖头慢慢落了下来,又把她的脸给苫住了。

那个女孩,就是我们班的杏花。

"杏花儿——"

常吃肉两只手握成拳,在胸前晃着,朝着杏花狠死地大声地呼喊。

初考完的第二天,杨老师领着班干部到西门外的人民公园去拍照留影。在妗妗家时,妗妗把我打扮得像是个小少爷,可这半年,我妈只抓我学习,根本就没想到给我做件新衣裳。她的说法是,穿得旧些没关系,只要是干净就没人笑话。那天照相时,我穿得倒是挺干净,但捎得发了些白的蓝制服的前胸,有着四块深蓝色的补丁。

照完相就放假了。让我们回家等着,看是哪个中学通知你去上学。

我以几乎是满分的好成绩,被大同一中录取。

可我的好朋友常吃肉那天下午没考好。下午考的是语文,这本来是他的强项,可他却没考好。哪个中学也没有通知他去上学。他落榜了。

初
中
九
题

　　小学六年级的第二学期，班主任杨老师告诉我们说，小学考初中叫初考，初中考高中叫中考，高中考大学叫高考。这些，我们以前是不懂得的。以前我们只知道小考和大考。

　　杨老师还说，初考，学生不填写志愿书。成绩一般的，是按家住址就近分配。成绩突出好的，都被大同一中录取。成绩突出地不好的，哪也不录取你，你就回家坐着吧。

　　常吃肉说，站着不行吗？非得坐着？杨老师一点也不为常吃肉的这句话生气，她笑着说，站着也行，常吃肉你能站行你就好好儿站着，站乏了再坐。同学们都笑。

　　杨老师真是个好老师，跟学生开玩笑。可杨老师的这个玩笑真的把常吃肉给说准了。他没考住，哪也没录取他，他只好是在家坐着了。

　　我初考的成绩平均九十八分，属于特殊好的，接到了大同一中的录取通知书。

通知书的"附页"上告诉学生家长，学生的学杂费一个学期每人五块，伙食费一个月九块。还告诉"行李及洗漱用具自备"。另外还特别地提到说，学生无论家远近，一律住校。一个星期回家一次，星期六下午四点可以离校，星期一早晨八点必须返回。另有些别的这不许那不许的，好多说法。

我妈问里院慈法师父："大同一中在哪儿？多远？不让孩子回家。"慈法师父说："在城西，过了十里店儿村，再到了十里河就是。"

我妈一听十里河，赶快问，河水深不深，师父说没事儿，虽说是常年有水，但最深的时候也没不了膝盖。

我妈说，上个三中多好呢，他七舅舅就在三中念了三年，这回考到了大同煤校了。三中离家近近儿的，多好。可这个烂一中远的。

师父说，曹大妈，大同一中可是全省的重点学府。那可不是谁想考就能考去的，你不打听打听，咱们附近街巷上学的十多个小学生，就是招人考住了。

我妈说，我是说娃娃还小，远的。

师父说，自在不成人，成人不自在，去哇。

报到的那天，是五舅舅用自行车带着我去的学校。他给我报完到，交了学杂费伙食费，领了书本，认了教室，认了厕所，认了宿舍，铺好床铺，最后又打问好咋吃饭。一切都安顿好，这才回去了。他知道，不把一切都安顿得便便宜宜停停当当的，回去不好跟我妈交待。

星期六下午上了两堂课后，学校允许学生们回家。

我一出校门,五舅舅在喊我。是我妈又打发他骑着车子来接我了。

五舅舅问我学校好不好,我说尽饿的。我说学校尽给吃黄金钵和大红鞋。我吃不惯。

同学们叫玉米面死面窝头叫黄金钵,叫高粱面菜饺子叫大红鞋。

从小学四年级的第二个学期开始,我妈到我爹的清水河公社去开荒种地,我在五舅舅家住,住了两年。这两年当中没吃过死面的玉米面窝头。要吃玉米面的话,也是发糕。可做发糕费事,学校不给学生们做。

小学六年级的下学期,我妈为了抓我的学习,跟怀仁回来。我们又住在了圆通寺。这半年我基本上不吃粗粮,要吃也是我妈种地打下的黍子谷子,黍子去了皮是黄米,谷子去皮是小米。我们吃黄米糕,吃小米粥。即使是粮店供应了高粱面,我妈用它跟邻居们换了白面。二斤换一斤。邻居们家人多,供应粮不够吃,都愿意跟我们换。

五舅舅问我,莫非不吃白面馒头? 我说中午有个馒头,可两口就吃没了,不够我塞牙缝儿。五舅舅听了笑。

回了家,一进门我就说,妈快给我吃搁锅面。

我妈说,妈知道俺娃好吃搁锅面,菜汤早就熬好了,面也擀好了,就等往锅下了。我说快下快下。

搁锅面做熟了,我妈给我盛上来,我端起就吃。

我妈说,看烧着,晾晾再吃。我哪顾得晾,吃了一碗又一碗。

我爹怕我憋坏,劝我缓缓再吃,可我根本就不放碗,吃了一碗又一碗。

我一连吃了七碗。

我妈做的面本来是给我们三个人吃的，可叫我一个人给吃了了。我妈看见我饿成这个样子，她哭了。

我妈说："那货，我看了，不能去了。"我妈叫我爹从来是称呼"那货"。

我爹看我妈。

我妈说："这个烂学校把娃娃饿成个这。咱们不去了。"

我爹说："人家这是全省重点。"

我妈说："全国重点也不去了。往回转。回三中。"

我爹说："你当那想转就能转？"

我妈说："这么好的学生他哪个学校也稀罕呢。"

我爹说："那一中还得同意你走。"

我妈说："要他同意？他一中把我娃娃分到他学校，经过家长我的同意了没有？"

我爹说："你报了到了，那就说明你家长是同意了。怕的是不放。"

我妈说："不放？不放你学校就往死饿我娃娃哇。回！"

我爹是不想让我往回转学。他又说："那你也得征求一下娃娃的意见。"

我妈大声说："他没意见！"

我妈是这个家的说了就要算的人，根本就不会征求我的意见的。她说回，那我就得回。

说回不是一句话就能回得了，那得办理转学手续。第二天，我五舅舅去一中先给我把行李书本等东西都带回来了。

但手续不是一下子就能办好的,还得些日子。

一上午我在家没什么事,翻看语文书。我妈说我,手过一遍调如眼过十遍,你是就看,不写。

"调如"是我们的家乡土话。意思是说,手过一遍和眼过十遍是一样的。要是说"强如"的话,那就是说,比眼过十遍也要好。

我说,写是写作业,这两天我就连学也不上了,哪有老师给我布置着作业。我妈说,那农民种地等谁给布置,那还不是自己找着营生来做?

我看了她一眼,低下头,不敢再说什么话。

她说,我看来,你干脆后晌就上学去哇。

我又看她,不知道她是什么意思。

她说:"后晌跟孟孩上学去哇。他不是在三中吗? 咱们不是也要跟三中转吗?"

孟孩是我的邻居,就在大同三中上初一,后晌上学前,我妈真的把孟孩给叫到了我家。

我妈跟我说,去哇,背上你的书包,跟孟孩先到他们班听课去。

我妈一个大文盲。啥也不懂。她以为这是在姥姥村的大庙书房,谁想去就去,去了就坐在炕上,听先生讲课。大同三中可不是大庙书房,我心里是这么想的,可我嘴里是不敢跟我妈这样说。

我妈说:"去哇。跟孟孩去他们班。反正你迟早是在三中念。"

孟孩说:"我们班后面正好有个空位儿,叫招人正好就坐在那个空位。"

我妈说："看看，空位儿也给你准备好了。"

我说："叫老师捉住我咋办。我又不是人家班的学生。"

我妈说："老师问的话，你就说，我是大同一中的，往你们班转呀。这正在办手续呢。"

我说："那怎么能行呢。"

我妈说："你要是怕的话，那我送你去。"

我一听她要去送，赶快说不怕不怕。我就背着书包跟孟孩走了。

我嘴说不怕，可我心里怕。快进三中大门时，更害怕。你想想，来不来一个生人就跑到人家班去上课，这叫什么事，这根本就不对着呢。我这个文盲妈咋就想起这么个灰主意。她真的是把人家大同三中当成了姥姥村的大庙书房，她要是稍有点文化就不至于这样。正想着听到有人喊我，"乃谦，曹乃谦"。一掠头，是我们小学的同学，我知道他是我们小学六三班的，可不知道人家名字。人家知道我，喊我。

他说："我看得就是个你。我叫赵喜民。"

我说："我知道，你是六三班的，我是六五班的。你现在是几班？"

孟孩跟我说："他跟我是一个班的，八十三。"

喜民问我："乃谦，你呢？"

孟孩说："他是大同一中的，不想在那儿了，正往咱们班转。"

喜民说："那太好了。咱们是一个班了。"说着，挎住我的胳膊往八十三班走。有了喜民，我的心有些放下了，不太害怕了。假装就是这个班的一个学生，跟他们相跟着进了班。

大同三中是楼房。八十三班在一层，一进楼的西头。教室最后一排真的有个空位，孟孩让我坐在那里。他跟几个同学说我是大同一中转来的。

我见同学们的书包都在柜壳里放着，我也把书包放进去了。

"起立——"有人喊。

同学们都站起来了，我也站起来。讲台上有位上了年纪的男老师，他看着同学们笑着说："同学们好？"同学们回答："宋老师好。"宋老师点了下头说："坐下。"

我正想看看同位，看这是个教哪科的老师，该往出掏什么书呢，宋老师说，咱们今天的作文课的题目是，《我最熟悉的一个人》，字数不限，但要求是当堂写完。谁写好了，交上来。好了，大家动手写吧。

我拿出我的作文本，想了想后，写下了我的题目：《常吃肉》，紧接住就往下写。

不知道是什么时候，宋老师站在了我的旁边，当时我已经快写满一页了，他大概是看到我的题目有点奇怪，把我的作文本拿了起来，翻过看作文本的皮子。

大同一中发给学生们的作文本作业本上，都早就印好了"大同一中"四个字。学生只填写班级和姓名就行了。

我一下子慌了，我感觉到我的脸火烧火烧的。他是语文老师，一定是班主任，我赶快站起来，正要按照我妈教给的说，"我是一中的，要往咱们班转，正办着手续"。可我还没说，他却按了下我的肩膀说："坐。继续写吧。"说完走过去了。

我看宋老师的表情,听他说话的音调,不像是生气。

那他一定是看到了常吃肉这个名字感到了好奇。

管它,先写吧。

我又埋头写起来。

我有个毛病是,不管写什么一写就进去了。我又进到了作文里的世界,眼前活生生地出现了常吃肉。

写着写着,觉得是有人按我的肩膀,我以为是常吃肉,抬头看,是宋老师又过来了。问我写完了吗?我说写完了。这时我又听到有人"乃谦乃谦"地喊我,这时我才知道是下课了,喜民在教室门口跟我招手。我答应着站起来,宋老师把我的作文本拿走了。

我跟着喜民和孟孩往操场走,我问宋老师是咱们的班主任吗?喜民说不是,孟孩说班主任是数学于老师,可厉害呢。

这时我一下子想起了小学时的张老师,总是凶凶的,骂我村猴。

喜民和孟孩是要到操场那边的厕所,我说你们去哇我不想去,我到双杠那边等你们。

他们往厕所走去,我又想起了他们说班主任于老师可厉害呢,我又想起了凶凶的张老师。宋老师刚才看了我作文本的皮子,已经知道了我不是这个班的,如果他告诉了于老师,于老师是肯定不会放过我的。哪有不经过班主任,你一个生人就混进了人家的教室里,还要坐凳子。

"谁让你坐在了我们班里?走!到教导处!"我好像是听到了于老师在责骂我。

我觉得要出事儿,赶快走进八十三班教室,在后面我刚才坐过的桌子前,把我的书包抽出来,背着就走。走到学校门口,听见上课的铃声响了。

走到学校大门外,我回头看看,没有人追上来。

回了家我跟我妈说,孟孩说的空位子是有人请了几天假,可人家又来了。

我这个文盲妈这时候大概是也想到了,大同三中不是大庙书房。跟我说,那就在家等着哇。

又等了两天,我转学的事儿定下来了,我转到了大同五中。

慈法师父说,咱们坐在家里常能听到"当当,当当"的敲钟声,那就是大同五中在敲钟。

学校开学半个月后,我跟大同一中转到大同五中了。

我妈原想着我家离三中近,想让我到三中。慈法师父说,三中近是近,可三中得过西门外的大马路,那车多的。五中远是远点,在南城墙根儿,可走城里头的背巷就到了。我妈一听师父这么说,高兴了,说,师父您比我想得到。师父说,要按年头来说,三中是解放后才成立的新学校,五中老早就有了。我问多老早,师父说民国前就有了。我常看我爹在太原上党校时的历史书,知道民国前是多会儿。我说:"啊。民国前?那不是清朝吗?"师父说:"那当然就叫清朝,那是当时外国人在大同府办的教会学校。你不听五中上课下课都是敲钟,这会儿的这个钟就是那会儿的那个钟。"

我说:"哇,清朝的钟声,响到如今。"

师父说:"可不是吗?"

我说:"我可喜欢那个钟声呢。"

五舅舅为了给我办转学的事,误了人家单位好多工作,他跟我妈说:"姐姐,都办好了。你拿着手续领招人找雷校长就行了。"

我说:"妈我自己去就行了。这也用不着背行李,光背个书包。"

我妈说:"叫你到三中去听听课还不敢呢,还想自己去报到。再说,妈也是想去认认你的那个学校你的那个班。"

星期一吃完早饭,我说妈咱们早早走哇。我妈说不着急,已经误了一个礼拜了,不在乎多误这一堂课。去的早了这个在啦那个不在啦的。

我妈的想法总是可有理。

我们是上午九点到的学校。雷校长笑笑的,亲自把我们送到了八十一班。

学生正在上自习课。班主任张老师在讲台上坐着。她说的普通话跟我的差不多,都带着县里头的味道。

也是在教室最后的一排有个空位儿,她让我去坐在那里。

我妈走了,校长走了,隔了一会张老师也走了。张老师一走,班里头"轰"地一声,乱了营。

我看出来了,这是个乱班。

嘈杂声里,前排有三个同学在交流着说话。

"跟你们说哇,蒋介石回大陆呀。"

"那得给人家个副主席当哇。"

"你懂得啥,那是人家蒋介石要带着部队反攻大陆,什么副主席,人家要当正主席。"

"啥人家人家的,你说蒋介石人家。你向谁?"

"说个人家又不是向谁。"

"蒋介石是咱们的敌人。"

"坏了,打呀。"

"谁能赢?"

"用问? 咱们。"

"不保险。"

"啥不保险。你向谁?"

"人家有美国。"

"那会儿莫非没美国? 照样把他打到台湾去。"

"其实,他回来当个副主席也不赖。"

我心想,八十一班的同学上自习不学习,说这些。大同一中的学生可不是这样。

不一会儿,班里的嘈杂声好像是低弱了下来,我以为是张老师来了,看了看,不是。是有人在吹口哨。大家是为听那个同学吹口哨才安静了下来。

那个同学吹的是《国际歌》,我心想,这个同学一定是听到了刚才几个同学说打呀,就联想到了这个歌,"从来就没有什么救世主,也不靠神仙皇帝"。

他吹得真好。

当时我知道是这个歌,但对这个歌不太熟悉,大部分会,但不完整。

他吹得真好。

我认真地听着认真地背记,我真想学会这个歌。

突然,"轰"的一声,大家又吵闹起来,原来是下课了。

钟声在"当当,当当"地敲着。

同学们都跑到了教室外,我也跟出去,我找到了刚才吹口哨的那个同学。我说你吹得好,他看我。我想起来了,他是不认识我。

我赶紧说:"我是刚转来的。你们上自习的时候,雷校长送来的。"

他噢了一声,想起来了。

我说:"你吹口哨吹得真好,我也想跟你学学《国际歌》。"

他说:"咋学?"

我说:"你再给吹吹,我脑子给记记。"

他说:"再吹吹?"

旁边有人提醒我说:"下课了,是玩的时间。哪有工夫给你吹呢!"说完,拉着那个同学走了。

望着他们的背影,我想着刚才的话,"下课是玩的时间,哪有工夫给你吹那呢"。看来,想听,那还得等是上课的时间。

上午三节课,头一节是数学,第二节是外语,同学们都很正常地上课,可第三节上张老师的语文时,同学们又吵闹开了。张老师上着上着又出去了,她捂着嘴好像是要吐的样子。

张老师一出去,同学们又轰地吵开了。

自习课时议论蒋介石的那几个同学又议论开张老师了。

"你知道吗?张老师是有了。"

"有啥了?"

"娃娃。"

"啥娃娃?"

"你是不是装呢?"

"装啥?"

"装傻。"

同学们都笑。有的还拍桌子。班里乱成了一团。

我想起早自习时,那个同学一吹口哨,班里就静了。我探着身子跟那个吹口哨的同学说:"《国际歌》,《国际歌》。"

那个同学听着了,吹起来。

吹得真好。

我从来没有想到,《国际歌》能用口哨吹得这么好。

我用心记着,记着。

张老师突然跟后门进来了,指着那个同学说:"站起来!"

那个同学站起来了。

张老师:"谁让你上课时间吹口哨?"

那个同学,指着我,说:"他。那个新转来的,他让我吹。"

张老师看我。周围同学证明说,就是就是。

张老师走到我跟前,问:"是你让他吹口哨?"

我站起来,说:"我,我,那个。"

张老师大声说:"说!是你让他吹口哨?"

我点了下头说:"是。"

"你这就是大同一中转来的高材生? 我看你是在大同一中捣乱得快让人家开除呀,转到了我们学校。成天价说我不会管班,把捣乱生都往我班填,能管好这个班才怪了。"

张老师这是把我当成坏学生了,我低声说:"不是。"

"还不是,不是是啥? 出去!"张老师指着后门,"出去!"

我说:"我。我。"

"我什么? 等我往出拽!"张老师冲我喊。

我乖乖地慢慢地跟后门走了出去。我听到,张老师在我身后,"啪"地一下把门关住了。

我站在了门口的台阶下。

刚才那突然来临的紧张,使我觉得嗓子发干。

我想到了冰棍。

我想到了常吃肉。

我想起了前两天我在家等转学的消息时,三中八十三班的喜民和孟孩到我家给我送作文本。喜民说,宋老师真喜欢你的这篇《常吃肉》,在班里让语文课代表给大家念。

孟孩说,他嫌课代表念得不好,他自己又给大家念了一遍。大家听到常吃肉没考好,落了榜,都很伤心。

对面墙下,有个戴眼镜儿的大个子老师,在那里办墙报,他写的小字我看不见,可大字能看见。我看见他办的是"错别字病院"。他一会儿看我一眼,一会儿看我一眼。他一定是在想,这不是雷校长说的那个大同一中的高材生吗?怎么让轰出教室罚了站呢?

我听听教室里,好像是很安静。

我又想起了常吃肉。

宋老师还让喜民他们转告我,说他能帮常吃肉到市工读一中去上学,让我去问问常吃肉想不想去。我当下就去找常吃肉。可常吃肉已经上班了,在市冷饮公司做冰棍儿。他说:"老曹,算了去哇,不惷念他书了。"常吃肉说"不惷念他书了"的意思是,懒得念他书了,不想念书了。

我还想起常吃肉说,老曹,哪天我给你送冰棍儿去。我说,你不会是偷人家冰棍吧?

他说："哪会呢。不是偷。厂里卖不出去的冰棍就让我们工人带走,是要扣工资的。"

我说："那行。不是偷就行。"我又想起说："那你的名字不该叫常吃肉了,该叫常吃冰。"

他说："我忘了跟你说,我的名字改了。"

我说："常子龙?"

他说："对。你还记得。"

我说："常子龙好。常子龙好。"

他说："以前那常吃肉,那叫啥,那就不是人的名字。"

这时候,远远地,我看见传达室老汉走到了钟塔前,解开绳子,上下抖动着。

"当当,当当",放学的钟声响了。

同学们"哇哇"地叫喊着,跟教室里跑了出来。

我原来还想进班去收拾收拾桌上的东西,可同学们挤得我进不去。算了,不急收拾了。

我转身向校门走去。

出了校门口,看见了我妈。

我妈说："招人,妈怕你是头一次走,认不得回咱们家的路。来接接俺娃。"

看见了我妈,我的泪一下子给流了下来。

洗
澡

我妈回我姥姥家走了两天，那两天我就在五舅舅家住。

我妈回我姥姥家是领我表哥去了，这以后，表哥就要常年在大同住了。他最好来大同了，我可是正跟他相反。我可想回姥姥村。一有机会就想回去。小时候也是不想在大同，就想着回姥姥家去住。可我表哥就想着来大同，不想在村里。

我想起了小时候。

那是我六岁的小时候，我在姥姥村里住得好好儿的，可我妈非要领我来大同上学。走的那天，是姨夫送我们进的应县城。姥姥村到应县城是三十五里地。为了能赶住应县到大同的长途汽车，我们黑黢黢就起身了。姨夫背着包包裹裹，我妈背着我，我背着七舅舅用过的一个书包，里面是他和表哥念过的几本书。

天亮了我们才发现，表哥一直是在后面偷悄悄地跟着。

这时已经快到席家堡,离城差十里了。他这是已经偷偷地跟了二十五里了。

我们回头看,表哥也停下来,站在路当中,看我们。

"回去!"我妈冲他喊。

"我去寻我爹。"表哥大声回答说。

"反了你了! 回去!"我妈冲他喊。

"我去寻我爹。"他喊着说。

表哥原封不动地站在路当中。

我妈蹲下,把我放地上,从路边拾起块大土坷垃,远远地冲着表哥扔去。

"甭理他,看误车的。"姨夫说,说完赶快往前赶路。

"你敢再跟,非打断你的狗腿不可。"我妈没再背我,拉住我的手,揪扯着我,快快地往前走。

表哥知道走不成了,失去了信心,原地坐在路边。我就走就回头看,他没有再跟上来。

我觉得表哥很可怜。

我也很担心表哥,不知道他在那个时候往回返,不知道他能不能认得回姥姥村的路,别给走得丢了,回不了家。

我到了大同因为不够七周岁,没上成学。我就又让我妈把我送回了姥姥家。

表哥问我说,你不在大同吃白面,咋又回到咱们这个烂村村。我说我就想回这个烂村村。表哥说愣你个招大头去唄。

表哥说,那年我去大同,姑姑每天给我吃白面。我问说你多会儿去过我咋不知道。

表哥说,你是忘了,姑姑还领我到照相馆照相了呢,你等等我给你看相片。

他把我抱上柜顶,让我看墙上的相框。

我以前没太注意墙上的相片,我看看说,这里面咋没有我?表哥说,当时你是在村里头。

我又看看说,哇,你还戴着红领巾。他说,那是照相馆儿的人借给的,我那是瞎戴。

小时候我常年住在姥姥家,黑夜睡觉,我跟表哥两人一个被窝。

他走哪都领着我,出野地刨茬子也领着我,进庄稼地摘霉霉领着我,到东沟采蒲棒领着我,就连上大庙书房念书也领着我。可七岁时我来大同了,却让他在村里跟奶奶做伴。后来他是在公社农中上学。

我很想念表哥,盼着表哥快快来。

我妈走的时候说,他们在星期日就返上来了。

星期日上午,我跟仓门妗妗家一吃完早饭就返到了圆通寺,开锁进了家,看看马蹄表,快十点了。我知道这会儿跟应县来大同不像六年以前那么难了,一天两趟车,还是有顶子的大轿车。不一会儿,我妈领着表哥进家了。我妈说:"招人,你赶快领表哥到'大众'先洗个澡去。他身上一股汗臭味。就便理个发,就像那野人。"她给了我五块钱,我说用不了。她说:"拿着。饥不洗澡饱不剃头。两个买点吃的先垫补点。妈给在家做饭。"

我可长时间没见到表哥了,我不嫌他身上有汗臭味,挎着他的胳膊,就走就说话。

表哥说着一口家乡话，我也跟他说家乡话。他说你会说侉侉话，咋还说咱们的烂应县话。我说应县话才好听。他说还是侉侉话好听。

表哥是把大同话叫做侉侉话。我说你喜欢大同话，那我就跟你说大同话。

有卖冰棍的迎面过来，喊说，三分一根。我买了两根都给了他。我不好吃凉东西。

我问他在澡堂洗过澡没，他说没，只是在水泊坑里耍过水。我说你忘了小时候，你领我到水泊坑耍水，差点儿把我给淹死。他说，你抱住我贵贱不放，差点儿也把我淹死。

我说你忘了小时候，你让我站在你的肩膀上，你一跑，把我脑袋先着地跌了个后栽葱，当时我的脑袋"嗡"一下，眼睛黑得啥也看不见了。他说，你那是给跌好了，一下给跌得开了窍，自那以后你的脑袋瓜就可灵呢，我在大庙书房念书啥也记不住，你就耍就把我们的课文都记住了。我说，陈老师布置学生回家写仿，你从来不写，就叫我替你写，还吊小楷。他说，直见得你把字练好了，我这会儿还是不会捉毛笔，一捉毛笔手就颤。

我哈哈笑。他也哈哈笑。

路两旁的人看我们。

他问我澡堂水多深，我比划着说，到我圪肢窝儿，但四周有台子，坐着就到了脖子。

我说水泊坑儿的坑底是滑的，站不稳。澡堂能站稳，淹不死人。

大众浴池分三等，头等是雅间，二等是雅席，三等是普通的长条木凳。

我要的是二等的雅席。好长好长的通头大铺间隔成六尺长六尺宽的木炕,当中是小方桌,两边各是一铺单人褥垫,上面还有个枕头。

我把二等澡票给了服务员,先领表哥去理发。

表哥的头发真长,又乱。理发员问理啥发型,表哥听不懂,我替说,理学生头。赶我们跟理发屋返回来,服务员早给我们的褥垫子铺上大的白浴巾。还放了小的披身浴巾。

表哥看我脱衣服,他也跟着脱。就脱就问,姑姑不是说,让我们吃点啥再去洗? 我说你莫非饿了? 他说有点儿。我说咱们先下大池里泡泡再回来吃。

我是想让他先往下洗洗那一股股的酸汗味儿,才这么说。

进了澡堂,他"哇"地叫了一声,他是看见了一个个光着身子的大男人。

我想起他是没见过这样的场景。他小时候在水泊坑耍水,都是些小男孩。

大池有两个,一个温水,人下去正好,一个是热些的,我不敢下。可表哥见热些的池子里也有几个人在泡,他也要下。我硬不让,把他拉下了温水池。

有个人面朝天躺在案上,搓澡工为他搓澡。表哥跟我悄悄说:"看那会活的,看那受瘾的。你们城里头人真他妈的会舒服。"我说:"你也是城里的人了。"他说:"呀,对对对,我他妈的这会儿他妈的是城里头的人了。"

表哥刚才说有点饿,我怕他出汗太多,说,走吧,吃东西去。

我要了一壶红糖砖茶,要了一斤杂拌儿点心。不一会儿服务员给端了上来。

服务员见我表哥说的是县里的话,皮肤也黑黑的,他问我说:"看你面不熟面不熟的,你常过来洗澡?"我说:"我半个月来一回。我说我还认得你们这里的老毕师傅。"他说:"哇。毕会计。他现在还正在班儿上呢。"听到有人喊说要热毛巾,他高声答应着离开了。

吃着杂拌点心,喝着茶,表哥悄悄跟我说,招人你知道不知道,忠义妈不是我的妈。我说知道,他说你是咋知道的。我说我早就知道了,我还跟你到过你亲妈家。

他说:"啊?那我咋就不知道。"

我说:"你是忘了。"

他说:"那你给说说,我咋的一点印象也没有。"

那年在姥姥村,我妈听说表哥妈病了,我妈就给下南泉供销社买了月饼和糖,让表哥去看望他妈。他开始不给去,后来我妈说,要不让招人陪着你去。他说,那我就去。

表哥妈那个村距离姥姥村只有三里路。去了那个村,表哥认不得家在哪里。我问你知道你妈叫个啥名字不知道。他说知道。我就说,那咱们问人就知道了。后来问人找到了。他妈姓孟,我叫她孟妗妗。她高兴得哭了。还给我们两个人吃莜面拌疙瘩跌鸡蛋。

我跟表哥把这说了,表哥他说一点儿也记不得了。

表哥说:"你知道不知道,我妈是你舅舅不要了,才又嫁的人。"

"不要了?离婚了?他们为啥要离婚?"

"还不是因为你妈。姑姑不让你舅舅要我妈了。"

"那为啥？"

"我不知道。反正我妈说，当时可给你妈磕头，还下跪。
可都不行。"

我说："可这次如果不是我妈，你上不来。"

他说："这我知道。忠义爹才不想让我上呢。"

为表哥来大同这件事，我妈跟五舅舅吵过好几回架。

我妈说，不管咋说，那是你张文彬名下的孩子。五舅舅说
可他从来没当面叫过我一声爹。我妈说孩子连你的面也见不
着，到哪去叫你爹。

五舅舅说，农民哇不能当，就叫他在村里哇。我妈说，不
行，农民能当那你咋不回村当农民去。五舅舅说过两年再说。
我妈说不行，过两年超出十六了，想办也办不来了。五舅舅
说，你当那农转非户口好办呢，派出所那一关就过不了。我妈
说派出所我负责。

吵闹的最后结果是，往来办。

而最后的结果是，办来了。

表哥的大名叫张郡世，户口上在了仓门十号五舅舅家。
学籍转到大同二中，上初二。手续已经都办好了，我妈这才到
村里去接的表哥。

一包杂拌点心不一会儿就没了。表哥把包点心的纸叠叠，
顺着叠的印儿，把点心末儿倒在手心里，又仰起头，倒进嘴里。

我说表哥，你明天就该到大同二中去上学了，让你上
初二。

他问我你在几中，听姑姑说你也上初中了。我说我在五

中,初一,八十一班。

表哥说,我知道二中就在仓门跟前,我可不想跟他们住,也不想跟他们一块儿吃饭。

我说,我妈说了,你就在我们家吃饭睡觉。

表哥说,咱俩还是一个被窝?

我说,那能?小时候能,现在个子大了不能了,一人一个被窝。

表哥说,姑姑没让我带被窝。

我说,放心哇,我家有,盖着可要让你睡个好觉。

表哥说,见饭饥见水渴,见了枕头就眼涩。你一说睡觉,我这就可瞌睡呢。

我说,你真失笑。

他说,招人你是不知道,我一黑夜没睡着,直怕是一觉醒来,睁开眼一看,姑姑不在了,原来我是做了个梦。

我说,不是梦,走哇,再进去洗一澡。

他说,还让进去洗呢?

我说,能。

他说,那快走,刚才我没有好好地搓,一会好好儿泡泡,你给哥好好儿地搓搓,把那农皮搓下去。

我说,好。

他说,走,再大大地洗他狗日的一澡。

我想提醒他说,表哥以后别说脏话,我妈可怕孩子们说脏话呢。话到嘴边没说出来,心想着等以后再慢慢地提醒吧。

我们相跟着进里面时,表哥大声地唱起来,他是用耍孩儿调唱的:

流水四韵

176

"骑着母猪上大同。骑着骆驼游炕洞。高粱地里耍大刀……"

但没等他唱完，我赶快把他给止住了，要不，他还会往下唱。我知道他是高兴得过。

洗完澡，他又说真想睡一觉。说着躺下来。

我说，不能不能，赶快回家。我把他拉起来。

回了家一进门，我妈说表哥："看看，这回才像个人了。"

表哥说："我早就该像个人了。您要是那会儿别撵我妈走，我早就是个人了。可您非要撵我妈走。我妈说，她可给您磕头捣蒜地向您求饶了，可咋说也是过不了您这一关。"

表哥咋敢这样跟我妈说话，我想他要挨打呀。

我妈没有打他，但我妈低声地又是很有力地说："好好，忠孝子，你不说我也不跟你说，你这是逼着我说。那我告诉你，我为啥那样心狠。告你说哇，在你爹当兵走后的那三年，谁叫你妈住娘家时给接野汉子了。我们家就不许出这样的女人。"

表哥不做声了。

可我妈越说越生气，"你不看看你的头发卷儿起，张文彬还认你，把你户口落在他的名下，够你洋气了，还说这说那的说大小呢。不想在这个家你走，有骨气你还回村里去，爱找谁你找谁去"。说完，我妈摔门出去了。

我看表哥，他愣愣地站在那里。

我走过去，拉住他的手，叫了一声"表哥"。

村香瓜

　　表哥跟应县南泉公社的农中转进了大同二中。他在农中是三年级,可二中不同意他来这里直接上初三,说只能上初二。这个,我们家里大人们都没意见。

　　我妈是在星期日的上午把表哥跟村里领来的,一进门我妈就让我带表哥去理个发洗个澡。中午洗回来,表哥说话不注意,把我妈惹恼了,让我妈把他狠狠地骂了一顿。

　　表哥在村里跟我七妗妗和姥姥住。我七妗妗是当婶婶的,不好管他。我姥姥这个当奶奶的,心想着他爹妈都不在跟前,一直是惯着他,惯得他很多的规矩都不懂的。再加上他天生的性格犟,着急了敢跟我妈顶嘴。我可不敢。

　　中午我妈的这一顿骂,骂好了,表哥看样子是心服了。

　　吃完午饭,我妈说:"走哇,到仓门认认大小去,明天你爹还得送你去上学。"

我也跟着去了。

路上，我妈说表哥："听着吗？要懂得仁恭礼法。"

我妈有好多这样的文词，不知道是她自己创造的，还是听有文化的人说的，她也想学着说，可是没有学得准确，就这么地说，而且是说了一辈子。"仁恭礼法"就是其中的一个，也不知道是不是这四个字。但意思我懂，我表哥也懂。

我妈又大声问："听着吗？"

表哥说："听着了。"

看来我妈中午那一顿狠骂也真的是顶事了，进了舅舅家，他没用人吩咐，主动叫我五舅舅叫爹，叫妗妗叫妈。

他冲着舅舅和妗妗说："爹，妈。我跟村里上来了。"

舅舅一下子笑了说："好好，好，爹明天就领你到二中报到去。"

妗妗也说："妈几年没见，长得更俊了。快给妈上炕。"

他们这样的对话，是我根本没有预料到的。我相信我妈也是大吃了一惊。

忠义跑过我跟前叫我表哥，妗妗比划着表哥说："这是你大哥，叫。"

听了妈的，忠义叫大哥。另几个没用大人教，也都乱哄哄地抢着叫大哥。

我妈高兴得笑。笑了一阵想起说正事，"这里孩娃多，下了学叫他回圆通寺"。

妗妗说："远哇哇的，就叫他在这儿哇。不在乎多挤一个人。"

我妈说："我为他跟招人是个伴儿。再说我过两天就又到清水河务弄那几片地去呀。以后叫他们两个学着做饭。"

舅舅说表哥："你会骑车不,会的话,把我的车子骑上。我步走到单位。反正也不远。"

表哥说："我不会。"

舅舅说："不会就拿这个学。叫招人教你。在城市总得学会骑车才行。"

我妈说："你还骑你的哇。七娃子每回回应县骑的那辆车在后大殿放着,叫师父给开开门,推出来。"

表哥听说有车子骑,高兴地说："噢。我有点儿会,就是不太会。"

妗妗说："那得学熟了再骑,看撞着人的。"

舅舅说："骑得慢些,多会儿也是慢些没不是。"

妗妗看着表哥又夸："看这英俊的小伙。张文彬修了哪辈子的福,有这么英俊的儿子。"

我心想,舅舅一定是没有把真实的情况告诉过妗妗。

我妈跟舅舅说："那就这样哇。明儿叫他几点过来?"

舅舅说："八点前哇。领他报完到,我还得往单位返。"

我们三个站起要走,妗妗说等等等等。她跟缝纫机小抽屉里够出卷尺,"来,妈给我孩做他身新衣裳"。

妗妗给表哥量完,也给我量了,说,"也给我孩做身"。忠义也要叫妈给量,妗妗说,你们完了的哇。

返回的路上,我妈说表哥："这不是个好好? 多会儿也是两好搁一好。"

表哥没做声。

我妈又说："人们多会儿也是爱见那好好。那灰灰,多会儿也是让人黑眼。"

怕表哥认不得路,第二天,又是我妈把他送到了仓门。

中午,我妈就让慈法师父给开开后大殿门,我把自行车给推出来了。

表哥悄悄跟我说,班里有男生叫他村香瓜,问我那是啥意思。我说那是骂你呢。他说,原来那是骂我呢,谁再叫我村香瓜,我就摔他。我说,别价,看叫姑姑打你呀。正说着,方悦跟大门进来了。

方悦跟表哥两个人好像是老早就认识了的老朋友,我一介绍,他们一下子就热乎了。

方悦跟表哥同岁,按道理他们该是上高中一年级了。可方悦也是上初二,在三中。

方悦先是帮着表哥擦洗车子,后来又扶着车子后衣架,帮表哥学着骑。

我们院足够大,学骑车最好不过,我就是在这个院里学会的。可表哥还嫌院儿小,跟着方悦到三中的操场去学。

不到一个星期,表哥穿着新衣裳回来了,米黄色的夹克,黑灯芯绒裤子。

他另提着个包,里面是给我的。打开看,跟表哥的一样样的。我赶快穿上。方悦羡慕地看着我俩。

那天我妈跟我们说,招人转到五中,忠孝也到了二中,都安顿住了,那我就该着到清水河给你们种地去呀。要不,靠供应的那点儿粮咋能够吃。

又说忠孝的口粮在仓门,也就不要专门跟那里往过打了,就留给仓门,叫妗妗他们买去哇。你们两个都是十三四的十三四，十五六的十五六，正是长身体的时候，得吃得那饱饱的才行。妈再给你们到村里去刨闹那几片地去。

我妈说，你们得学学做饭。

我说我给学。我妈说，你表哥刚跟村里头来，寻不着头尾，你学就你学哇，再说你学校离得近，早早回家做饭也是对的。

表哥说："姑姑，我给打扫家，我给洗衣裳。"

我说我在里院已经跟慈法师父学会了做拌疙瘩汤，饿不着了。

我妈说也不能是顿顿做拌疙瘩汤，你好吃搁锅面，就再学学做搁锅面哇。

以前我妈做搁锅面的时候我没留意，现在专门是一步一步地看着她怎么做，后来我又试着做了两回。我妈说，招娃子行。

表哥说，招大头就是灵，学啥像啥，那就是在小时候把脑袋瓜给磕开了窍。我妈也不知道他在说啥"磕开窍"，幸好表哥也没有再往清楚地说那件事。

后来我妈又领着我上五一菜场买过几趟菜，她这才放心了。还吩咐说，有啥不懂得，到后院去问师父。我说噢。

我妈走后，我跟后院师父学蒸馒头，学会蒸馒头又学蒸玉茭面发糕。师父还教给我在发糕里加红豆绿豆。

表哥说加了豆子的玉茭面发糕，比白面馒头也好吃。

后来师父又给了我一兜子红枣，教给说，把核子去了再用刀切碎，当豆子加在发糕里，那发糕就更好吃了。

表哥跟方悦说，他在班里穿戴是最好的，最干净。方悦说,过不了几天就有女学生追你呀。方悦还跟兜里掏出电影明星的相片,问,你说数谁好。表哥看看,这个,王晓棠。方悦说,咱俩观点一样,说着,亲了一下相片。

我心里说,要叫我妈知道你们这个样子,可要把你们骂个灰。

我妈走了半个月,回来了。她是不放心我们,可一看,家也打扫得挺干净,衣裳也都是挺整齐。

再一看我连白面馒头和玉米面发糕也都会蒸了。我妈高兴地说,妈蒸得也不如俺娃。

晚饭做熟了,表哥没回来。天黑了,他还没回来。我妈有点急,是不是进了你舅舅家? 我妈让我到仓门去眊眊,看忠孝在没在那里。

我去了五舅舅家,表哥没在那里。五舅舅进学校打问,也没听到些啥消息。五舅舅用自行车带着我返回到圆通寺,表哥有了下落。

表哥把班里的两个男同学打了,他回家进了院,听见是我妈回来了,吓得不敢进家,悄悄走了,到了三中找方悦。刚才是方悦来家,告诉说表哥在他宿舍。

我妈说,你知道的话,详细告诉姑姑,他咋就把人给打了。

方悦说,忠孝班里有两个男生老是欺负他,骂忠孝"村香瓜"。这两个男生正好都在忠孝后面坐,经常是偷偷地用踩脏的泥鞋底蹭忠孝的袄后襟。今天下午上课时趁忠孝不注意,又用毛笔在忠孝的新夹克后领子上,大大地写了"村香瓜"三个字。有人看不服,告诉了忠孝,忠孝在学校没理他们,放学后,在校门外把他们拦住,让他们赔衣裳,两个人二话不说就动手打忠孝。

方悦说："没想到他们两个人加起来也不是忠孝的对手，让忠孝打得俩家伙都是满脸开红花,满地找牙。"

我一听，"啊"了一声。我妈也瞪大了眼。

方悦说："满地找牙是开玩笑。脸上开花是真的。"

我说："我表哥在村里头就是打架王。再说，又比同班同学应该是大着三岁。可我表哥是长得英俊,不显得比他们大。"

方悦说："骂村香瓜。这种人就得狠狠地教训教训他才行,要不的话狼打开门狗也要跟进来欺负你。"说完又跟我妈说："姑姑您说,是不是?"

我又想起说："我表哥头一天到班就有人骂他村香瓜。他说,再骂他他就不客气了。是我劝他说,你可不敢在学校打架,小心姑姑摔你呀。他这是不在学校里头打,跑到学校外头打去了。"

我妈听到了这里，说方悦："行了。你叫他回家哇。我还得问问是真是假。"

方悦出了院，大声喊说："忠娃子,进来哇。没事了。"

原来方悦进家说这些的时候,表哥就在街门外等着。

表哥提着米黄夹克进来了。

我妈让他展开,表哥的新夹克后领上果然有三个大大的毛笔字。

我妈看我。我说："妈,就是骂村香瓜。"

我妈说我表哥："行了。吃饭哇。"

我妈说方悦："你也吃哇。"

没等方悦说不吃,我妈也给他盛了一大碗。

表哥就吃就跟方悦说,别说他们是两个人,三个五个也不怕他。

我妈大声骂表哥:"你还得了劲了。是不是?"

表哥这才不说了。

方悦就吃就试探着问我妈:"姑姑,您说那两家的家长要是寻来了咋闹?"

我妈说:"还等他们来寻我?我明儿就寻他们去。"

舅舅说:"姐姐,是咱们打了人家。"

我妈说:"打人是打人,先说起因。为啥不打别人打你们呢?你们两个人打一个人,以为村香瓜就那么地好欺负?你们先向这个村香瓜赔完礼道完歉,再赔了衣裳。然后,拿出你们的看病条子。花了多少给你们多少,一分也不少。"

大家都笑。方悦笑得最响亮。

说我鼓动别人上课吹口哨,张老师把我判定为捣乱生。

因为耽误了好多的课程,我的俄语跟不上,而正好张老师就看到了我的一次俄语的小考卷子,得分"33"。她就判定我是个差等生。

在她的眼里,我又是捣乱生,又是差等生。

我坐在教室最后的旮旯旯儿,上她的课时,她从来也不朝着我这个方向看一眼。

我盼着上作文课。一是我喜欢做作文,就盼着上作文课。二是心想着或许张老师会喜欢我的作文,改变一下对我的看法,上课也朝着我这儿看上一眼,也叫我站起来回答回答问题。我喜欢语文,她在课堂上提的那些问题我都会回答,可不管我把手举得多高,她从来没有叫过我。

当中有两堂作文课,可她到校医室输液去了,把我盼望的作文课又给误过去了。

终于在又一个星期后该上作文课时,她来了,撑着个大肚子站在了讲台上。她说今天咱们做作文,说完把语文课代表叫到讲台,把教案本给了课代表,让把她事先准备好的提纲往黑板上抄。

她说,同学们也照着抄在作文本上。

题目:记一次有意义的活动。

下面是"要求",一条二条三条,再下面又是"提纲",也是三条。

我满满地抄了一页纸。

她问同学们抄完了吗? 有什么疑问吗? 同学们吵吵地在下面吵。她说,抄完了没疑问就开始做吧。

我跟同位要过作文本,翻开他的上一篇作文,原来也是这样,"题目""要求""提纲"。

我以前没有这样写过作文,我想了想后,没有按着她的要求来写,而是由着我的思路,写下去。

我在作文本上写的题目不是《记一次有意义的活动》,我写的题目是《钢笔》。

我把我的这篇作文写在了大同三中宋老师还给了我的那个作文本上,上面有我的《常吃肉》。还有宋老师对《常吃肉》很高评价的批阅文字。

《钢笔》是我转到大同五中八十一班写的第一篇作文,我很认真地写着。我说过,我一写就进去了。这时候,我又进去了,进到了我跟金仙的世界。当中的课间休息时间我也没有出去,一直写一直写。直到把金仙掉到井里的钢笔,用吸铁石给成功地打捞上来。金仙握着打捞上的钢笔大声喊叫，这才把我给喊叫得惊醒了过来，我这才知道我这是在写作文。这时候，第二堂的下课钟声"当当，当当"敲响。

我满心地以为张老师会喜欢我的这篇《钢笔》，喜欢我和金仙的这个有意义的成功打捞。

我没想到，在又一个星期的作文课上，张老师点名表扬的同学中，没有我。她认为好的作文里，没有《钢笔》。

当作文本发在我手中时，我赶快翻开。

她的批语是：

你以为你是在写小说吗？

你知道小说的六要素是什么吗？

写作文用这样的大白话能行吗？

没学会走你就想跑吗？

你不怕摔个大跟头吗？

最后一句是两个字：重做！

我这才知道，同样的一篇文章，让不同的人来评判，有时候，会有不同的结果。

我这才想到，为什么我喜欢的《石头记》，我们班同学却说不好。而他们喜欢的《西游记》，我也不爱看。

我按照张老师的要求，把《记一次有意义的活动》重新写了一遍，就按照她提出的要求和拟定的提纲，写了一篇。不知道她会怎么看，反正我觉得我是没有写好，我永远也写不好这样的命题文章。但是，她没有看我的这篇文章，她生小孩去了，生完小孩也再没有给我们上课。

张老师对我作文的评价，并没有打击了我对语文的爱好，也没有打击了我对作文的爱好。在八十一班这无政府的乱哄哄的环境下,我大量地阅读课外书籍。这是我七舅舅给借的,他到了大同煤校上学,学校图书馆有的是书,也借给学生看。我就把这些书拿在班里看。

《机器岛》《神秘岛》《海底两万里》等等,儒勒·凡尔纳的书就是在这个时期看的,还有《巴斯克维尔的猎犬》《血字的研究》等等的柯南·道尔的书,也是在这个时候看的。

我们八十一班的班主任由别的老师们临时给带,张三三个月,李四四个月,我们班整整地乱了一个学年,直到初二时,才又有了正式的班主任,叫阎春敏。

阎老师是学校新调来的仪器管理员。是个年轻人,比我们大十来岁。起初,他对我的印象是好玩儿。

我天生的平衡能力强,在冰上跑也轻易跌不倒,有时候看着倒呀倒呀,可又能稳稳地站立起来。因了这个能力,玩毽子谁也玩不过我。有个下午的自由活动课上,我在同学和老师的围观下,打了一百二十多个后,那毽子还是稳稳地控制在我的脚下。

学生们叫毽子不叫毽子,叫毛儿。

"打"毛儿,是我们孩子们对毽子的一种玩法。跳起左脚和右脚的同时,右脚从左侧面,快速的踢一下毽子,这叫左打。或者是左脚从右侧面快速地踢一下毽子,这叫右打。无论是从哪个侧面来打都可以,但这得玩家根据打起来的毽子是在哪个方向,来决定是该左打还是该右打。

打毛儿,这得有很好的平衡能力。一般的同学打毛儿,超不出五十个。而我那次居然不住气地打了一百二十多个,还能继续打下去。只不过是因为没了力气，才主动地停了下来。

当时围观的人群中，就有我们的新班主任，阎春敏老师。

上课的钟声响了，等同学们都进了班，他也跟了进来，走上讲台，自我介绍。同学们才知道又来了新的班主任。

阎老师在认同学时，是拿着花名册先从一号生叫起，因此我这个五十四号生是最后一个让叫起来的学生。

我站起来时，他说，哇，我认识你。

我心想他是在哪见过我？

他说："你是全校，不，应该是全市的打毛冠军。"

学号最后，好玩儿，这是我留给他的第一印象。

阎春敏老师是个对工作认真负责的人，他下决心要把这个乱班搞好，当他花了半个月时间参考着学生档案，熟悉了所有同学后，他把我叫到了办公室。

他说，你原来是大同一中转来的高材生，你父亲还是共产党员国家干部。

从此，他对我有了好感，还把我发展成了共青团员。

张老师生小孩走后，我们的语文老师换了一个又一个，也都是临时的。直到初二开学时，才固定下来。他就是山西大学刚刚毕业的戴绍敏老师。

大概是我跟"敏"字有缘分。这个戴老师也喜欢我。

他给我们出的第一个作文题目是《一个最熟悉的人》，他不像张老师，给同学往出列条条框框，他没有，他说随便写。

这样的作文，同学们大部分是写父亲母亲或者是爷爷奶奶。我没有，既然您是让我随便，那我就又按照我的随便，另给作文取了个题目，叫《慈法师父》。

我不知道戴老师的阅读口味，也不期望他会对我的《慈法师父》有多高的评价，他只要别像张老师那样用挖苦的语言来质问我，"你知道小说的六要素吗？"

说老实话，我根本就不知道小说的几要素，我也不想知道，我也不想写小说，是她要那样地问我。

对于我来说，我只是想写一个我熟悉的人。

没想到，戴老师给我的《慈法师父》的评价极简单，仅仅是六个字：

"佛道乎？人道也。"

得分：90。

是班里的第一名。比第二名，高出 15 分。

这个结果，让我没有想到。

这个结果，让我想到了，如果他出的下一篇作文是写事的，那我一定要把我的《钢笔》呈献给他看看。看看他会是一种如何的评价。

我预料，头一篇戴老师是让写人，那第二篇该是写事的。

我猜对了，戴老师的第二次的作文题目是《一件难忘的事》。我几乎没有做什么修改，把《钢笔》誊写了上去。

戴老师的评价又很简单：

这是一篇优秀的小说。

过了两天，他给了我一沓稿纸，让我把《钢笔》誊抄两份。他说，一份儿参加学校的作文大赛，一份儿寄给《少年文艺》。

《少年文艺》没有什么消息，但在学校的作文大赛中，《钢笔》得了头等奖。巧的是，奖品就是一支金星牌钢笔。

我们家在草帽巷住的时候,附近有西柴市小学,可我却在大福字小学上学,离家很远。

在小学三年级时,我们家搬到圆通寺来住了,上学比住草帽巷时离学校还要远,足足有五里路。圆通寺附近有财神庙小学,还有下寺坡小学,可大人也没想起把我转过来。

五年级时,我又到了仓门街舅舅家,这距离学校就更远了,当中要路过两个小学校才能到了我们学校。

反正是,我把别的孩子玩耍的时间都用在了上学的路上和回家的路上。

当我放学一回来,把书包放在炕上,想到到厕所,我妈又大声喊:"做啥去呀? 上炕做作业!"作业也做完了饭也吃完了,又不该是睡觉的时候,我妈这才允许我进里院儿,跟慈法师父去玩会儿。下下围棋,象棋。

就这样子,在小学的整个阶段,街巷的孩子,我跟他们基本上是没来往。

有时候我也想出街跟孩子们玩会儿,我妈说:"不行。街上的孩子们一个比一个厉害,你跟人家们耍,就短个让欺负了。"

初一了我长大些了,再加上我表哥也住我家了,我妈这才慢慢地放松了对我的看管,允许我跟院外的孩子们耍了。但也只能是他们来我家耍,不许我到他们家。

出了圆通寺大门往西,是八鸟图巷,往东是牛角巷。

昝贵在我房背后的八鸟图巷住,但他是五中八十一班我的同学。如果不算他的话,第一个跟我来耍的是牛角巷的银柱,他比我大两岁,在三中上学。那天我在院里佛堂前的台阶上弹大正琴,他进院了,坐在我旁边,听我弹。他说,我还常听见你吹箫吹口琴呢。他说我那会儿就可想进来听听,怕和尚骂,不敢进院。

过了一会,他说他会拉二胡,我说你取去。他就把二胡取来,我们一起合奏。

第二个来找我耍的是小斌,他属相是虎,比我小一岁。他是听到我和银柱在院里拉二胡吹笛子,进来了。他也说是老早就听到我在院里又是弹又是吹的,可不敢进。也说是怕和尚骂。我们合奏的时候,他主动地参加进来给唱,"樱桃好吃树难栽,不下苦功花不开,幸福不会从天降,社会主义等不来"。他唱得挺好,以后我们就也常来往。

通过小斌,我又认识了牛角巷的老王和二虎。后来又认识了冀生,二虎人,四蛋,五虎。无论我新结识了谁,我妈都是让我把他们领到家来耍。后来我才猜出，她这是要过过目，是要观察观察这个孩子怎么样。

在所有我新认识的小朋友中，我妈最看好的是老王和二虎。我妈说，这两个是好娃娃，可以往深了交往，说银柱也可以。我妈又说了一个名字，告诉我，他得提防着才行。她问我听着没，我说噢。后来的事实证明，我妈判断得是百分之一千地准确。

老王比我大五岁，已经在大同日报社上班了。

老王没爹妈，没兄弟姐妹，只跟爷爷生活在一起。他爷爷九十多了，耳朵聋了，但眼不花，每天挎着个竹篮子，快快地迈着碎步，上街拾柴。回来时，路过纸铺打二两白酒。回家躺在炕上休息，等孙子下班回来做饭。他的打酒钱是老王给的。

有个星期日，我跟老王坐在我们院台阶下象棋。快中午时，老王站起说，走呀。我妈跟家里出来，拉住老王说，今儿就这儿吃哇。老王说，曹大妈不能，我还得给爷爷做饭。我妈说，曹大妈都给你们股着呢，你吃完你爷爷带上。老王硬要走，我妈不放手，把他拉进家，"你看看笼里，做了那么多，你看看曹大妈是不是真心留你"。

平时我们用一节笼，这是两节笼。我妈给做的是莜面推窝窝。我妈说："火烧茄子绿辣椒，凉菜也都拌好了。锅里的水也快开了，就短上笼蒸窝窝了。俺娃们洗手的工夫就熟了。"

我给脸盆倒了水说，老王咱们洗手。老王说，你先洗。我说，咱们一块儿洗。

可就在洗手当中，老王一下子推开门，跑了。我妈追出院，老王已经跑得没了影儿。我妈气得说,真想按倒打他一顿。

我上初二的时候,表哥初三了,可他不想读书。

表哥在农中时说他是初三,可他来了大同二中连初二的课也跟不住,让方悦给他补课。

方悦说:"天下文章数吾邦,吾邦文章数吾乡。吾乡文章数吾弟,吾给吾弟改文章。"

我看方悦,问他念的是啥诗。

方悦说:"你看。我在我们班是最差的学生,可我还要给你表哥做辅导。"

我说:"方悦哥你把刚才念的诗再给念念。"

方悦又给我念了一遍。我听了哈哈大笑。

到了初三,我表哥的数理化课目简直是啥也听不懂了。整天跟着方悦玩儿。方悦在学习上比表哥强点,可也是读完了初三说再也不上了。他说考也是白考,技校中专不想望,还上大同三中,家长没钱供他。

我在家负责做饭,表哥负责洗锅。他还负责打扫家,洗我们两个人的衣裳。我的衣裳在班里是最干净的。

那天吃完饭洗完锅,我在家学习,方悦跟学校过来了。方悦说表哥,走走走,咱们别影响人家招人学习。表哥说,咱们上街逛去。方悦说,街上过来过去的,尽是好女儿,咱们远远地看看她又不要钱。

他们走了大约是半个钟头回来了,表哥说:"招人你稍微停会儿,我们跟你有个说的。"我停下来,抬头看他们,看有个啥说的。

表哥说，方悦给咱们三个人出了个好主意。表哥看看方悦说，方悦你说。方悦说，你说你说。

最后是表哥说，他说："养兔子可是个能挣钱的好事情，咱们三个人养兔子来。"我一听赶快摇头说："不不不。叫我妈知道能打断我的腿。"表哥说："你先甭'不不不'，你听我说，是我们两个给出力，你就出钱就行了，别的啥也不用你操心，你就全力以赴地学习你的就行了。"

我说，我出啥钱？方悦说，那得成本呀，那得买小兔子呀，买上小兔子养活大，才能卖钱。

我问得多少钱。方悦说，两块钱一对儿青磁蓝，五块钱一对儿黑水獭。我想想说，我就有二十块。

方悦高兴地说，够了够了。起初我怕你说只有十块，那就有点少。

我把钱给了他们，表哥接住了。方悦说，年底结账，挣了钱咱们三一三剩一。我说我不要。

方悦说，那能？那不能。

表哥说，走走走，甭影响我兄弟学习。

他们喜眉笑眼地出去了。

第二天，我下学回来，见他们正在盖兔窝。在我家北墙外的煤堆旁。他们把我们家的煤堆又重往小给缩了缩，往高给垛了垛，挪出片空地。我看了看，他们搭的是上下两层，四间窝。

几天后，窝盖好了，门也按好了，还都上着小锁锁。

方悦往远站站，细细地打量打量说，这可盖好了。我结婚能有这四间房也就行了。

不等到窝彻底地干掉,他们就把兔子给买回来了。他们没舍得买黑水獭,都是一色色的青磁蓝。真好看。

我数了数,二十只。

每吃完晚饭,不用人督促,我就上炕学习。但每到星期日,我可是一定要耍的。我主要是到牛角巷找老王他们。

那些日,天气一直是很热。小斌提议到水泉湾耍水去,大家说走。老王说,谁耍谁耍去,我可不跟你们去,中午我得给爷爷做饭。

大家都说,老王不去没意思。

小斌又提议说,咱们吃完午饭后再去。

老王说,我可是不想去啊,你们硬想去的话,回家跟你们家长说说,看让不让去。

大家都说,哪有家长允许孩子耍水的,要去也只能是偷偷地去。

老王问,你们谁会耍水?

一问,除了我和昝贵,别人尽还都会。

老王说我和昝贵,你们两个想去的话,不能脱衣裳,就在岸上耍耍。

五虎儿说,岸上有大树,坐在下面也可凉快呢。

小斌说,你们正好给我们看衣裳。

我们两个都答应了。

老王是我们的大哥,不答应人家是不会领的。

吃完中午饭,大家出发。都是步行。

水泉湾就在南门外,老王和五虎看来是常来这里,领着我们截近走小路，翻过城墙，不一会儿就到了。

水泉湾不大，最多有我们学校的足球场大。大是不大，可四周有高大的树，下面有泉眼，水清清的，不像姥姥村的那些死水泊坑。

耍水的孩子们挺多。

我和旮贵在岸上给看衣裳。

别人都走下水里。小斌游到中央给试试水深浅。没过了他的头顶。

旮贵说，不让咱们脱衣裳，咱们脱了鞋，洗洗脚可以吧。

我们把裤子挽到膝盖上，坐在树下，把腿伸进水里，凉凉的，真好。

老王给把握着时间，他看看阳婆，说该回了。

听了老王的，大家在晚饭前，都回来了。

我回了家，都快把饭做熟了，表哥才回来，自行车的后衣架两边捆了两布袋草，衣架上又是一大捆。他和方悦抬进院里，他们高兴地说，这下可找到了好地方了，满地全是苣草。

我也不会跟表哥说是去耍水，他顾着他们的兔子，也不会问我到哪玩了。

过了些日，我妈跟怀仁回来，背了一布袋菜。有茄子有豆角，还有西红柿。当时我们三个人正吃煮毛豆角。这是方悦跟地里给偷的，他常常跟地里往回偷东西，山药呀，玉米呀，啥能吃偷啥。他不敢往三爷家拿，都拿我家做。

我妈说，你也不怕人家把你抓住，吊二梁？

方悦说，他抓我？我跑得比兔子也快。他一下想起，跟我妈说:"姑姑您来,您看。"我妈跟着他,看见兔子了。

但我们事先已经统一了口径,说是方悦的,养兔子想挣个钱。

表哥说,他想挣上钱好娶媳妇。

我妈说,我看不赔也够你日能。能挣了?

表哥说,您放心哇,年底我们可要挣两个好钱。我妈一听表哥说"我们",撅转头看我。

我心想,表哥这个人真是没脑子货。

我妈冲着表哥说,我看你们这是铁了心地不学习了。

表哥说,姑姑,我就不是那学习的材地,您硬打着鸭子上架,也上不去。

方悦说,姑姑,那葫芦肚里头没子儿,您硬按住挤也挤不出来。您说是不是?

表哥说,初三完了,我混上个毕业证也就行了。

我妈冲着他们两个大声说:"可不能影响招人学习。"

方悦说:"您可说了个对,我们也思谋着,说啥也不能影响了招人,招人可是我们弟兄们的重点保护对象,以后人家可是那北京大学的料。咱们得重点保护。"

我妈让他逗得笑了,说我:"听着没?"

我说:"听着了。"我还说:"每天表哥一洗完锅,就跟方悦哥出去了,怕影响我学习。您不信问后院师父。"

我妈后来是真的问过师父,师父证明我说得没错。我妈这才放心地又到了怀仁。

我和老王他们每个星期天的下午都要去水泉湾,我和甾贵把衣服脱了也试着下过水。可我们不敢往里面走,就在离岸三两米的范围内,蹲下来凉凉地洗个澡。

后来我也好像是学会了点仰游,昝贵学会了点狗刨。但我们两个只是顺着岸耍,决不往里面去。

就在我们第三个星期去耍水的时候,银柱差点儿出了事。当时具体是怎么个情况,多危险,他们谁也不跟我和昝贵说,只见他们把银柱从对面的岸边搀扶着过了我们这头时,银柱的脸色死白,不说话,在岸边躺了有一个多钟头,才能坐起穿衣裳。

回到牛角巷时,天已经快黑了。

分手的时候,老王说,谁要是跟家长说了,我再不跟你们耍。大家都说,保证。然后各回各家。

进了圆通寺院,我正想着该跟表哥说个啥才好。表哥在兔子窝那儿喊我。

我过去才看见,他在整理我家的煤垛。我一看,煤垛又低了也大了,基本上又垛成了原来的样子。再一看,兔子窝没有了。

我问怎么回事。

表哥说,煤垛塌了,把兔窝砸倒了,兔子全死了。

我说死兔子呢? 表哥说,我让方悦都装在布袋里,提走了。

第二天一大早,方悦提着个黑饭罐来了,说:"吃哇。我妈可给炖了个香。"

他把饭罐放在锅台上,两手一摊,说:"我看来,咱们弟兄们没有那发财的命。"

我说,我妈回来要是问起咋说?

表哥说，咋说？实话实说。

方悦说，那可做不得，姑姑一定会说，呀，炭垛倒了，没把我们招人给砸着哇。

表哥说，那咋说？

方悦说，我早给想好了，就说，听说有传染病正传兔子呢，我们吓得赶快把兔子卖了。

表哥说，卖了？钱呢？

方悦说，呀，就是，钱呢？

表哥说，还是说得了传染病死了。

方悦说："唉，反正是，咱们弟兄们没有那发财的命。不不不，不算人家招人。不不不，连忠孝你也不算。我就是说我一个儿呢。"

我和表哥都让方悦给逗得哈哈笑。

兔子的这个事儿是瞒过了我妈，可我耍水的事，不知道我妈咋就给知道了。但她没骂我，而是去牛角巷，把老王狠狠地骂了一顿。

南
小
宅

那天我到了老王家，一进家，老王"出去出去"地把我推出院，把门给关住了。

他脸上没啥表情，猜不出他是啥意思，但肯定不像是开玩笑。

我又拉开门要进，他指着我说："你以后不许来我家。王秉智没有曹乃谦这样的朋友。"

我愣在了门外。

如果屋子里只是老王一个人的话，我一定会以为他疯了。可屋子里还有别的几个朋友。

二虎出来悄悄跟我说，咱们耍水的事，不知道是谁告了你妈，昨天晚上曹大妈来老王家，可把老王数算了个灰。

我奇怪，我妈回来给我们送菜，在家住了两天，可她没跟我提到过耍水的事。

我说这是谁给告的我妈。

二虎说，大家都分析不出是怎么回事，谁给露出去了。

我说，管他是谁呢，可我妈不该来骂人家老王。我说我进去替我妈给老王赔礼道歉。

二虎说，老王正在气头上，他也主要是在生自己的气，招人，完了再说吧。

我只好是走吧。

我看了一眼屋里，五虎儿和小斌好像是在给老王做工作。

我回了家，我妈也仍然是不跟我提这个事，我也不敢主动跟我妈说什么，更不敢批评我妈，"您不该去骂人家老王"。

后来我又跟着别的人试着去过老王家，他虽然是没有像头一次那样，直接把我撵出门，但也是不理不睬的样子，弄得我很没意思。

我妈在家里住了两天又走了。吩咐我跟表哥，让放了暑假到南小宅儿。

我们以前常说的到怀仁清水河，实际上是到南小宅。就像以前常说回老家应县，不具体说是回钗锂村一样。

南小宅是清水河公社下面的一个村，叫生产大队。我妈就是在那里开的荒地。

我妈说我表哥，你不是不好学习吗？那跟我去伺弄地去。

表哥很高兴地说，行姑姑，我可会种地呢。

我妈说，我看你种地也不是好手。

表哥说，姑姑您可把我看错了。我们农中时候，天天也不上课，老师请着农民，就是教学生们种地呢。谁完成了任务，黑夜给吃一个白面馍馍。我跟您到南小宅儿，好好地弄您的地。

表哥想想说，姑姑，按现在的季节，该锄二回了，要不草就要往疯了长呀。

我说，表哥你不是可不好在农村吗，就想在城市里？

表哥说，我是不想一辈子当农民。现在我是市民了，到村里种种地，还真的挺高兴。

我妈头前去了南小宅。

我妈走的第二天上午，表哥和方悦就跟我借钱，说照相馆能拍就像是王心刚那样的明星照，他们也想来一张。

方悦说，拍个明星照，咱们也摆在那里，臭美臭美。

我问多少钱，他说八毛。我说表哥，你莫非连八毛也没有？他笑着说，嗨嗨，我们还想放大，放一张七寸的得一块。

方悦说，放也放大了，还不得再上个彩儿？算下来，这就得两块一张。

慈法师父给过我一本折叠式字帖《王羲之草诀歌》，这本字帖很长很厚，每一页都是硬袼褙纸。我把这本又厚又硬的字帖当成我的宝藏夹，有啥好东西都夹在这里面。这本字帖平时就平放在我家的衣箱顶上，上面又摆放着好多书。这个衣箱是半揭盖式的，我的书和字帖放在箱顶上，也不会影响我妈跟箱里取东西。因为是我的书，我妈也不会翻看。

我当着他们的面儿，掀起这本硬皮字帖，抽出一个信封，跟里面够出五块钱，给了表哥。

方悦说，招人兄弟，我可没看见你跟那里往出够钱啊。

表哥说，我知是知道，可我也不会跟那里往出够钱啊。

我说："我又不怕你们够。谁想够够哇么。"

方悦说:"好兄弟,冲着你这句话,哥以后挣了钱,说啥也得让你花。哥要是有了媳妇,说啥也得,那个也得,那个……"表哥说:"也那个啥?"

我说:"快快,快出去!"把他们轰出去了。

放暑假了,再开学我就是初三了。

表哥和方悦都拿到了初中毕业证,他们的毕业证书上贴的相片,就是前些日拍的明星照。

两个人长得都很英俊,表哥说,咱们要是上了电影,在明星里也是那靠前些的。

方悦说,还上啥电影,这毕业了,我就得回村修理我的地球去呀。

我说,我跟我表哥也到南小宅,去跟我妈伺弄地去呀。

我妈每次到怀仁,都是坐长途汽车。长途汽车在清水河有一站,到我爹公社正合适。但表哥提议坐火车,他说没坐过火车,想体验体验坐火车的味道。

坐火车只能是在怀仁下车。下了车怎么到南小宅,我妈早告诉我了。反正得步行十二里。

怕肚饿,我提前蒸了一笼馒头当干粮。表哥说,你知道干粮是啥意思? 我说啥意思? 他说,干粮干粮,那是干的粮,你应该是烙饼子才对。我说谁让你不早说。他说,现在也不迟,你把馒头切成片,拿油一炸就干了,过去的老财们就这么做。

我说快行了吧,咱们可不是老财。

他说,要不切成片拿油烙烙,烙干了上面撒点盐面儿,也好吃。

我说,你倒是会吃。

他说,我们上农中,在过节时,学校给我们改善伙食就这么做。

我们只想起带油烙馒头片儿,但没想起带水。馒头片上面又撒了盐,一路把我们渴得那个难受哟。

表哥说,我现在相信二万五千里长征时,红军喝马尿的事是真的了。

路过个叫曹四老庄的村子,跟村口的老乡讨水喝,一人喝了一大瓢,还想喝。

表哥拍着肚说,不行了,我要一弯腰,水就叫出来了。他这话把个给我们端水的女娃子笑得趴在碾盘上,不起来。

喊她她不抬头,我们把瓢给她搁在碾盘上,走了。转过身后,表哥又跟兜子里掏出三块油烙馒头干,给她搁在了瓢里。

出大门时,我们回头看,女娃子站起来了,手里拿着块油烙馒头干,就吃就看我们。

表哥跟她一扬手说:"古灯儿白。"

我说,人家女孩听不懂,以为你是在骂人家,那你小心人家家里出了"大师傅打你呀"。

表哥说的"古灯儿白"是英语,我说的"大师傅打你呀"是俄语。这都是学生们背单词时,为了记忆方便而发明的带有趣味性的发音。翻译过来的意思一样,都是"再见"。

我们说着笑着出了曹四老庄。

下一个村就是南小宅了。

我妈不知道我们这天来,他们已经吃了午饭。

表哥说不饿,快给我们熬稀粥。

我说熬稀粥那得熬到多会儿,快给拌疙瘩汤,拌得稀稀的。

表哥说,如果有调苦菜的话,冲上井拔凉水那才叫个解渴。

我妈说,村里还怕没有个调苦菜吗?

我妈把调苦菜盘往上一端,表哥高兴得直拍手。

我把我们干粮掏出来,我妈咬了一口给给我爹,我妈就嚼就跟我爹说,看看我娃娃蒸的馒头,半点儿也不酸,又没让碱给拿死。

我爹就嚼就说,我那娃娃你们谁也得宾服。

"宾服"是我们应县老家的话,意思是彻底地服气。

我妈拿了三片,出了堂屋。就走就响亮地说:"曹婶婶,你尝尝我娃娃蒸的馒头烙出的馒头干。"

南小宅村两大姓,一半姓曹,一半姓李。我们租的这个房,房东就姓曹。他们住东上房我们住西上房。两家伙堂屋。

院里还有一家租房的,姓贺,住西下房。

我妈给房东送完,又给西下房送馒头干,也是一出院就喊着说,他贺婶婶,你尝尝我娃娃蒸的馒头又拿油烙出的馒头干。

南小宅的东边是军用飞机场。

我妈开的荒地有两块,一块在村跟前,有一块地远,紧挨着飞机场。我妈说远的这块种的是黍子。

这块地是细细长长的一溜。一边是生产大队的地,一边紧挨着飞机场的排水沟。这块地的上下如果算是宽的话,它最多有一丈宽,可它很长很长,我说不出有多长。

表哥说,姑姑,我看有两亩半。

我妈说,好眼窝,差不多。

表哥说,姑姑,您这块地眼看着就草荒呀。

我妈说:"没想到忠娃子也懂的。就是,不赶快锄,真的要草荒呀。"

表哥说:"姑姑,明儿我就来锄。"他左看右看,看了看地头两边,说:"姑姑,不紧不慢。用不了三天我就给您锄完了。"

我们又返转到了另块地。

这块地主要是种菜。我妈说,为了俺娃们吃菜,我把精力都放在了这块地上。地里有山药,圆白菜,萝卜,豆角,还有黄瓜和西红柿。全全的。

看到了圆白菜,我想起了它还叫勺儿白。这时候我想起了小学时在五舅舅家,栓栓领着我们几个小孩到东关菜园去拾菜。

我想问问我妈记不记得,借给栓栓二十块钱的事。我想告诉我妈,栓栓是为了保护我才把那个孩子的鼻梁打坏了。我还想告诉他,栓栓是个讲义气的孩子,他就是为了还我那二十块钱,才去偷菜园的菜去卖,卖了几次,最后让给送进了少管所。

想了想,我没问。

我每天跟着表哥去黍子地锄草。

我和表哥一人戴着个大草帽,我还给背着个军用水壶。

我不锄,是表哥锄。

太阳很毒,表哥的汗珠叮叮地往下滴。表哥就擦汗就跟我说,写那首诗的老古人肯定锄过地,要不他就不会写出"汗珠滴下土"这样的话,这话说得真他妈的准。

表哥抬起眼看看四周围说,这一片是啥地,咋四周半苗树也没有。

我说,大概是飞机场不让种树。

表哥想想说,对,树会把飞机给绊倒。

一到黑夜,飞机就出来了。我跟表哥站在房顶上看。看不见飞机,只能看见像星星似的一颗灯,在高空绕圆圈,绕着绕着,突然就直直地往上蹿,有时候就蹿得看不见了,但能听到轰隆隆的声音。

有时候那颗灯绕圆圈,绕着绕着还要往下栽,栽栽栽,快栽到地面了,又一下子往起蹿。

我们两个在房顶上尖叫着,怕飞机给栽地上。可没事,一次也没栽过,就是把人吓一跳。

用了两天时间,表哥把那块地给锄完了。

我妈查看查看说,忠娃子能行,像个受苦人出身。

表哥说,姑姑,您以前保险把我这三间房给看成了间半。

我妈说,明儿给你吃蒸饺,奖励奖励,记得你小时候,一吃蒸饺就不往下放筷子了。

清水河离南小宅儿五里地,平时我爹中午不回来,就在公社食堂吃饭。我妈跟我爹说,那货,明儿中午回哇,咱们吃好的。

第二日,就在我妈把蒸饺端上来时,我爹回来了。他告诉我们一个好消息。说五舅舅给表哥找到工作了,在市皮鞋厂学徒,让赶快回。

表哥着急地问,不知道几点的火车,今儿能不能回去?

我爹说，回大同的火车是晚上七点二十分。不急，慢慢吃哇，我已经说给拖拉机了，赶后晌五点来这儿，往怀仁送你们。

我妈说我爹，你这个担大粪不偷着吃的真心保国，这次咋舍得用用公社的拖拉机。

我爹说，我也得看看是啥情况，这么好的大事，可不能给耽误了。

我说，我就记得拖拉机叔叔给咱们家拉过东西，您还坐着在半夜给送过苍蝇盒儿。我妈说，那都是妈求人家给送的，又不是你那个真心保国的爹。

房东曹婶婶撩起门帘进来了。一进门说，看这香的，我在我家就闻着了，香的。

我妈给她夹了一碗饺子，她接过碗，坐在了炕沿边，筷子往窗户外指指，压低着声音说，亲家又来搬了，真失笑，说一个月就一个月，一天也不迟，就来搬了，生怕是吃了亏。

我妈看了我们一眼，没做声。

房东说，亲家两个还喝酒，那个说，老喝你的，那个说，球，咱俩还分啥你的我的。你听听，失笑的。

我妈说，他们两个一会儿着急走呀。

房东说，走呀，喝完酒就着急着走呀，你听听，那个还说，我这儿借不出毛驴，你下个月还给送过来。你看这失笑的，借不出毛驴哇，跟曹书记说说，大队还不借给你个毛驴？你说，曹书记。

我爹说，两个孩子一会儿走呀，回大同呀，有啥他们走了再呱拉。

房东说，多住两天哇么着急走啥。

我妈说，孩子们回去有事。

房东这才放下碗，对我妈说，完了我跟你学，真失笑。说完，这才出去了。

我妈说，真心烦，一天操别人的闲心。

在火车上，表哥问我说，你听懂那个房东说啥了没？

我说，我连半句也没听懂。

表哥说，她是说，西下房那个姓贺的女人，有两个男人。一个月在这个男人家住，一个月在那个男人家住，一替一个月地住，懂不懂，这叫朋锅。

我一听，奇怪地说，咋就朋锅？

表哥说，缺钱的过。方悦还跟我说，忠孝我看了，咱俩没钱的话，娶上一个媳妇朋锅算了。

我说，表哥你这回去就当工人呀，一上班，你就有钱了。

　　以往,毕业班要重点保护,出地拾柴呀平整校园呀种树呀浇水呀这样的劳动,学校都不让他们参加,为的是让他们好好儿学习,参加中考,看看升学率是多少,考住的学生比上届多多少,比别的学校多多少。

　　不仅是学校跟学校比,在本学校里,这个班跟那个班也要比。考了几个重点高中,考了几个中专,考了几个技校,哪也没考住的落榜生又是有几个,这都要比比。考好了的班,学校还要奖励班主任。

　　可是我们升成初三学生了,学校好像是不太重视学生的学习。天天让班主任在自习课上给同学们开班会。以前的班会是讲学习,现在的班会是讲政治。就是念报纸,说不能走白专道路,说那是资产阶级的一套,要走又红又专的革命之路。

　　阎老师那天在班会上不点名地批评班里的非无产阶级现

象,说了有十几种。他每说一种现象,同学们就拿眼睛找,脑袋掀左掀右地找找这是在说谁。

阎老师说,我这是说说现象,不是针对某个人,大家不要找了,毛主席教导我们说,有则改之,无则加勉嘛。

说完,他又继续往下讲,同学们在下面悄悄地听着。

班里从来没有这么地安静过。

有同学做作文形容安静时喜欢说,地上掉下个针也能听得见。

这时候就是这样,教室里安静得,地上掉下个针也能听得见。

阎老师说到有的同学喜欢个猫儿呀狗儿呀,林黛玉呀贾宝玉呀,见风流泪望月伤心,这是封建社会的才子佳人。

坐在我前边的女生。她喜欢画画儿,画得也很好。她把自己画的"黛玉葬花"压在书桌里的玻璃板下。这时候我见她偷偷地悄悄地把玻璃板揭开,把"黛玉葬花"给抽了出来,慢慢地慢慢地给团成团儿,狠死地狠死地攥在手心里,攥呀攥。

我真的替这张画儿可惜,我真的很喜欢这张画儿。早知道这样,我在头一天把那画偷走,那该有多好。

我正走着思,听到阎老师在台上说,有的同学好看外国书,外国书也有好的,比如说《钢铁是怎样炼成的》,可他不看,他是看《少年维特的烦恼》,看《简·爱》,情呀,爱呀的,这是资产阶级的无病呻吟。

听到这里,我觉得头上一下子冒出了汗。这是说我。

后来又说到有的同学讲究穿戴。这下,同学们都转过身看我。

阎老师说，大家不要看曹乃谦，我不是说他。他家的人平均生活费，在咱们班是第一，是有些同学的全家人的生活费。他穿得好些也是应该的，我不是说他。我是说咱们班的有些同学，家里本来挺困难，却要让家长给做好衣裳，让家长给买好钢笔。这就不应该了。这是追求资产阶级的物质享受。

上完这个班会的第二天，同学们齐刷刷地换了衣裳。天本来还挺热的，可同学们连白衬衣也不敢穿，班里灰蒙蒙的一片不说，或者是裤子或者是褂子，还都是打着补丁。

我是八十一团支部的宣传委员，在班里负责办黑板报。那天，阎老师给了我一张《中国青年报》，让我照着上面的社论，办了一期专刊，内容是"向邢燕子大姐姐学习"，同学们以前知道这个人，她考住学校不去，一心回乡务农。

自那以后，阎老师的班会就开始说这了，插队，插队，插队！

我心里知道，这不是阎老师的主意，这是上面的意思。上头让他这么跟同学说，他能不跟着说吗？他挣人家学校的工资，他能不按照学校，不是学校，是教委，不是教委，是，是上头。能不按照人家上头的精神来说来做吗？

过了些时，学校不知道跟哪儿给请来了两个邢燕子式的大姐姐，来给我们讲课。

全校学生都让搬着凳子，坐在大操场，听那两个大姐姐给讲他们是如何地克服重重阻力，硬是与困难作斗争，把户口迁移到了农村，当了一名光荣的有文化的人民公社生产大队社员。

讲到半路,讲台上有老师突然站起来,指着对面的城墙在喊:"干什么你干什么你!"

一操场的人们都回头看。

城墙上有个男孩冲着操场撒尿。老师喊他,那孩子也不怕,继续在不紧不慢地尿,那股尿水水在阳光下粼粼地闪着光。

女生都把头转了回来,骂流氓流氓。男生们哈哈笑。

几个老师往城墙跟前跑,就跑就喊"抓住他抓住他,抓住他抓住他",哪能抓得住。除非有孙悟空的本事,要不,谁也上不了城墙。

不过,当几个老师"抓住他抓住他"往城墙底下跑的当中,那个男孩不慌不忙地从另一个方向下去了。

看不见那个孩子了,同学们这才又都翻转身坐下来。

"继续开会继续开会。"校领导弯下腰,嘴靠在麦克风上说。

继续开会。

邢燕子式的大姐姐继续讲。一直讲到前院放学的钟声"当当,当当"敲响。

一二年级的学生跟插队暂时还没关系,高高兴兴地哇哇叫着散开了。

我们初三的学生,都不做声,搬着凳子往各自的教室走去。

一进班,吹口哨的那个高手猛猛地唱:

"上一次鬼子来扫荡。狗日的真厉害。抢走了妹妹的两只鞋(读 hai),还有我的大烟袋。"

全班男生都跟着唱：

"嗨——呼,呀呼嗨,烟袋!"

我妈在村里呆着,不知道城里学校的事。学校宣传鼓动知青呀插队呀的这些事,我从来没跟我妈说过。

那时候,城里的菜还是供应,不能随便就买到。我妈就半个月给我们送一回菜。有时候还要给仓门舅舅家和后院儿师父家也都股着。

邻居们说,曹大妈您这路费一年也得些个。我妈说,管他,孩子们吃好喝好比啥也强。

昝贵妈我叫昝婶婶。

那天昝婶婶到我家,跟我妈说,曹大妈,我每天瞭你,看你回来了没。你不在城里头管你的招人,你才是跑到村里找你的老汉去了。

我妈说,咋了,招娃是不是又耍水了?

我妈看我。

昝婶婶说,耍水倒不是,是学校让你招人插队呢。

我妈问说,插啥队?

昝婶婶说,看来你是真的不知道。她就把她知道的这些日学校的形势跟我妈讲了。

我妈说,我当是招娃子又耍水了呢。

昝婶婶走的时候,我妈又安顿说,再有啥了昝婶婶可得告给我,我这个灰娃娃从来也不跟我说这些。

昝婶婶说,那作准的,我是怕孩子们不懂的,闹不好就叫学校给日哄了。

我妈当时正洗着锅，我说我送送昝婶婶。

出了街门，我问昝婶婶说："婶婶我们耍水的事，您咋不直接跟老王说，叫我妈去说？"

昝婶婶说："你妈厉害，说他们他们听呢。我说人家听也不听。"

我说："我妈可把人家老王骂了个灰。"

昝婶婶说："谁叫他不起好带头。"

我说："其实我跟昝贵都不敢进水深的地方，就在边儿耍耍。"

昝婶婶说："那也有个失错呢。我们当家长的都是为了你们好，淹死咋办？"

我返回进了家，我妈一下子厉害起来，冲着我喊说："站那儿！"

她刚才好像是不在乎昝婶婶说什么。原来是假装。

她让我站在门口。质问说："我回了好几回，为啥不跟我说这个事？不是昝婶婶来，我这会儿也还被蒙着。"

我解释说，一个是怕您担心，再一个是，阎老师跟我说了，上面的政策是，独生子女肯定不让插队，那就跟当兵一样，不要独生子女。

听了这，我妈才把头脸放下来，说，那你也该着跟妈说说，让妈心里有个数。

我说，以后有啥都跟您说。

又一期黑板报，阎老师让换成了，"到农村去，到边疆去，到祖国最需要的地方去"。

学校里,墙上到处贴着红的黄的绿的标语,写着口号。

插队的火药味儿是越来越浓了。

校团委号召团员表态,响应祖国的号召,一颗红心,两套准备,考不住学校就坚决到农村插队。

我们八十一班五个团员。

阎老师把我们叫到他办公室,让人人都写表态书。

我们都写了:一颗红心,两套准备,考不住学校就坚决到农村插队。

人人一份儿,阎老师让支部书记把这五份儿表态书送到团委。

我妈问我中午为啥回得迟了,我说我们团员留下来写表态书。

我从来不跟我妈说谎,再一个是,我不是已经跟我妈说了,独生子女不插队。我心想着她不会把我的表态书当回事。

我妈问写的啥,我说:"一颗红心,两套准备,考不住学校就坚决到农村插队。"

我妈"啪"地给了我一个耳光。打得很重,一下把我打倒在地上。

她瞪着眼,指着我说:"这下你可真的到村里头去哇。去放你的羊哇。"

我捂着脸说:"我跟你说过独生子不让去嘛。打我。"

我妈说:"独子不让去。可你自己硬写着申请要去,人家还不让你去?"

我说:"我还能考住。我说的是考不住才去。"

我妈说:"你保证能考住?万一有个失错呢?再说呢,人家把那题出得那难难的,让你们谁也考不住。哄你们小鳖蛋还怕是哄不了? 这下你可真的到村里头去哇。去放你的羊哇。"

题出得再难,也是要择优录取的。我妈不懂得这。但是,万一失误呢,我平时考试也有过失误。到时可糟了。

我让我妈说得也有点紧张。

"吃饭。吃完睡去,睡醒好好儿背。"我妈冲着我大喊。

我慢慢地站起来,悄悄地吃完饭,躺在炕上,用手绢盖着脸,睡了。

睡醒了,一看马蹄表,三点了。我妈不在家。我跳下地,拉门,拉不开。门从外面给锁住了。

我妈干什么去了? 她锁门干什么?

我坐在门里的小凳上。

我一会儿看看表,一会儿看看表。

差五分四点,她回来,在门外开锁。

她一开门,把一团纸递给我问:"是不是这张?"

我展开看了一眼,是我中午写的那张"一颗红心两套准备"表态书。

我点着头说:"就是。"

我妈把表态书从我手里一把抓过去,"嚓嚓嚓"地,撕成了碎片。

　　全校有十一个学生戴着大红花被大卡车送到了农村,其中有我们八十一班的一个,就是那个吹口哨高手。

　　这十一个同学的学习成绩都是班里的倒数第一第二的,自己也知道是考不住。再加上团市委,教育局团委,校团委,都要发给他们穿的戴的铺的盖的东西。学校总务说还要现现儿给二百块钱,说是安置费。他们就把户口本交给学校,办理了正式的插队手续,到了农村,去与贫下中农结合在一起,战天斗地,为革命献青春。

　　学校又开始说学习的事儿了。

　　同学们不再是偷偷地学习了。

　　我妈骂说,一会儿刮阵子这风一会儿刮阵子那风,反正是不好好儿让学生安安心心地学习。

　　我妈说我:"好好儿学。你要是考不住,学校不让你插队,我也要把你送姥姥村,跟存金放羊去。"

我看我妈。

我妈说:"我可不是吓唬你。你要是考不住试试看,不送你村里去放羊,有了鬼了。听着没?"

我说:"听着了。"

表哥在皮鞋厂当了正式的学徒工,厂子一个月给他十八块生活费。厂子有单身宿舍,他就在厂里吃住。不过,我们家永远是他的根据地。他想回回,想走走,想吃吃,想住住。但只要是我们家吃好的,那我妈一定要叫我到厂子去叫他。

放寒假了。

七舅舅骑车回姥姥家了。

我妈让我在家学习,她到怀仁走了一个星期,那天一大早坐着公社上矿拉煤的拖拉机,回来了。拖拉机的车头焊了个铁厢,我妈也坐在了里面。这样她就不再是灰眉灰脸的了。她跟车厢上搬下三个布袋,一袋黄米面,一袋冻粉条砣子,一袋冻豆腐。这都是她种地的收获。

我妈说,这个大年就在大同过呀,过完年就不走了。

我说:"您不到怀仁种地了?"

她说:"不了。过了年我就好好儿拧你呀。你甭想着偷懒不学习。"

方悦来给慈法师父刷房。刷完,提着白土浆桶到了我们家,说:"曹大妈,剩下些白浆,给您家也刷刷,刷是刷不好,只是按按土气。"我妈说:"那还不好? 曹大妈不嫌你个好赖。一年了,按按土气就行了。"方悦有时随着我表哥,叫我妈也叫"姑姑",但一般的场合还是称呼"曹大妈"。院里有人开玩笑说:"那你干脆随着招人,也叫妈算了。"方悦说:"要那就好了,要那我就不愁娶不上媳妇了。"

我们家每次刷房,都要换围墙纸和窗花纸。怕我妈买不好,我赶快到五一菜场给把这两种纸挑选回来。

围墙纸是浅蓝色的底子,空心儿"丁"字对出的图案。空心儿丁字又是用黑边勾出了轮廓。方悦说:"曹大妈,还是招人。您看这多大气。"

我妈说:"素寡寡的。"

方悦说:"曹大妈,我一便给裱哇。"

刷房时,我妈把我撵到里院儿,让到师父家去学习。我学不在心上,一会儿出来看看,一会儿出来看看。裱围墙时,我也想上手,我妈说:"咋又出来了?进里院儿去!"说着,照头给了我一巴掌。

我妈打我耳光,有三种打法。一是"给你个巴掌",一是"捧你个兜嘴",一是"掣你个刮刷"。

这三种里头,巴掌是最轻的,刮刷是最重的,能一下就把我打倒。而这刮刷,又分着轻重。我五舅舅跟我讲过,说我妈在年轻时,因为浇地和小山门村的一个后生打起来了,我妈一个刮刷把那后生打得滚下了沟塄,那后生满嘴血,他的牙让给打得掉下两颗。

我挨了一巴掌,只好是又返进了师父家。

我家邻居吕婶婶看见我买的围墙纸好,也照住我的,到五一菜场买回来了。

她也要让方悦给刷房,"婶婶白土也买好了,你也给婶婶刷他哇。婶婶不白让你刷。雇街上人,一间房八毛不管饭。

婶婶给你一块,还管你饭"。

我妈说:"曹大妈也不让你白刷。"

方悦说:"不要您们的工钱。混顿饭就行了。"

方悦的活儿做得很细,大家都夸好。可是,他只注意了手上的活,却一不小心把吕婶婶的大洋柜的柜顶给踩坏了,踩出了一道二寸长的裂纹。

方悦说:"您看这,您看这。您把我打扁再捏圆,我也赔不起。"

吕婶婶说:"一个烂柜,赔啥。"吕婶婶嘴上这么说,我们大家谁也能看出,她实在是心疼死了。

正月十五我过生日那天,我妈让我爹在我们家门前,用煤块儿拢了一个三尺多高的旺火。我爹用红纸写了个"旺气冲天",贴在了旺火上。里院师父出来,手里又拿了一副对联说,我给来个锦上添花吧。他从旺火顶拿起一块煤,把对联压住,又用手把对联顺下来。这是他在家里写好的:

天高悬日月
地厚载江河

天还不黑,我妈就让我爹把旺火给发着了。旺火着旺时,我妈跟旺火上小小心心地夹了几块火炭,夹在了家里的火炉里。我问她这是做什么,她也不说,其实我知道,她也是不懂这些。她是听街坊们说的,她也就这么照着做做。但有一点是可以肯定的,我妈从来是不怕浪费柴炭的,她在街道里是出了名的"费烧的"的人。别人家一小平车八百斤炭烧两个月,我妈一个月就烧完了。我爹每个月往家里送工资,跟怀仁回来的第一项大任务就是,到煤场满满地给往回拉两小平车炭块。

我不喜欢炮子,我们家不准备炮子。表哥自己跟街上买了好多,"咚嘎咚嘎"在院里放。

吃完晚饭后,旺火着得正旺。银柱旮贵他们也都来看旺火。有些小孩子还跟家里拿来白面馍馍,用筷子串着,在旺火上烤着吃。

里院师父说,这叫烤旺气馍馍,吃了旺气馍馍,一年胃不疼。

我的胃不好,赶快跟我妈要馍馍。我妈说只有馒头,没有馍馍。

馒头是用刀切出的剂子,有棱角。馍馍是用手揉出的,圆圆的。

师父说,我家有。我就跟他进里院,他给拾了一竹盘,足有七八个,拿出外院。我妈又进家取出筷子,让大家串着烤。银柱旮贵孟孩也是一人一个。

表哥顾着放炮子,让我给他烤。

老王和小斌也跟街门进来了,两人同时喊"曹大妈过年好曹大爷过年好",我妈说"俺娃们好"。自我妈骂完人家老王,这是老王第一次进我们院。

听得街上"咚咚嚓咚咚嚓"地敲打着,人们又都跑出去看红火。我妈跟我爹也相跟着上街看红火去了。

我不好看红火,进后院儿,跟师父把象棋砣儿摆成对角,跳象棋。

七舅舅跟村里回来了。他在大同煤校读中专,这也是最后的一学期了。我初三一毕业,他就要分配工作了。

我妈把我五舅舅也叫来了,一起商量,看看是让我考中专还是考大同一中。

七舅舅说,上回小学进初中是他考好了,人家一中把他录去了。这次想去,就得填报志愿书。

当时的形势是,中专好考,大同一中难考。

大家的意见非常地一致,让招人报大同一中,以后上大学。

我说:"这次要是考去,可不要给我往回转了。"

我妈说:"上回是为俺娃小。这回不转了。可这回怕的是你考不住。"

我说:"百分之百。"

我妈是个文盲,听不懂我说啥,问:"啥百分之?"

大家都笑。

我爹说:"不用说,俺娃娃肯定能考住。爹甚不甚给俺娃买他辆新洋车,以后到了学校好骑。"

我报考大同一中这个事就这么的定下来了,剩下的就是我妈拧我了。

我爹说,我那娃娃用不着拧。舅舅们也说,招人没问题。

我妈说:"这口饭你咽进肚里了,这才算是你吃了。啥也是个这。"

我妈给我规定了好多的条条框框。首先一条是说七舅舅,你可不许给他借闲书了。第二是每天早早起来背。她说,千日的胡胡百日的笙,背书全凭一五更。第三是,不要进里院跟师父下棋了。她说,师父可关心他呢,进是可以进去,跟师父坐会儿,不能下棋。

她说,那要的东西,一要就有瘾了。

我问能让我要乐器不?她想想说,能,学得乏了吹会儿弹会儿,是个解乏的。

七舅舅说,招人在这个方面是个天才,好像是不用人咋的教,一看就会,一点就通。我在太宁观上小学时候跟姐夫要钱买了个新口琴,把个坏的给了他,可后来在人家上小学的时候就比我吹得好了。

我妈说,馋当厨子懒出家,又馋又懒学吹打。他反正以后要是要饭,是把好手。

我爹说,你咋老说我娃娃要饭。

我妈笑。

这次的家庭会议后,我发现我妈很有些组织才能,好像我们阎老师给我们班干部开会那样,先是"说说你的看法",征求着大家的意见,然后又"一个是再一个是"的,给布置任务。

阎老师是个要强的班主任,在他的狠抓下,我们八十一班从年级最差班成了最好的班。

樊义的男子短跑,全校第一。董继忠的男子长跑,全校第一。李秀英的女子短跑,全校第一。萧桂梅的文娱表演和我的作文,又都是年级里公认的拔尖生。

大同市体委和教委组织全市中学生环城跑,以班为单位,男生女生各选十名同学。但每个学校只能推荐一个班来参赛,大同五中选住了我们八十一班。比赛的结果是,全市第一。

我在这方面很差劲,在班里还不如女生跑得快。我没参加跑。就像到水泉湾要水那样,我是负责给他们跑的人看管衣裳。

在插队风过去后,阎老师也在拧同学们的学习。他也像我妈叫来两个舅舅商量我报考哪个学校那样,跟我们班干部一块研究,建议谁谁谁报哪,谁谁谁报哪。他还主动地找同学们,把我们的报考分析,建议给同学们参考。

中考的结果出来了,我们八十一班,又是全年级第一。考住技校的最多,考住中专的最多,考住大同一中的最多。

我们班有三个同学考住了大同一中。里面,有我。

最后要离开学校时,听说阎老师有了小孩儿。我们几个学生说,走,看看去。

一年前,阎老师跟城区二小的乔老师结了婚,当时就住在他的办公室。后来搬进了学校旁边的家属院儿。

学生们也不想想人家正在坐月子,该不该去,我们一伙人就那么轰隆轰隆地进了人家家。

小孩儿醒着,脸圆圆的眼睛大大的。她的姥姥在伺候月子。

姚建平说,这个小孩儿有意思,乱七八糟的跟她姥姥一样样儿的。

訾贵说,你这说的是啥话。你就说,脸型呀鼻子呀嘴呀都跟姥姥的有像,但你不能说成是"乱七八糟"吧。

大家都笑。

我问乔老师,小孩儿叫啥名字,乔老师说大名叫阎莉,茉莉花的莉。小名儿叫个莉莉。

赵蓉卿说,我姐姐也有个月圪蛋,我可好闻月圪蛋的奶毛儿味呢。说着她就弯下腰亲了一下小孩的脑门儿。

我也想知道知道什么是奶毛儿味儿。在离开时,我也学赵蓉卿的样子,弯腰在小孩的脑门上亲了一下。

这时,我想起了上初小那会儿给解放军姨姨扫盲时,抱过她的女女,同时又想起了高小时我背过的表妹丽丽。女女和丽丽的身上,都有种这样的好味道。

哦,这就是奶毛味儿。

賜書中秘

　　1965 年暑假当中,在我接到大同一中录取通知书要上高中时,七舅舅也接到了通知。他是跟大同煤校毕业了,分配到晋中地区的一个叫做富家滩煤矿职工子弟学校,去当老师。舅舅走的第二天早饭后,我装着我的通知书,也要到大同一中去报到。

　　我妈让表哥跟我到的学校。

　　三年前,我小学毕业考初中时就考到了大同一中。来报到时,是五舅舅骑自行车送的我。五舅舅后边带着我的行李,前边的大梁上坐着我。

　　这次我跟我表哥一人骑一辆自行车。

　　慈法师父知道我吃完早饭去学校,一会儿跟里院出来一趟,一会跟里院出来一趟,看我走了没有,可他又不进我们的家。他从来没有进过我们家。

我们先把两辆自行车推到大门外,然后把行李卷抬出来,捆在我的后衣架上。表哥车后要捆一个方木箱。箱里面是我妈给准备的需要替换的内衣外衣和洗脸刷牙的用具,还有一些书,还有我心爱的口琴。另有一个敞口玻璃瓶,里面装的是红糖姜茶粉。这是慈法师父为我脾胃不好给我配制的。

慈法师父又是给扶车子,又是给扳衣架,碍手碍脚地帮着我们的忙。还"这里有点松,那里再紧紧"地给我们监督和指导着。

表哥说师父您就放心哇。师父说,松了容易打偏,紧了没不是。

师父又揪揪这儿,拉拉那儿,最后说,这下行了。说完跟衣襟里抽出大手绢擦汗。

我说师父您回哇,报完到我们赶中午就又回来了,回来我就进里院去跟您下棋。

师父说,灰孩子,上学就上学,不能是思谋着下棋。

我说噢。

师父说,学习得乏了,礼拜天跟师父下盘棋缓缓脑子也对。

我说噢。

见我们推起车走呀,师父说,我看两个儿先推着走上一会儿,过了西门外十字路口再骑也不迟。

我说,没事儿,我们骑车的技术可好着呢。

师父说,光你好不行,那得开车的司机技术也得好。反正是小心没不是。

我们两个上了车,师父,招人记得每天饭前冲姜茶。我说噢。骑了一截,又听见师父在后面喊:"两个儿靠边儿骑——慢点儿骑——"

我大声回答:"噢——"

出了巷口,往西门拐弯时,我捌回头看看,师父还在街门口远远地望着我们。我冲着他扬了一下手,骑过去了。

表哥说,师父是真心地看好你。

我说,听说我考了大同一中,师父高兴地说这得奖励奖励,掏出三十块钱要给我。表哥说,啊!三十块钱。我说我妈不让我要,可师父硬给,说一中是全省有名的高级学府,不奖奖孩子我说不过去。

表哥说,方悦跟我说,三爷就看好招人,就不喜见我。

方悦是慈法师父的侄孙,叫师父叫三爷。他家住在城南的雨村。他在大同三中上学时,常来师父家。他跟我表哥岁数差不多,两人是好朋友。

我说,师父是嫌他懒,嫌他眼里没活儿,说他还偷着吃。表哥说,不饿谁偷着吃,饿得过。

我问表哥说,你知道方悦哥这会儿做啥?表哥说,村里能做个啥,种地。又说,也到沙场筛过沙子,筛一立方挣一毛,筛一天挣不了五毛,后来筛不行了,又回村种地。他想跟三爷学针灸。师父给了他本书让他背,可他咋也背不会,师父骂他笨柴头。

我想起了方悦哥的样子。要是看外表,一点儿也不笨。长得英俊,说话风趣。他自己还夸自己说,咱们聪明伶俐一表人才,配王晓棠也配得过。

半路有火车道横在路上,表哥问这是通到了哪,我说是到四二八。

他说，我常听说四二八四二八不知道四二八是做啥呢。我告诉他四二八是做火车头的。

他说，哇，火车头。他朝厂子方向看，有大门挡着，但远远地能看见一处一处的大厂房的顶子。

他说，人家这才是大企业，可我们那烂皮鞋厂，小作坊。

我说，你比方悦哥强。

他说，比上咱不如人，比下人不如咱。

路上尽是骑车的。要不是带着人，要不就是带着行李，一看就知道跟我们是一样的，要去大同一中报到。

记得三年前就是土路，可现在还是土路。路两旁的树倒是长高了，绿荫荫的。

路不平，一骑得快了，表哥车后的箱子就让颠得咯登登响。我们不往快骑。常有人超过我们。

也有不骑车子的，家长背着行李，孩子背着书包提着兜子，说说笑笑地相跟着，步行往学校赶。

快到十里店村口，路边有一个背着行李的女学生，远远地跟我们笑着摆手。到了跟前，我们站住了。她的行李不是卷着的，而是用床单包着，可没有捆好，快散开了，里面包着的衣服都快掉出来了。她笑笑地说，想让我们帮她重新打包一下。

重新捆好后，表哥问她："你一个儿？家长呢？"她说："家就在四二八住，路不远，用不着家长。再说行李也不多，没多重。"

表哥说："把你的行李放我的箱子上。咱们一块推着走。"

她笑着说："快到了，不麻烦了。你们头里走头里走。"

我们没再坚持，各自上了车。

她在后面喊着说："回见，回见！"

表哥悄悄地学着她的普通话，"回见，回见"。又捩过头跟我说："侉侉话真好听。"

报完到，认识了教室，安顿好宿舍，表哥抬起胳膊看了看时间说，还不到十点。我说回家有点早，走吧，我领你转转我们学校，看看比你们大同二中如何。表哥在二中上过初中。

把车子锁在宿舍对面的阴凉地儿。我领着表哥先转了北园，再转了西园。这两个园子都种着菜。地埂畔是各种花儿，蝴蝶上下飞，蜜蜂嗡嗡嗡。

转到前院，尽是树。从叶子的形状来看，不下十种。我说肯定有樱花，日本人种的。表哥说，应该有腊梅。我说肯定有，就是认不得。

东操场周围又都是大片大片的林地，长着高大的树。表哥说，杨树。我说，钻天杨。表哥说，白杨。我说，都有。表哥同意我的说法，都有。

校园的当中是礼堂和教室，表哥说，外国样。我说，西洋样。表哥说，南洋的，你不看礼堂四个角伸出了大象的长鼻子。我也说不准西洋该不该有象鼻子，说，管他。

最后又转回到北边，转到了食堂。我跟表哥回忆说，初中那一个星期，顿顿有高粱面大饺子，学生们叫那大红鞋，真难吃。那一个星期，我可让饿坏了。表哥说，咱们这儿的高粱，那就不应该是人吃的东西，是喂牲口的。

因为这天没正式上课，学校两顿饭。有个老师跟里面出来,端了一个铝饭盒,里面是炖猪肉。

哇,红茹茹的,真好看。

老师走过去了。哇,真香。

表哥说:"想吃? 我给进去买。"

我说:"咱们不是说回家吃饭?"

表哥说:"啥也不是死的,是活的。再说,我看见你刚才在咽唾沫。"

表哥进去了,起初不卖给,说这是教工食堂。表哥说我是他家长,来领他报名,早起没吃饭,饿了。最后卖给了。一人一个炖猪肉,两个馒头。统共才要三块钱。

绿豆汤随便喝,俩人可吃了个香,可吃了个饱。表哥说,咱们再转转,憋的。

我们转到校外。学校的西边有条河,河有水,哗哗流。

我说这叫十里河,水不深。

我们坐在树荫下,看河里有没有鱼。

有几个女同学说着话走过来,她们都说着普通话。跟我们面前走过时,一抬头,看见前晌那个大个子女生。她也认出了我们,笑笑地问我分在了哪个班。我说是六十三班,她一听"啊"了一声。我听她"啊",就问,你也是六十三班的? 她笑着点头说:"真巧。"表哥说:"缘分。"

我问她大名,她说:"曾玉琴。你叫……"我说:"曹乃谦。"我不会说普通话,她没听清,表哥又帮着解释说:"曹是曹操的曹,乃是奶奶的奶去了女字旁儿,谦是谦虚的谦。"她听清了,笑着说:"曹,乃,谦。这个名字好。是有文化的人给取的。"表哥说:"曾玉琴。也不错,也有文化。"

前头走的另几个女生喊曾玉琴，她跟我们点点头，笑着说："回见，回见。"转过身，快步走了。

我们一直看着她，看着她追上了另几个女生，还看着她追上了另几个女生后，几个人都站住了，她好像是跟她们说了什么，另几个女生都转过身看我们。

我说："说不定这都是我们六十三班的。"

表哥说："不错。招人，我看你找上去哇。"

我说："啥找上去哇?"

表哥说："找上当女朋友。"

我说："你灰说啥呢，灰说。"

他说："书房戏房，恋爱的地方。两个儿在班里先搞着，毕业了就结婚。也生个小伢伢。"

我说："呀呀呀，快快快。"我的意思是快别说这了，可他还说："要人样有人样，要个头有个头。还笑笑的。一看就是个好女孩。"

我说："我不喜欢个子高的。"

他说："愣你个招大头去哇。"

我说，走哇走哇，站起身往学校走。

这儿那儿的，有好多的家长领着孩子转学校的环境，我身边的一个家长夸说，这真是个好学校，真像个大花园。

我们转回到宿舍，宿舍又多了学生。

每个班的学生都按中考的成绩排着学号，我是十二号。这意思是我是班里的第十二名学生。排名一号的，是法定的班长。

我们班的班长是我的应县老乡，又跟我是同一个宿舍。

我跟他打招呼说回家呀,明天早晨来。他说回啥呢回,我说我跟我妈说好了中午还回去。班长说,啥中午,你看看几点了。

表哥抬起胳膊看手表说,三点了,要不你甭回了,省得明天还得早早地来。

我说,我怕我妈不放心。

班长说,又不是个女孩子,怕啥家长不放心。

表哥说,不放心啥呢不放心,我一回去不就都知道了。

我说,那你走就你走吧,告给我妈就说我赶星期六下午就回去了。

表哥自己走了。

下午饭是四点开。我炖肉馒头吃好了,还没消化,不想吃,只喝了一碗稀饭。

我正在院门口洗碗,有人喊我,一抬头,是方悦哥。

"方悦哥。你咋来了?"

"曹大妈让我给你送馒头。"他跟车筐里提出个毛巾做的那种手提袋。

我认得,那是我们家的。我这才想起,我妈让表哥跟我报完到,中午还回家吃饭。下午说给我蒸馒头。我妈怕我在学校吃不好,挨饿,说要给我每天补一个馒头,第二天来学校的时候带来。可我把这话给忘记了。

我说,早知道你专门来一趟,那我还不如跟表哥回去。

方悦哥说,别提你表哥了,让你妈狠狠打了两个耳光。

表哥平时是在厂子住,但他也常回我们家,我们家是他的根据地,他多会儿想回来就回来,碰到饭吃就行了,不用拿心。我知道我妈也不嫌他吃喝,我妈常骂他是因为说他不跟心,说他有点四由入摸。我妈说的"四由入摸",意思我明白,就是不懂规矩,可不知道是哪几个字。

我说,我表哥保险是又跟我妈顶嘴了。

方悦哥说,曹大妈今天也真的是气坏了。

他说,我来三爷家,想换本简单些的医书,正碰到曹大妈在发急。

他说,曹大妈中午把饭做熟,咋等也等不住你们两个回家,问问一点了,问问两点了,老人可是急坏了。

曹大妈一会儿说,弄不好你们两个是去学校的路上出了事,一会儿说弄不好是学校回来的时候出了事儿。老人饭也吃不在心上,找三爷商量。三爷说,再等等,再等等。等到后晌快四点了,我三爷也有点急。一看我三爷也有点急,曹大妈更急了,说,不行,得叫五子给到学校眊眊是咋了,那年考去是五子给送的,可这次忠灰子说他能给送,我也是思谋着一个十五六了一个十八九了,可这,可这。

方悦哥说,曹大妈平时是个有主意的人,可这次老人慌得话也说不机明了,你是没见当时的样子。

曹大妈说,不行,这得找五子给去眊眊。我说,曹大妈我给去。你妈说,你哇不是个孩子,我能靠得住? 我说,要不我给到仓门找五舅舅去。曹大妈想想,说,算了算了,还是我一个儿去哇。

曹大妈这个时候连谁也不信任了。她要自己去仓门找你舅舅。一下街门,忠孝回来了。

一问啥事没有,再一问他在学校吃了饭,还说是他给买的炖肉,还说炖肉可好吃呢。

曹大妈一听，照脸给了忠孝一个耳光，指着他说："还可好吃呢。来，给你记上一功。说得好好儿的是你们两个中午要回家。招人小不懂得，你快二十的人了，也不懂的？"忠孝捂着脸说："那您也不能是动不动就打人。您有啥理打人？"曹大妈说："敢跟爷爷顶嘴。反了你了。"说着又是一个耳光。后来我们赶快给拉开了。

　　我说："这事也怪我。回去我妈想咋打打吧。"

　　方悦哥说："打啥打。忠孝一赌气走了，曹大妈又想起给你送馒头。唉，你是不知道当妈的心。行了，我走了。"

　　望着方悦哥的背影拐了弯，看不见了，我这才揆转过身，"唉——"地长叹了一声，提着装馒头的手巾袋，闷闷不乐地返回到宿舍。

放
羊

　　放了寒假了。我妈说今年咱们到清水河你爹那儿去过大
年,我说我想跟着七舅舅到姥姥家。我妈说哪有孩子不跟爹
妈过年的,我说上了一学期学,可把我憋躁坏了,我想去姥姥
家海散海散呢。我妈说想去的话,等你七舅舅跟富家滩回来
再说。

　　按七舅舅来信说的日子,再过几天他就跟晋中乘坐火车
回大同了。然后他再跟我们家出发,就像以往的那些年一样,
骑着自行车回应县老家。

　　自从七舅舅上了煤校,我妈就让他骑自行车而不是再坐
长途汽车回村里,这是我妈的主意。因为坐长途车每人最多
只能带三十斤东西,而我妈每次都给姥姥准备着油呀肉呀粮
呀,好多好多的吃的喝的。我七舅舅每次回村,自行车最少也
得驮个百十来斤东西。

我七舅舅跟晋中回来后,我又跟我妈说我也想跟着七舅舅一块儿走,也骑着车到姥姥家。我妈说一百八十里,你能骑动?我说能。

她说:"忘了那年?跟清水河来大同的九十里路,你把腿骑得拐了半个多月。"我说:"那是初二暑假时。当时我腿短,脚探不住脚蹬,大腿根儿让座儿给磨得流血了。这会儿我长高了腿长了,不会再有那事儿了。"

七舅舅也想领我回村,他在旁边帮着我,给我妈做工作,说让孩子试试。我妈说,别看他已经是十七八了,但我咋看他还是嫩着呢,一下子骑一百八十里怕是不行。

最后商定的结果是,我妈坐火车,我跟我七舅舅骑自行车,都先到我爹工作的地方,怀仁清水河。我七舅舅回应县后,我就留在清水河,跟我爹妈一家三口过大年。赶正月初五后,七舅舅再骑车来清水河接我,我就跟着七舅舅骑车去姥姥家。在村里住上十来天后,过了正月十五,我再跟七舅舅骑车来清水河我爹这儿,歇缓一两天后,再跟着七舅舅骑车回大同。

我妈这样安排,一是说我"还嫩着呢,一趟骑上九十里也就够你日能了"。还有个原因是,她说清水河有她开荒种地打下的黍子和谷子。她要让七舅舅用自行车给驮回姥姥家。我妈说路儿远,年前回的时候只能驮百十来斤。她让七舅舅过了初五来接我时,再往姥姥家驮上百十来斤。

农村的习惯是,过了初五才出远门。

初六,我背后斜挎着我的长箫,骑车跟着七舅舅回到姥姥家。

我妈要求我无论到哪儿,都不能忘记学习。我的前车筐里装着我的书包,后衣架上捆着个大包裹。大包裹里面是我们一家人替换下的旧衣裳。我妈说别的怕你带不动,你把这些旧衣裳拿回村,看看谁能穿给给谁。

　　到了姥姥家的第二日早饭后,我跟包裹里挑出一件我爹替下的旧棉上衣,跟姥姥说:"这件我想给存金。"姥姥说:"给存金就给去哇。俺娃不嫌他是个放羊娃,一回了村就寻他耍。"

　　我说我好听存金唱要饭调,存金也好听我背书。前年暑假我回来,存金还跟我背会一首《敕勒川》。姨妹玉玉说:"那天存金见了我爹还问说招人回没回?还说招人一回来,就好跟我放羊呢。我也可好听他背书呢。我爹说人家招人上高中呢,顾不得回。存金问说,上高中是做啥呢。"

　　妙妙表妹说:"连个上高中也不懂得是做啥,还好听人背个书。失笑死个中国人了。"我问妙妙:"记得你比我小六岁,也该上初中了吧。"妙妙说:"今年放起暑假就该了。我想跟我爹到他那儿去上初中。"

　　我跟七舅舅说:"真的。这是个好主意。"

　　七舅舅说:"我也想叫她去。可户口不在那儿,不知道行不行。"

　　我说:"我们班里就有十多个家是农村的。"

　　七舅舅说:"那不一样。人家那是考试考上的。"

　　姥姥说:"啥不啥,你给孩子忙忙。"

　　七舅舅说:"我也可想叫她去,这次开学我就给忙。忙成了,秋天放起暑假正好就跟我走。"

姥姥说玉玉："你姨哥来了,咱们包饺子,你说给你爹晌午过来哇。"

妗妗说："叫二姐夫来吃个饭。可是也难。"

姥姥说玉玉："说上个啥也让他来。你这就回去说给他。一会儿你返回帮妗妗包饺子。"

玉玉出去了。

我把我爹的旧棉衣披在身上,跟姥姥说我寻存金去呀,就挂着箫出了门。妙妙在身后说,表哥挂着他的箫,就像是挂根拐棍。

姥姥喊说惦记着吃晌饭,我大声答应着走了。

天不冷。太阳暖和和的。

村里放羊的,除了下雨下雪天只让羊在圈里吃些干草外,其余的日子都要赶着羊去放。存金放羊的地方就是南山坡。

南山坡有好几里长。

出了村,我一眼就瞭见存金跟羊们在通往西南山坡的路上移动。瞭是能瞭见,可要到跟前,最少也得五里地。

我看见,存金的那只黄狗跑前跑后地帮着他轰赶羊群。存金的这只狗,在周围的三乡五里是出了名地灵。存金一发口令,它自己就能把羊赶到南山坡。再一发口令,它自己就能把羊跟南山坡给赶回村。

他们移动得慢,我走得快。当距离缩短了一半时,我放慢速度,掌起箫,就走就吹起来,同时拿眼睛瞭着他们。

我观察到,是黄狗先发现了我,并且认出了我。它先是一怔,后撅转头朝我这个方向看,看了一眼后,就撒开腿,汪汪叫着朝着我跑过来。它跑得过快，又是下坡，我看见它一下子给跑到了。我担心它摔坏，可是没事。它向前打了两个滚儿，又很快地站起来，冲我跑过来，在我的身旁激高高。我一伸胳膊，它把我的袄袖抱住了。

存金歪戴着一顶单军帽，帽子压住了一边的耳朵。帽檐朝天蹶着，远看去就像个鸡冠冠。我想起，他是一年四季都戴着帽子，可他从来没把自己的帽子戴正过。

我把旧棉衣脱下来给他，他看看说："呀。这么多的兜儿。正好装东西。"

我爹的这件上衣是那种有着四个明兜的干部装。存金当下就把他的破羊皮褂脱掉，把棉衣换在身上，还把帽子扶扶正。然后，干咳两声，冲着坡梁放声吼叫。

他的吼叫有板有眼，高一声低一声，还是一本正经的样子。

起初我不知道他这是在做啥，后来听出有"风吹草"还有"牛羊"。

明白了明白了，他是在朗诵《敕勒川》。可又把词句背得走了样。

我不由地大笑起来，可他不管我笑不笑，仍然是自顾自地放声朗诵他的。

我知道他是在用这样的方式欢迎着我的到来。但他那样子，直把我笑得差点儿背过气去。

背完，他看我。等着我夸他。可我没夸他，也没给他纠正他背的那些错误。

我大声说："再唱。唱二妹妹。"

听了我的,存金又放声地吼唱起来:"对坝坝的圪梁上那是个谁?那是个要命鬼二妹妹……"

他唱得真好。歌声在背后的山梁上回荡着,回荡着,后来又荡向了梁下的荒野。

他唱第二遍的时候,我吹起箫给他伴奏。

我们一段又一段地演唱着这个歌。

唱着唱着,我听到了一种新的声音加了进来。我寻找寻找,才知道,这是存金的黄狗的嗓子里发出来的声音。

黄狗的嗓子里发出一种细细的很连贯的呜呜声,我注意到,那声调还在变化着高低,好像是在跟着我们和唱。

我推推存金,然后指着狗,悄悄地对存金说:"存金你听,你的狗在跟着我们唱呢。"

存金说:"我知道。"

我说:"你知道?知道它会唱?"

他说:"我也是去年才知道的。"

后来我单独吹箫时,存金的狗也会跟着我的箫声发出那种细细的很连贯的呜呜声。发出这种声音的时候,它的脑袋还在跟着自己的声音在摇晃着。我这才认定它不是偶然的,而是有意识地在跟着我们和唱。

我这才知道,原来跟人一样,狗里头也有喜好音乐的,有有音乐天赋的。存金的这只狗就是这样的一只有着音乐天赋的狗。

很可能在几年以前我们歌唱时,它就跟着我们唱和过,只不过是我们没有注意到罢了。

中午回了家,我跟七舅舅他们说起这事,他们也觉得奇怪。

姥姥说:"它一准是随了主人。存金子就可会唱呢。"

姨夫说:"正月村里红火时,人们就叫存金给唱呢。"

从这一天起,我叫存金的这只狗叫二妹妹。又让我奇怪的是,我只是教了它两次,它就知道自己的名字已经更改成二妹妹了。我只要是一叫二妹妹,它就立马跑过来了,盯着看我,好像是问:"你叫我有什么事?"

妙妙十一岁了,但个头长得足有一米六,快跟我一般儿高了。妙妙还有个妹妹,叫平平,八岁了。个头也不低。我掏出钱一人给了她们两块,说是压岁钱。妙妙说:"俺娃还没挣钱呢。再说,一个平辈儿,给她们咋。"姥姥说:"想给给个毛毛数数就行了,咋给她们那么多?"

我说我有我有。从小到大,我身上总有钱,大钱没有,但小钱总是不断。

七舅舅说妙妙和平平:"你们不能要表哥的。"

妙妙说:"给我就要。"说着把钱攥手里了。

平平也学着姐姐说:"给我就要。"也把钱攥手里了。

一家人都笑。

姥姥说:"大小人一样。见个钱就高兴。"

我又掏出二十块给玉玉,玉玉不要。我说:"这是我妈专门托我让给你的。"姨夫说:"不要不要。你告给姨姨,她这会儿在乡农中念书。学杂费都免了。"姥姥说玉玉:"姨姨给你你就接住。买个布布子,换个节令令子。"玉玉这才接住了。

姥姥好说重叠的词,如"串个门门子""吃个饭饭子"。

一吃完饭,我又去寻找存金。他不在南山坡了,他是在坡东面的峪口,才做午饭。石头灶垒起了,干柴也点着了,灶上架着个小铁锅,里面是化着的雪水。雪水里泡着沤苦菜。主食是烤油糕。他说大年时人们给的油糕一直还没吃了。我说别吃你的了,我跟衣兜掏出个笼布包,里面是姥姥给他拿的饺子。

吃完饭,他把铁锅和碗筷,都装进一个油光光的布袋里,放在了一块大石头后面。我看他,他说,没人会偷的。

他说我听姨夫说你上高中了?上高中还是学习认字吧。我说噢。他说,你说那字总共有多少。我一下子答不出来。他说我看那没个总的数儿。我想了想说,数儿是应该有个总数儿,但究竟有多少,我可真的不知道。他说那你念了十来年书了,究竟认了多少字,这应该有个数哇。我又让他问住了,我又想了想,也只好说是不知道。

他说,你看看你。

我问他你的羊有数吗?他说,那作准有。我看看那些散在四处处的羊群说:"我看有一百多只。"他说:"群羊是七十七只,引羊是十九只。总共是九十六只。"

他说的群羊是指大队集体的羊,引羊是指社员个人的羊。那些背上用红的蓝的颜色一片片地涂抹着记号的羊,就是引羊。

他说年前的引羊数儿是四十一只,过年时人们杀得就丢下十九只小羊了。他说这里头还有你姨夫的一只。

有只羊跑得远了,他喊了声二妹妹。二妹妹起初顾着啃我给它拿的骨头,没注意到那只羊,主人一喊,它才意识到失职了,赶快去追赶。

存金说,我放羊全靠人家二妹妹。别村的放羊的都有个小羊倌,我没有。我说,那你是不是给大队省了一个羊倌的工钱。他说,省了一半,另一半贴补给我了,每天多给我半斤粮,多记半个工。我想想说,这对你来说挺好的。他说,好是好,可一个人孤单。

我明白了,他为啥经常是放声地吼唱,那一准是跟孤单有关系。

我说:"来,我再教你背一首新诗。"

"招人。我看你这次教我认个字哇。"他说。

"认字?"我说,"好哇。"

他说:"招人,你教我认上几个字,叫人说起来,我也不是睁眼瞎。"

我说:"那好那好。"

头一次我教他"一二三人大天"六个字。我告诉他一人是大二人是天,还给他说了个谜语"人有我大,天没我大"。他非常地感兴趣,一面理解着,一面惊奇地"咿,咿"地大叫。第二天上午我教他"山水田牛马羊"六个字,顺便还教了个"二妹妹"。下午他又让我教别的。

真没想到这个存金这么地喜欢写字,而且还学得快。尤其让我惊奇的是,他从来没写过字,可他写出的字,样子真好看,比我们班的有些同学还写得好。

他一满是不管羊了,把羊教给二妹妹,自己蒙着头学写字。

写字,用的是一种叫青白白的石头当笔,在黑色的石头上写。

峪沟里有的是青白白,坡梁上有的是黑石头。

后来,在我领妙妙和平平到南泉公社供销社买好吃的时,我给存金买了本儿和铅笔橡皮。

正月十五晚上,村里的当街有红火的,我在旺火跟前找见了存金,把妙妙学过的语文课本给了他。我后悔这些日子没给他讲讲拼音。

我说你好好儿地学,好好儿地写。今年暑假我回来再教你咋念。他说我一准要好好儿学,你走了以后,我要把这几本书上的字都学会咋写。

第二天我跟舅舅骑车到了怀仁清水河,歇缓了一夜后,返回了大同。正月十七舅舅又乘坐火车到了晋中富家滩。

舅舅走了,我也在第二天该着到学校了。

晚上,我妈问我:"你爹的那个棉袄给谁们了?"

我没想到我妈会想起问这件事,但我又不能撒谎。我说:"那个,给了那个,存金了。"我妈说:"给存金了?谁给的存金?"我说:"是我给的。"她问:"是谁让你给的?姥姥?"

我心想坏了,我妈非要为这个事发火儿不可。我妈一天价骂我说,"不好好儿学习回村跟存金放羊去哇"。她动不动就这样地骂我。

我从来没跟我妈撒过谎,这也仍然不能撒谎,啥就是啥,挨骂也就挨吧,谁让我自作主张地给了呢。

我说:"是我想起给的。"

"你想起给的?"我妈用眼盯着我,问。我点头说:"嗯。"

"好娃娃。"我妈笑了一声说,"你咋就想起个给他?"

我说:"我,我老跟人家学唱歌。"

"好娃娃。"我妈说,"我那娃娃跟人交往从来不嫌贫爱富。这一宗儿,妈说你好。"

我不明白她是什么意思,是夸我呢,还是挖苦我呢。

我看她。

她说:"存金是个好好。心可灵呢。可惜的是爹妈死得早。"又说:"他爹那会儿就可会唱呢。"

听我妈夸存金是个"好好",而不是骂他"灰灰",我才把心跌到肚里了。

醉

大同一中对校规的执行是很严格的,开学后同学们只能是早来,不许迟到。无故迟到一天记过,三天就开除你。正月十八开学,同学们在十七就都到了。几个外县的学生,怕路途中遇到什么事给耽搁得来得迟了,在十六就到了学校。

我是在十七下午四点多来的,学校快开饭了。

我在宿舍正整理床铺,听的邢顺在我身后说,哎呀乃谦怎么才来,就等你了。

我说,等我?他说,走走走。他把我拉出宿舍,到了西小院车马店。

大同一中当时没有汽车,只有三辆马车。草棚马厩都在西小院,赶车倌和饲养员都是跟十里店村雇的农民。三个车倌每天都回家。饲养员龙大爷是个光棍,就在西小院吃住。

同学们叫西小院叫车马店。

上一个学期,学生们都吃不饱,附近住的学生一到星期日就回家了,曹俊、光辉、科举三个是外县考来的,星期天就到地里拾秋。拾回山药蛋玉茭棒黄萝卜啥的,就来到车马店,求饲养员给往熟煮煮。龙大爷是个热心肠,看这三个孩子可怜,答应了他们。后来他们相处得越来越亲切,像是老少朋友了。

我问邢顺到车马店干啥,邢顺说你进去知道了。

一进西小院儿,邢顺大声喊着说:"乃谦来了——"

金印第一个跟龙大爷屋跑出来,"呀乃谦呀乃谦"地跟我来了个大大的拥抱。

曹俊、光辉、科举、金印、老周都跟龙大爷屋里出来了。

老周说,曹俊他们四个昨天就跟县里来了,商量说,等你等我等邢顺咱们三个再一到,七个人就来个小小的大会餐。

我说,好,这个主意好。可这时我看看院里的草料棚,又看看牲口圈,但还没等我说出疑问"为啥非要到这里会餐"时,光辉就说:"主要是大家都想喝口。"

我说:"喝口,喝啥?"

金印说:"喝啥? 当然不是喝尿。"

大家都笑。

这我明白了,为啥要躲到这里聚会,因为学校是不允许学生喝酒的。

我从小就是个乖孩子,从小就听妈妈的话,听老师的话。但这时候我心里虽然是有点小犹豫,可也不能扫了大家的兴。在班里我们七个合得来,是好朋友。

我说:"好,喝。我正好带来六个大包子。我给回宿舍取去,顺便到小卖部给买酒。"

老周说不能到小卖部买酒,学生到小卖部买酒,容易引起怀疑。我正要说那怎么办,老周接着说酒已经准备好了,"酒家何处有,遥指杏花村。是光辉跟哥哥家拿的,他嫂子还给带了十颗煮茶蛋,他这两天一颗也没舍得吃,就等大家来"。

老周说话总是这么地详尽和周全。

大家都端着饭盒儿先到学生食堂去打饭。

金印和邢顺去食堂后,又返回小卖部买了两个水果罐头。

我回宿舍取包子时,又专门到教工食堂买了两个炖猪肉。

自从上个学期报到时我跟我表哥吃过教工食堂的炖肉,我就忘不了那个炖肉的香。我后来也去买过几次,我知道那里老有这个菜。

曹俊放下他的饭盒后,又跟裤兜里变戏法似地拔出瓶浑源恒山老白干。他说自己不敢到小卖部,就到家属院求白老师给去买。白老师是他的老乡,经常找曹俊修锁子配钥匙,还常让修自行车。白老师说买啥呢买,我这儿有,你拿去哇。

科举说,人心隔肚皮,小心他告了你。曹俊说,我说我腰疼,想拿酒搓搓背,他告我啥。

大家"行行行"地佩服着曹俊的智慧。

我说两瓶酒,喝坏呀,我可是从来没喝过酒。

曹俊说,我想的是咱们是八个人,一瓶酒怕喝不足兴。现在是斤半酒,正好。

科举说,咋是斤半?

曹俊说,我这不是一斤。他提起瓶。大家这才看清是半瓶。

龙大爷提醒说,大冬天不能喝凉酒,喝了肚疼。金印说,喝凉酒写字手抖。

　　我说我爹热酒是先倒一盅儿,然后把盅里的酒点着,再提着酒壶在点着的蓝火苗上烧。光辉说那方法很古老,咱们来个现代的,他就把汾酒瓶放在龙大爷的铝壶里。铝壶在火炉上坐着,里面是多半壶水。壶口小,只能是先放一瓶。曹俊说等汾酒喝得差不多了,再热这半瓶恒山老白干。

　　人们让龙大爷上炕坐正面,老汉不上,指着饭盒说,你们打的菜一会儿就凉了,我在地下给大家替换着热。

　　人们让老周坐正面,老周不坐。老周说叫乃谦坐,乃谦跟和尚学过打坐,最会盘腿。

　　正说着,人们听到"嘭"的一声。

　　邢顺和金印同时喊,一个说"糟了糟了",一个说"坏了坏了"。

　　光辉赶快拔起壶里的酒瓶,酒瓶看上去是完整的,但瓶底没有了。

　　再一看铝壶,里面沉着个圆圆的光溜溜的瓶底。

　　不用问,一瓶汾酒全都在壶水里。

　　大家你看我我看你,傻了眼。

　　那怎么办?

　　只好是喝这水酒了。

　　光辉往饭盒盖上倒出一股儿,尝尝,摇头。金印也要过饭盒盖,尝尝,也摇头。

　　光辉指着老周,叫你坐正面你不坐,这下好了,爆了。

　　老周苦笑着,连声地"这,这,这",边说边看众人。

　　看着老周委屈的样子,人们都笑。

邢顺说，毛主席教导我们说，看问题要一分为二，这说不定是好事。

曹俊说，就是，酒一点也没浪费，这稀释了的水酒，还不辣咱们嗓子。

龙大爷说，还能一直坐在火炉上热着，凉不了，喝了还暖胃。

"有了有了，"我大声地喊着，"等着，等着。"我跑出去了。

龙大爷说了个"暖胃"，我一下子想起了我的红糖姜茶。慈法师父说我脾胃不好，给我配制了红糖姜茶，让我用开水冲着喝，既健脾又暖胃。他说，你是小孩不喝酒，要用酒冲着喝，效果会更好。

我跑回宿舍取来敞口玻璃瓶，也没跟大家说说我要干啥，把瓶里的红糖姜茶粉一下子全都倒进了铝壶里。

上个学期他们就见过我冲着喝姜茶。金印问说，咋把你的治胃病的药倒里头了。

我用筷子搅搅壶里，姜茶的好味道一下子冲起，这味道还有我爹点着酒后那蓝火苗散出的酒香在里面。搅完，我把筷子头放嘴里嘬嘬，真好真好。

我提起壶往饭盒盖里倒出一股，让人们尝，大家尝过都说真好真好。

科举连声地说了个什么词儿，听了半天才听出他说的是"玉液琼浆"。

科举好说个优美词，写作文也是，"星移月转，日月如梭，光阴忽速，时间过得飞快呀"，什么什么的一大串。

在金印的建议下，先给地下的龙大爷倒了一大碗后，我们七个人上炕正式开席。我们也倒了一大碗，大家轮着个儿喝，大家连饭盒里的菜也顾不得就，转了一圈儿一大碗没了，又转了一圈又一大碗没了。

光辉说，不能就这么地吸溜，咱们轮到谁谁给出个节目，唱歌也行朗诵也行讲笑话也行，但必须得有意思，让大家笑了。大家说好。

光辉带头说："槐树开花碎粉粉。"他还没说后面的，金印说不行不行，"槐树开花碎粉粉，当兵要当八路军"。班里联欢时你唱过这个，要来新鲜的来大家没听过的。

光辉说，下句我还没说呢。金印说，那你说下句。

光辉又重说："槐树开花碎粉粉，站在树下等兰英。"

大家一听，高兴地喊好。"哇，兰英。哇，兰英。"

光辉端起碗大大地喝了一口。

兰英是我们班女生的名字，人们都知道光辉喜欢这个女生。

金印问光辉，这次来见了没？光辉说见了。金印问，说话了没。光辉摇摇头，人家没理我，我也没敢问人家个话。金印说，胆小鬼。

大家提醒金印，轮你了轮你了。

金印想了想，说："杨树开花满世世飘，人里头就数小妹妹好。"

大家又都喊好，金印要端酒碗，光辉又给拦住了，"不行，得说清楚小妹妹是谁"。

金印说，你说了个槐树，我就说了个杨树，我那是瞎编，我又没有。

金印说没有，大家都不让他了。大家早就看出金印偷偷地喜欢跟他一个学校分配来的晶晶，可金印老也不承认。

光辉说，不行，今天你非得认账才算。

金印说，没的事咋认账。

曹俊提起恒山老白干说，不认账喝这个，说着就给饭盒盖倒了一大股。金印赶快说承认承认。他光说承认大家不行，非叫他实际说出来，要不就灌他老白干。

金印只好是重说："杨树开花满世世飘，人里头就数，那个……那个……"

光辉端起饭盒盖，"我看这得灌，大家来，按倒他"。

金印赶快接住说"晶晶，晶晶"。

光辉说："光晶晶不行，得整个重说。"

金印只好是再重说：

"杨树开花满世世飘，人里头就数晶晶好。"

大家高兴地哇哇叫。

光辉这才把饭盒盖放下，给金印端起了姜茶酒。

该科举了，他说大家都知道我没有，那我给说个我们忻县的家乡俗语吧。

大家都知道科举真的是没有。我说，那你说个别的，但要失笑。

科举想想说："我这是家乡的两句俗语，不知道你们觉得有意思没有。"我说："那你说。"科举说："又背斗子又捉奸，一人赚了两份儿钱。"

我不理解他这样的话，看看大家，只有曹俊在笑。我说不行，得大家都笑了才算。

科举又说了个别的,可他说完还没人笑。主要是没听出他这忻县口音说的是啥。人们让他用普通话说,他好像是有点奇怪和不理解地说:"刚才我就是用普通话说的呀!"

邢顺说:"哇。你那是普通话呀,可我们怎么听不懂。"

人们建议说,要不你说得慢点。

这次他慢慢地说:"狗窝寄油糕。"说完看了看大家,说:"寄就是那个寄放的寄。"

我说,你往下说吧,我们懂得是哪个寄。

他又从头说:

"狗窝寄油糕,猪窝寄白菜,八十岁的老汉走口外,十八岁的姑娘寻着睡。"

说完他又解释说,这叫做"四大不放心"。

大家都没笑,反正我是觉得这没什么可值得笑的。

邢顺说:"这有个什么意思。不能喝。"

科举看老周。老周好像是我们几个的宋江,有什么疑问,最后由老周拍板。

老周说,也有点点意思,叫他喝哇。科举说,就是。说完大口大口"咕咕咕"地把半碗姜茶酒喝了个底儿朝天。

邢顺出去尿,回来说差点儿让骡子蹬一蹄子。龙大爷说,出院尿就行了你是到哪尿去了。邢顺说,我心想着,怎么能是一出院就尿呢,厕所在哪儿我也不知道,就进了马圈里。光辉说,那你保险是尿人家马屁股上了,人家才踢你。金印说要把老二给踢了可坏了大事了。邢顺说,也坏不了啥大事,反正肯定是死不了,最多是个李莲英。人们都笑。

大家转了一圈儿喝了一圈儿,当中光辉把饭盒盖上的罚酒也喝了。

在又轮到科举说的时候,他说,这次给你们说个"四大将就",听完你们要是不笑,那才有鬼了。邢顺提醒说,这次可得有意思,让我们大家都笑了才算,才能喝。

为了让大家能听得懂,他努力地用他认为的普通话,慢慢地说着:

"没亲娘,后妈也将就。没姑姑,姨姨也将就。没粉条,豆腐也将就。没板鸡,屁股也将就。"

"哈——"

全体人都笑,地下的龙大爷在火炉上给热饭盒里的菜,热了一个再换一个。他让这"四大将就"逗得差点儿把一个饭盒里的菜给扣在地下。

科举高兴得端起碗就要喝,让金印给制止住了,他按着他的手说:"不行不行。"科举说:"你们都笑成那样子了,还不能喝啊?"

金印说,不仅是不能喝,还得罚你。

曹俊给饭盒盖里大大地倒了一股,科举看老周,老周也说:"得罚。"

大家都说这是六毛话,罚。

学校里,学生们说"流氓"的时候,都说成是"六毛"。

科举接过饭盒盖,喝一口"哈啊"一声说,这才顶瘾,喝一口"哈啊"一声说,这才顶瘾。

我看得出,科举并不想喝姜茶酒,他就是想喝恒山老白干,故意地把荤段子一段一段地往出抖,为了让大家罚他。

半瓶老白干都快让他罚完了,可他的荤段子还是没完没了,还都是"四大"系列的。说得大家都"嗷嗷"大叫。邢顺还"啴啴"地直拍炕。

可是,当科举又抖出"四大不怕磨"后,光辉"啪"地一下,照脸给了科举一个耳光。打完,什么话也没说,跳下地走了。

当时我正在院里尿尿,没看见这场景。我尿完往家里返的时候,见光辉出了院,我以为他也是出来尿,还告诉他厕所在西南角。

我进了屋里,龙大众爷才跟我说是怎么回事。

邢顺说:"什么'男人的圪蛋,女人的一绽',太过分了。"

龙大爷说:"不是别的,是都醉了,我看是都醉了。"

老周说:"没别的,都醉了。"

大革文化命的运动开始了。

那些天,在我的身边就一连发生了好几件事。

一是我骑自行车回家时,在西门外让一伙红卫兵拦住,把我自行车前面的商标给撬下来了,说那个商标像国民党的党徽。那伙红卫兵撬下来还让我看,说这不是吗? 跟国民党的党徽一样。我不知道国民党的党徽是什么样子,他们人多,我不敢说什么,再说我从小到大一直是不敢跟人吵架。我赶快走开了。

第二件事是,我妈到五一菜场买菜,女服务员说:"为人民服务。你要买啥?"可我妈光说是想买啥菜,没说毛主席语录。人家不卖给我妈,非让我妈说句毛主席语录不可。旁边有个好心的人教给说"愚公移山",可我妈没学对,女服务员让我妈重说,我妈说:"那女儿,你好好儿站这儿卖你的哇。爷爷不买还不行?"说完转过身走了。

我妈空手回来了,进后院喊师父。

师父出来,我妈说,招人说中午回来吃饭,可我买菜没买上。

听了我妈的学说,师父说,我这儿有你先拿着,甭误了给招人做饭。

我妈说,您看看这成了啥事了,这叫做啥呢,小孩子耍过家家也不是这样的耍法,按说我平时跟她也可熟悉呢,可这一下子就不认人了。

师父说,曹大妈你甭生气,一会儿我给你去买。

那些日,都是师父替我妈去上街买东西。

我听了这事,有点想笑。我想教我妈几句语录,可我妈说"记不住",不学。

第三件事是,有天我跟学校回来,我正要进院,一伙红卫兵跟院出来,嘴里还骂骂咧咧的,说"老东西"怎么了。我看看他们的袖章,是大同三中的红卫兵。我心想着这事一准是跟慈法师父有关,我赶快进院。

我家门没锁,可我妈没在家。我跑进里院,我妈在院里正在劝师父。

原来是大同三中的红卫兵来通知师父,让他换衣裳,说和尚的服装是唐朝时的样式,是牛鬼蛇神,要叫他换掉,穿成工农兵的。师父说了句"我没工农兵的衣裳",红卫兵一下子恼怒了,有个领头的说,三天之内不换,砸烂你狗头。

我妈说:"您不看这阵势,您不看这来派。我看是好汉不吃眼前亏,您换换哇。"

我妈回家把我爹的四个兜的干部装给找出来,让师父穿。师父穿上看看说,曹大妈你看这像个啥。

看着师父穿着我爹上衣的样子,我也觉得很好笑。

我妈劝说,看惯了就好了。

师父说,要不我跟村里捎话,让方悦给往上拿个中式对门的。

我妈说,那您先把招人爹的这件穿上,等方悦拿来中式对门儿褂子再换。

三天过去了,没什么事儿。又三天过去了,还没什么事儿。

我妈说想到我爹那里看看,这乱哄哄的,你爹那儿甭有什么事。临走前,我妈又进里院,把师父喊出来,劝说:"师父,我总觉得这是要出事儿。师父我看您还是到雨村躲一躲哇。"

师父说:"是福不是祸,是祸躲不过。再说,我没做亏心事,不怕鬼敲门。曹大妈你放心走你的哇。"

我妈走后的一个星期,出事了。

三中的那伙红卫兵那天没做的,一下子想起了圆通寺的这个老和尚。走,看看去!

《慈法之死》这篇文章我原来不想写了,可是这是我高中时期的一件大事,一件天大的事。我的《高中九题》里不应该没有这篇文章。

可是,不写,应该写,一写,我就伤心就流泪。于是我跟我的中篇小说《佛的孤独》里把这一段节选下来,放在这里,让我再次用痛苦中的嚎啕大哭,来追忆我最最崇敬最最亲爱的慈法师父。

文章里泥洹寺就是我真实的生活中的圆通寺,而善缘就是慈法师父。

善缘师父的炕头摆着好些古代的诗呀词呀这类的厚本子。我看不懂,有时候他就给我讲。我记住的好些别人没听过的诗句就是从他那里学来的。比如,"禅心已作沾泥絮,不逐春风上下逛""朝钟暮鼓不到耳,明月孤云挂长情",人们都不知道它们的出处。一定是受了善缘师父的影响,进入初中后我也好翻看古诗古词这类的书,常跟校图书馆借着看。我发现古代文人雅士们大都有个字什么号什么的叫法。我也就摹仿古文人,来了个"姓曹名乃谦字楚函号曲一日居士"这样一长串称呼。还用毛笔蘸上我妈刷锅台的白浆,把这一长串字写在了这一进月亮门洞那儿的"流芳百世"石碑上。

善缘正好过来了,站在碑前看。我也正是为了叫他看,才写在那儿的。我偷偷观察他的表情,见他笑笑的,我很得意。

他看完先夸我的毛笔字大有长进,后问我这是谁给你取的。我说是我自个儿瞎取着玩儿。我这是在假装谦虚。

"楚函。嗯,有文采。曲一日。嗯,折得好,但有点不妥。"

"哪个不妥?"我正飘飘然着,他说不妥。我就很不服气地问。

"这文人大凡称居士的,都以地名叫起。李白幼时居住青莲乡,后来就自称'青莲居士',白居易曾在香山筑石楼,就自称'香山居士',苏轼谪居在苏州东坡,自称'东坡居士'。"

这些我都不知道。我觉得脸上火辣辣的。

善缘用厚嘴唇笑了笑说:"招人你想称号的话,我看叫'泥洹居士'就很好。"

我问说:"咱们的泥洹寺这'泥洹'两个字到底是什么意思?"

他说:"泥洹寺建于清朝康熙二年。泥洹嘛,就是苦海彼岸的极乐净土。那儿可是个无忧无虑无烦无恼的好地方。"说这话的时候,他把头抬起,瞭着遥远的西方。神情专注,就好像他已经看到了那个令人向往的泥洹之乡。

这件事之后没过多少日子,史无前例的造反有理运动开始了。

四海翻腾,五洲震荡。中国人自己跟自己过不去的灾难开始了。

因我妈不放心调到外地工作的我爹爹,探望他去了。家里没人。那天下午,我和红卫兵战友们到口泉镇造完"四旧"的反,又返到学校,疲乏地躺在床上。

突然,我觉得心慌,一阵一阵的,就像有次多喝了咳嗽药那样。

怎么了?

冷静下来我猛地意识到,该不是善缘师父出了事儿?

我跳下床,蹬着自行车就向城里猛骑。一路上遇见好几批队伍,不知在游斗什么人。进了西门,前面又是一拔儿,挡住了我的去路。

十几个红袖章簇拥着一个戴锥形白纸帽的人。那纸帽有三尺多高,像个喊话的喇叭。上面标语似的写着黑字。白纸帽人一手提锣一手拿锤,脸上被涂抹着锅底黑。身上穿着花衣服。脖子上拴着绳子,由一个红袖章牵着。那绳子绷得紧紧的,像在生拉硬扯着一头走不动的绵羊。白纸帽人喊一声敲一下锣。

"我是黑帮——""堂……"

"我是地富反坏右——""堂……"

"我是苏修特务——""堂……"

"我是牛鬼蛇神——""堂……"

"我是蒋匪特务——""堂……"

那人的嗓子沙哑,都快喊不出声了。

这个戴白纸帽的人正是善缘师父。可我当时却没认出也没听出是他。

我绕开人群,拐进我们巷。

糟了!

我的心"咯噔噔噔……"猛烈地跳。我远远瞭见那两只狮子都滚躺在地下。

我冲向里院"师父! 师父!"大声呼叫,回答我的只是那些叽叽喳喳的雀儿们。

后院里所有的瓸,都摔在了地下,都被砸成几块。南大殿佛像的头都被打下来了。有的摔裂了,有的把眼睛珠不在了,光剩下两个坑儿。佛堂里的神圣们都被推下佛台。木鱼被砸扁了铜罄被砸破了。帷幔和莲幡被撕成一条条的。卧室里的围棋子象棋砣儿,还有念珠撒得满地都是。大肚弥勒佛挂幅被揪在地下,撕成两片,大肚佛虽然仍是大张着嘴,但那样子已不再是笑,而是在冲天呼喊嚎哭。

听得前院有骚动声,我就向外跑。红袖章们拉拉拽拽把善缘师父从大门外拖进院,"咂"地扔倒在地下。

这时候我才认出了他。

他身上的花衣服破了,鞋也不知丢在了什么地方。因有铁丝连着,白纸帽还拖在脖子上。光头顶有处伤口渗着血,血和汗水泪水混在一起,把脸上的锅底黑刮得一道一道的。

师父他闭着眼,脸贴在砖地上急急地喘着粗气。

我的心一阵紧缩。

我的血在往上涌。

我的头发都竖起了。

我的上牙咬着下嘴唇。

我的眼在冒火。

我想冲上前。我想冲向前扶起他老人家。我想冲向前扶起他老人家对他说:"师父,别怕!有招人在,谁欺负你,我宰了他!"

然而,我最终没那样去做。没有扶他,没有杀人,却是急转身退出人群,返回自己家,扑在炕上拉下被子蒙住头哭了,哭着,哭着。

天不知在啥时候黑下来了。外面也没有了喊喝声和嘈杂声。死一般的寂静。

师父呢？

院里没有。

跑进他家，借着窗外微弱的光，我模模糊糊看见他趴在堂屋的地上。

死了？

我的心"突突突突"快速地跳。喊了声师父就一下扑倒在他身上，放开嗓子嚎哭起来。哭着哭着，觉出师父的手放在我的头上。

"师父您还活着？"我就哭就说。

"没见到，你，师父怎能，忍心离去。"

听了他这句带着哭腔的话，我哭得更厉害了。

"好孩子，别哭，去给师父，拉灯。"

我这才放低哭声，一下一下抽泣着把灯给拉着。给他解开还连在脖子上的破纸帽。把他扶在炕上。把破花衣帮他脱下来，给他洗干净脸和手。我从家寻出半管青霉素眼药膏给他抹在头顶和脸上的伤口处。我问他疼不，他说好呢。咋会不疼呢？他越说好呢，我越伤心。

我说："师父您饿不，我给做拌疙瘩汤。"他说："不饿。噢。做哇。"

当用小勺喂他拌汤前，我望着他的眼睛恳求说："师父，您先吃这个。"我伸展平手，是两颗西药，去痛片。

"吃。我吃。我吃。"他断断续续说着，一句比一句更响亮。他把两颗去痛片一下放进嘴里，狠劲地咯嘣咯嘣嚼。同时，眼里滚出两行大颗的泪珠珠。

"师父，您别哭。您一哭，我又想哭。"我说。其实，咸涩的泪水早已滚进我的嘴。怕影响他吃饭，竭力克制住没哭出声来。

吃完饭，我央求他到我家去睡。他坚决不去。他说怕叫那伙红卫兵知道了，知道了对他也不好对我也不好。他看了眼我胳膊上的红袖章说："你想想。要知道了能轻饶了我？不仅不能到你那儿，你明天一大早就赶快离开这个院。想看师父，天黑，再，回来。"他的眼里又流下了泪。

我也流着泪，顺从地点着头。我说："明儿早上和中午，您都要吃去痛片，晚上我就回来看您。"

分手前，我给他铺好被褥，给他把夜壶提进来，又把多半瓶去痛片留给他，我这才依依不舍地离开他，返到前院。

半夜里，迷迷糊糊地觉出有人摇我。后来又听到了声音。

"招人。招人你醒醒，招人。"

我睁开眼，是师父。他不知在啥时候进了我家，并把灯也给拉着了。他两手捧着一搉东西。

"招人，这是半串念珠。红漆匣让他们给没收走了。这是师父平素用的那串。让他们给揪断了，珠珠都撒没了。刚才我捡了些串起来。你喜爱它。你收下哇。"

我爬起看看，末梢的那颗黄珠珠在。我接过就放进被窝里。师父笑笑，拉灭灯走了。我想起这是那晚他露出的头一次笑容。

不一会儿，他又进来给拉着了灯说，红卫兵把南大殿你的书箱给翻烂了，我一个人搬不动，咱们两个抬去，还抬回你家哇。我说别了，就那儿吧。翻烂翻烂去。我还说我瞌睡得可厉害呢。他说那你睡哇睡哇，就走了。

不知道又隔了多长时间，善缘师父又把我给摇醒了。白天我们造反造得很疲劳，又加上睡得迟，我实在是瞌睡得连眼皮也不想睁。师父这又来做啥？我迷瞪着眼看他。

他面色严峻，神情庄重，说："招人，你也是红卫兵，你说说师父我是不是牛鬼蛇神。"我摇头说："不是。"

"不是？"

"不是。师父是大好人。"

"你说我是大好人？"

"大大的好人。"

"你睡哇。"

他一低头，用烫热的厚嘴唇碰了下我的额头，拉灭灯走了。

第二日我醒来，天早亮了。但估计还不是红卫兵造反的时候，进了后院也不会连累了他。我想给师父做碗拌疙瘩汤再返校。可他家窗帘紧闭，推推门也推不开。

他太累了。让他睡吧。等黑夜回来再说。我就骑车返到学校。

吃午饭时，鼻涕棒儿急急向我走来，惊惊乍乍地问我："你知道不？你们院儿和尚畏罪自杀了。"

"啊？！"

我的脑袋轰的一声响。

"刚才我来学校路过你们巷,见巷里好多的人。原来是三中的红卫兵去揪斗善缘和尚叫不应门,用脚踹开一看,和尚吊在佛堂里。兜里还装着个去痛片空药瓶。"

　　我呆愣在那里。

　　五妗妗怀了孩子,那天我妈说快生呀,去眊眊伺候月子的人定了没,不行我给伺候,用不着我的话,那我还得到怀仁去伺弄地。

　　我快睡的时候,我妈回来了,领着丽丽。我看见丽丽,一下子高兴了,问是不是妗妗生小孩呀,把丽丽给咱们了。我妈笑,说,妗妗的奶妈来伺候月子,家里住不下,把丽丽领来了,明天就领着丽丽到怀仁呀。

　　我一听很是失望。

　　第二天,她们走了。

　　就是在我妈走后的那些日子,慈法师父出事儿了。

　　那以后,我对于红卫兵的事情一下子没了以往的那种盲目的热情了,我回到家里,把自己关起来,看书,看《石头记》。

　　饿了,我就下地做拌疙瘩汤,先给师父供养,我最后再吃。

就这样，几天过去了。

一个上午，有同学来敲门，说让我跟他们到哪儿去抄班里谁的家，说他是资本家，抄家总能抄出东西来。

这几个同学是班里的积极分子，他们的家庭都不是红五类，他们是班里的中间人物，都不是红卫兵。他们也想戴红袖章，就积极地表现，想着法子地害那些比他们出身不好的"黑五类"同学。他们也想着做出成绩来，也能被吸收进红卫兵组织里。

我说校革委资料组派我到外地呀，一会儿我就走，你们抄你们的去吧。有人问我去哪？我说这是我们红卫兵组织的事。我的下话是，你就别打听，打听也不告诉你。

他们走了，那以后没再来打扰我。我也知道，他们才不敢到学校革委去打听是不是真的派曹乃谦到外地。

我妈领着丽丽走了二十多天，那晚，她们回来了。

一进门我妈说："出啥事了？院里灰塌塌的。"

我一下子哭了，就像是那天夜里，趴在师父身上哭师父那样，放声地痛哭着。

我妈"唉，唉"地叹着气，说："一个多月前我就跟老汉说过，您不看这乱哄哄的，躲躲哇，三十六计，走为上招儿。躲躲好。可老汉却说，没做亏心事，不怕鬼敲门。看看，出事了哇。恶狗当道卧，你就得手拿块半头砖。你说你没做亏心事，可你得防着有人要做专门事。"

我说："师父要是听了您的，躲回雨村就好了。他能到方悦哥家。方悦哥那几年在城里念书，一天价来他三爷家吃呀喝呀的。"

我妈说："老汉当时如果听了我的，也就没这事了。红卫兵也不至于到雨村找他，那些小屁孩他们也不懂得啥，想起一阵子闹就把你闹了，不在眼跟前也就想不起来，想不起来也就躲过去了。"

可就在我跟我妈说这话的第二天，我们家也给出事儿了，是天大的事儿。

我们刚吃了早饭，我妈正洗锅，门被哗地拉开，五妗妗脸色死白，一下子跌坐在门口的凳子上，喘了一口气说："出事了姐姐。出事了姐姐。"

我妈没催着问她出了什么事，问她吃了没。妗妗摇头。我妈说我给你做。

妗妗说："姐姐。撞上天鬼了。"

妗妗没哭，但妗妗嘴干得连话也说不完整了。我妈给她倒了半碗水，她喝了一口，放下碗。我妈说，别急，慢慢说。妗妗又抿了口水，才往下说。

舅舅早起上班走了。

忠义早该进二中上初中了，可因为赶上了文革，没学可上。上午九点多他出街玩时，看见有人围站在自家的房背后，仰起头，不知道在看什么。他过去了，是自家的后墙上贴着一张黄色的纸，上面写着黑色的毛笔字：

勒令坏分子张文彬在三天之内滚回老家去！否则，小心狗头落地。

落款是：革命群众。

忠义是个小孩，看不懂是什么意思，赶快跑回家。

妗妗出来了,可一是心慌,二是近视,看了半天看不清上面写的是啥,问周围人说这是写的啥。周围人赶快走开,没人敢回答妗妗的话。正好是狄大大的美兰也过来看,妗妗问她,这才知道是大祸临头了。

我妈问孩子们呢。妗妗说,我奶妈抱着月圪蛋文文领着孩子们都到她家了。姐姐快看看这咋办,说着,这才有泪给流下来。

我妈劝妗妗说,不哭不哭,甭慌甭慌。

我妈上牙咬住下嘴唇,想了想后跟我说:"招人,一个是,你骑车到舅舅家给看看,看看究竟是写的啥。然后你到舅舅单位,叫他中午过咱家吃饭。他要再问的话,你就说妗妗已经到了咱们家。"

我说:"舅舅要是再问呢?我咋说。"我妈说:"不会再问了。"

我按照我妈吩咐的,先去了仓门十号院,站在舅舅家后墙下,仰起着头,盯着那张写着"勒令"二字的黄纸,又把"勒令"二字下面的那两行字也再看看清楚。

我又看到了"革命群众"四个字。

我突然地有一种冲动,想把那张黄纸撕下去,我想把它撕下去,看看哪个革命群众会站出来,我想看看这个革命群众是个谁。可我攥了攥拳头,没敢那样做。

我妈没让我这样做,我不能这样做,我妈如果让我这样做的话,那我一定要这样做的。我听我妈的。

我听我妈的,赶快到了舅舅单位。

舅舅一定是不知道发生了什么事,还在那里啪啪地打着算盘,计算着什么。正如我妈说的那样,当我说中午让他到我们家吃饭,并告诉妗妗也已经到了我家时,他并没有再问什么事,只是吩咐我说,"路上慢点骑"。然后又低头忙着他的工作。

我妈一开始还好像是想望着后墙上的黄纸写的是别的跟咱们家没相干的字,可一听我说,她就说,你们在家,让妗妗给做饭,我给出去一会儿。

后来听我妈说,她是出去找派出所的那个小黄去了。后来他已经是所长了,表哥跟应县往大同办户口的事,我妈就是找的他,是他教给我妈一步一步地咋办理咋办理。

我妈说,你看看你给我兄弟戴了个坏分子的帽子,这下出事了。黄所长说大姐,谁能想到会是这样的事。我妈说我也不是找你来算账,我是问问你,像这种情况是不是有人来下户口的。小黄说,本人是不会来的,要下户也都是那些革命群众拿着户口簿来给下了的。我妈说,行了,知道了。就回来了。

舅舅中午过来了。他跟我的想法一样,要分析"革命群众"是谁,是单位的还是街道的,还是老家村里头的。我妈说快别分析这,想知道是怎么回事,你得先躲到个安全的地方再慢慢去想,返回头再考虑是怎么回事。

妗妗说,姐姐您说,我们听您的。

我妈说,现在最安全的地方是钗锂村。五子,你下午就跟单位说说这个事,就说要回村去。让他们知道你是没等第三天就走了。

她跟我妗妗说,明天,一大早咱们就回仓门,把该拿的都带走,就说回村去呀。

我妈说,咱们在明处,革命群众在暗处,咱们不知道这伙人是谁,但他们肯定是在暗处观看着咱们,咱们这个时候只能是服软,让他们看见,咱们怕了,听了他们的,走了。

我妈说:"现在,走是最好的法子了。躲得离他们远远的,越远越好。不怕跟上鬼,就怕鬼跟上。别叫他们再看见咱们,别再想起咱们,别再搁记着咱们。"

妗妗说:"姐姐,反正是他爹要回村他自己回去吧,我可不跟他回。"我妈说:"你先甭回着呢,但五子必须得回。因为我们现在拿不准这革命群众是不是村里的。"妗妗说:"如果是他让下了户当了农民,姐姐我可把话说在前面,那我就要跟他离婚。我不是真离的意思,我是为了孩子。离了婚,他自己回村去哇,我跟孩子可不回去。"

我妈说,先看看情况,不行该走也得走这一步。眼下的事儿是,在两天之内,离开仓门。要不的话,小心像慈法师父,来抄你的家,来砸你的东西,来把你剃个光头,戴个纸帽子,上面写着坏分子张文彬,拉着你游你的街。

妗妗说,可是做不得做不得。

我妈说,要到了那一步,可就惨了。总的来说是,不能跟他们拗。师父不就是跟拗,出了事。红卫兵不叫他穿和尚的衣裳,那就不穿。穿也行,你躲躲。老汉是又没躲,也没换衣裳,把命赔进去了。

舅舅妗妗都点头,都说听姐姐的。

我妈说家里有啥值钱的,事先都想好,粮本户口粮票布证儿,除这,还有啥,都想好。

妗妗说,不瞒姐姐,为给忠孝娶媳妇,我们也克攒了几个。

我妈说钱你们拿着,看往哪放。把户口粮本儿给我留这儿。

妗妗说,给忠孝攒的钱,也留您家。

我妈说,放哪也丢不了。再一个是还得把行李都拉走,要叫人看着是个不再回来的样子。

这时我说出了我的一个想法。我的意思是搬家的时候,最好别跟红卫兵碰见。要是碰着的话,我知道我们红卫兵的那种不讲理。你跟他们笑,他们说是装的,你跟他们不笑,他们说你是对他们有意见,不满意他们,就要找你的茬儿。问你这是干什么,无论你怎么回答,他们都不满意。最好是别碰着。

妗妗问那咋就能不跟他们碰着。

我说我知道,即使是红卫兵有什么活动,也是在上午的九点十点才开始。

在我的建议下,是在第二天的六点多钟搬家。

先是我跟我妈,陪着妗妗回了家。我把"大同一中毛泽东主义红卫兵"的袖章戴上,跟他们进了仓门十号院。不一会儿,妗妗的哥哥还有奶哥哥他们家的孩子们,拉着辆小平车,一齐过去把家搬空了。

狄大大跟家出来,跟我妈说了句"她张姑",就再说不下去了。我看出,狄大大是真心地为我们难过。

我妈说,这不是让他们回村呀,我跟收拾收拾。

狄大大说,这世道乱的。

我妈说,狄大大,他们都回村了,有啥您去告诉我一声。我在圆通寺一号院住。

狄大大说,知道,我让美兰到皮鞋厂去找忠孝。

我妈说对对。

出街门，又碰上武婶婶，武婶婶说，张婶婶。

妗妗说，武婶婶，我回村去呀，话语不清。

武婶婶唉了一声说，别说了，张婶婶。

我们走出了拐角的纸铺，妗妗又回头瞭了瞭，我也回头瞭了瞭，瞭见了那张黄色的"勒令"。

把忠义留在他舅舅家，把小忠儿留在他奶舅舅家。舅舅自己一个人背着行李卷儿，回到了农村，回到了他出生的地方。

妗妗领着秀秀丽丽和艳艳，抱着文文，走"上访求生"的道路，去了首都北京。

红卫兵大串联,我去了韶山冲。

串联回了家,我妈也刚好是从姥姥家回来没两天。她是眊五舅舅去了,看他在村里怎么样,在干什么。我说已经是冬天了,村里的庄稼早都收割了,没啥庄稼营生了。我妈说这些日舅舅在村里打旱井,还说忠义这两天也到了村里,我问忠义咋去的村里,我妈说是她领回去的。

我说五舅舅一下子让撵回了村,姥姥保险是可麻烦呢。我妈说,可不是啥,姥姥的闲气圪蛋又犯了。

我姥姥的胃一直不太好,当肚有个硬东西在嗵嗵地跳。五舅舅说这是胃痉挛。可人们都叫这闲气圪蛋。我妈说五舅舅给开了个方子,药我也抓好了,可这会儿乱哄哄的不知道往回寄保险不保险。我想想说我给送去,正好也去眊眊舅舅和姥姥。我妈说你送也好,坐长途汽车回哇。我说我不想坐汽车,我想骑车回。

我妈还是不放心我一趟就骑一百八十里,最后决定还像上次我跟七舅舅回村那样,让我先骑到清水河,歇缓一天后再回姥姥家。

我妈说:"我也正好去看看你爹。这乱哄哄的,你爹在清水河别受了啥制。"

我说:"您放心哇,上面说军队和农村不搞文化大革命。"

我妈说:"害人的心不能有,防人的心不可无。多会儿也是防备着点好。你舅舅这事哇不是,紧防着就给出了事。"

我妈又想让我给姥姥多带东西,但又怕我骑不动。

我们头天黑夜把该安顿的都安顿好,第二天的一大早,我就把我妈送到了长途汽车站,她正好赶住了到应县的头一班车。这趟车在怀仁的清水河有一站,我妈每回都是坐这趟车。

我妈在车上喊着吩咐我说,认不得路了就问人,鼻子底下莫非没个嘴?

我也大声地回答说,您放心吧。

赶我中午到了清水河时,我妈已经把午饭也准备好了。这是让我一辈子也忘不了的一顿饭。我一进家,闻到一股甜丝丝的香味道。我说这是啥饭,真香。我爹说,快给俺娃先盛一碗。

是有个社员给我爹送的做糖的那种甜菜根,我妈把它切成小片儿,熬在了小米稀饭里。那根片煮得有点半透明了。

哇,稀饭真甜!哇,根片真香!我问我妈:"还有甜菜根吗?我给姥姥也带几个。"

我妈说,到底也是在姥姥家长大的,多会儿也忘不了姥姥。

我爹说,不在于是哪儿长大的,还是我娃娃懂得感恩,我娃娃以后一准不是那长大了就剜它妈眼睛的猫杏鹊。

正月时,我跟七舅舅从我爹这儿回姥姥村,用了五个钟头,这次我少用了一个小时。不到中午我就到了。

进了院,姥姥正坐在木梯的最下面的横档上,给平平裹手指头。

平平让门给把手指头挤破了,姥姥跟袖口里掏出新布条,一面骂门,一面给平平缠裹。

姥姥的袖口老也是高高地挽起着,高高地挽起着的袖口里,老也有好多东西。有棉线有顶针有布条,有时候还有大豆、黑枣,还有炒蹄子。

炒蹄子是妗妗给用黄米面做的,大豆那么大小,但形状像是个小驴蹄,人们叫它炒蹄子。小时候我在姥姥家,妗妗常给我们做炒蹄子。做好也给姥姥分一些,姥姥不舍得吃,就装在她的袖口兜里。

我跟玉玉妙妙就常常是跟姥姥的袖口兜里往出找吃的。

姥姥见我来了,高兴地说:"呀,快,快看你表哥来了。"说着,站起来,"招子招子你咋就给姥姥来了?"我赶快迎过去。平平还认得我,就擦泪眼就跟我笑。

我说姥姥给您个戒指,姥姥说给我个啥? 我说银戒指,说着跟兜里掏出来。姥姥一看说:"噢,是忍内儿。"姥姥叫戒指叫"忍内儿",也不知道这两个字是不是这样写。

姥姥老常是用白线在左手中指的指根上缠几圈儿,像个戒指。可时间一长了，那白线圈儿就脏了黑了，很不好看。我说姥姥，等我给你买个真的戴。这次我串联时在北京天桥的旧货市场，花了一块钱，给姥姥买了个真的银戒指。姥姥说我缠白线圈是为了能避肚里的闲气圪蛋，又不是为了俏。

姥姥有好多这样的治病的土办法，有的也挺灵验。

我哄说姥姥您戴上这个戒指，肚里的闲气圪蛋一准就好了。我用剪子把姥姥的白线圈儿铰下来，换成了我的银戒指。姥姥抬起手看着说："看这好的，这不敢定是多贵呢。"

我说不贵才一块钱，姥姥说俺娃哄姥姥呢，我说管它多贵，您戴着哇。

街门响了，是忠义表弟回来了。

忠义背后背着一个大揽筐，怀前还抱着一柄刨茬用的铁头抓子。他侧着身子慢慢地跟门洞挤了进来。

忠义弯着腰背着大揽筐的样子，很是吃力。我赶快跑向前，帮他。揽筐里是满满的一筐庄稼的根茬。

天很冷，忠义头上的汗在冒着白气。

我帮忠义把茬子倒在西墙下。墙下已经是有半人高的一大堆茬子了。

我提着试了试空揽筐，说，这个揽筐太沉。忠义说我为放得多。

忠义说他每天上午刨这么一揽筐，中午刨一筐，下午再刨这么一筐。这三筐茬子供着一天做饭用，最后也剩不了多少。他说你是不知道，西房冷得要命，我想在睡觉前把炕烧得热热的。我说明天表哥跟你去刨，咱们攒得他多多的。正说着，七妗妗扛着铁锹回来了。

农业学大寨,村里冬天也让青壮劳力们出地受。五舅舅是在生产大队的打井队,七妗妗是参加小队的劳动,到野外平整土地。

妗妗跟堂屋的暖阁里够出白羊毛毡,给我铺在上房的炕脚底,让我坐。白羊毛毡铺开有股地椒椒味儿,真好闻。

这块白羊毛毡有一个褥子大,是妗妗结婚时带来的陪嫁。只有像我爹这种贵客来姥姥家,妗妗才跟柜里够出来。妗妗这是把我也当作贵客了。

妗妗说,炕拔,妗妗怕把俺娃溻着,俺娃快坐上缓缓,妗妗给俺娃做饭。我说我好喝豆稀粥,再煮几个黍子片子和山药蛋。妗妗说,俺娃就好吃咱们家乡的土饭。我说我正好还拿来了糖菜根。妗妗问啥是糖菜根,我说是做糖的那种大圆根,熬稀粥可好喝了。妗妗说,黑夜的哇,妗妗中午给你吃黍子糕炒鸡蛋,这也是俺娃好吃的。

打井队让白明黑夜地连昼转,两班倒,五舅舅是白天的班儿,中午不让回家。饭熟了,我跟忠义先给舅舅送饭。

妗妗把糕放进黑瓷饭罐里,罐口坐个小碗,小碗里面是炒鸡蛋,小碗上面再扣个大碗。饭罐系绳的双耳,各插一只筷子。忠义早已经准备好了棉兜子,站在那里。棉兜子是妗妗专门为了给舅舅送饭做的,为了保暖。

忠义说不用表哥去了,我一个人去。我说我回来就是为了眊舅舅。

到了地里,远远地就看见一个高大的三脚架,十多个人正用力地拉拽着从架顶拖下的一根绳。忠义说,第三个人就是他爹。可我看了看,认不出来舅舅。

到了井架跟前，我喊舅舅，舅舅跟队伍里出来了，我才认出是他。

烂皮帽烂皮袄，笨棉裤。谁也不会想到，眼前的这个灰眉土脸的人，两个月前还是坐在厂办公室的大会计。

舅舅看见是我，笑着叫了一声招人，说"俺娃回了"，就再没说什么。我看出，他的眼睛有点湿润。

我说我专门是回来眊舅舅了，说完，一下子控制不住自己，眼泪哗哗地流淌下来。

忠义把饭罐给了舅舅，舅舅接过说："俺娃们保险还没吃呢。俺娃们快回去哇。"

我和忠义转身走了。听到舅舅在后面喊着问，给姥姥抓回药吗？我大声回答说，抓回了。

妙妙也跟学校回来了，她在南泉学校上小学六年级。她问我，表哥我听说你们大同学校里的文化革命可忙呢，你咋有空回来。我说文革一开始，我是学校革委资料组的，我的任务是在外边搞资料，不回班里参加活动。可大串联后我到外地走了一个多月，革委资料组以为我是回班了，没给我安排具体的什么任务，而班里面又以为我还是学校资料组的，也不过问我的事。所以，我想去就去不想去就不去，谁也不管我。

实际上，自从慈法师父被三中的红卫兵批斗得上吊自杀后，我就对文革有点不感兴趣了，后来又加上舅舅被撵回了村，我就对这个文革彻底地厌倦了，再也不想到学校参加什么文革活动。妙妙小，这些个想法我没有告诉她。

吃完饭，我就跟忠义出地刨茬子。他说光是奶奶和婶婶他们，西耳房本来是不用烧的。可我跟我爹一回来，这就费烧的了。

我说咱们不用大揽筐，咱们一人提根绳子就行。忠义说，我也见有人是只拿根绳子背茬子，可我不会。我说我教你。忠义说表哥你咋就会？我告诉他说，你忘了表哥在上小学前一直是在村里住。一到秋天就跟你大哥出地拾茬子。

忠义说，人家命好，这会儿在城里当工人，用不着再在村里受苦了，可我们却是，唉，反而都让撵回了村。

忠义比我小三岁，这一年是十三了。以前我没注意，可这次我发现忠义好像是一下子长大了，一满是个大人了。

路上，忠义说，你今儿来了，给吃好的，平时我们就是玉茭面糊糊玉茭面窝头，涩得咽也咽不进去。又说，你看，你一进门，婶婶就赶快跟堂屋够出白毡子给你铺在炕上，可我们回来就不是。

我正想着说个什么劝劝忠义，他却说，这我知道，我们回来是要长期住，可是表哥你是客人。再一个是，婶婶成天说妙妙她们，说姑姑在怀仁清水河种地打下的粮食，都转站到这里了，困难时期别的人家的人都快要饿死了，咱们家却没人饿肚子，孩子们你们多会儿也得记住姑姑对咱们家的好。

忠义说，反正我知道，姑姑供叔叔到大同念书，太宁小学，大同三中，大同煤校，一直供到现在成了晋中的老师。

我说我妈是家里的姐姐，老大，拉扯弟妹们是应该的。

在附近的地里，那些火烟大的高粱茬和玉茭茬早叫人们刨走了，而黍茬和谷茬不经烧不说，火烟还小。我说咱们出地找高粱茬。忠义说他早侦察过了，就是有点远。

他把我领到了村东南，在快到山底下，有一块高粱地。

这块地离村太远，要真想要弄烧的，既然是到了这里，那还不如一了上山砍山柴。可上山砍柴危险，姥姥是不让我们上山砍山柴的。

我说远就远点，可这是正经的烧火茬子。

在路上我就告给忠义说，要尽量地把刨起的根茬的土磕干净，这样一个是轻省了，背起来不死沉了。再一个是只有没了土的根茬，它的根须才好相互地缠绕在一起，捆起来好捆，不至于在半路散了架。三是没了土，背回去烧起来也火旺。

我们一个人用抓子往起刨根茬，一个人往干净磕土。在天快黑的时候，刨了好大的一堆。

我们先把干树枝打底，再把根茬垛在树枝上，垛得紧紧的，垛成两个茬垛，在天黑下来的时候，背回了姥姥院。

做饭的时候，玉玉也跟南泉回来了，她在公社农中上学，中午不回家，晚上回来，也是回姥姥家。她也问我文化大革命的事儿，还说，他们学校的学生都鼓动着老师领着出去大串联。

晚饭，妗妗给我们熬莲豆稀粥，我告诉妗妗把糖菜根切成片，放锅一块儿熬。

我拿来三个糖菜根，每个快有羊头那么大。妗妗说这么大，咱们放半个就足够了。

妗妗跟我说，我没吃过糖菜，招人你妈切多大的片儿。我说我给切。我就照着我妈切的样子，把半个糖菜根切成二十多片儿。平均一人分到三片儿，但那稀饭已经是很香甜了，一家老小，不住地夸赞说真香真甜。

吃完饭,玉玉帮着妗妗洗锅。姥姥过了西房去烧炕火。

平平让妙妙教她在墙上用煤油灯打灯影儿。她说,我打出的兔子老也不像,像是只耗子。忠义逗她说,能像个耗子也不错,那你不会跟人说我这是打了一只耗子。平平说,可我想打一只兔子嘛。

妙妙说,一天价就谋着耍。她搌转过头问我说:"表哥你说我爹咋还不回。这文化大革命多会儿才能革完?"

我说:"这可是说不准的事。"

她说:"我想着我爹回来,跟他到他们子弟学校上初中。以后毕业了,也能在城里头上班。"

忠义说:"你还想进城市,你不看看这形势,快别再做你的美梦了。"

妙妙说:"我做啥美梦了?"

忠义说:"这乱哄哄的。本来我还应该是大同二中的学生呢。你还做梦想进城。"

妙妙说:"我问你,我做啥美梦了。我想进城上学就是做美梦了?"

忠义张了张嘴,不知道该说什么。他是看见妙妙生气了。

妙妙说:"说我做美梦。你不做美梦你咋不在城市待着,回我们农村做啥?你不在大同好好儿住着,回村住我们家做啥?"

忠义说:"我是回我奶奶家。"

妙妙说:"那你现在是在哪儿坐着,不是在我家炕上坐着?"

忠义还想说什么,被五舅舅照他后脑打了一个耳光。

姥姥从没打过孩子们，她骂"妙灰子你这是灰啥呢"，妙妙才不做声了。

忠义跳下地到了耳房。

黑夜里，姥姥舅舅忠义在耳房睡。姥姥、妙妙、平平、我在上房睡。玉玉回了房后头她们家。

姥姥把白毡子给我拉过来铺在后炕，又把好盖窝给我够出来，这条盖窝也只能是给像我爹爹这样的贵客盖的。平平见新盖窝好，也钻进了我盖窝里。半夜姥姥又把她给抱走了，说是怕给尿在新盖窝上。

第二天去刨茬子的路上，忠义跟我说妙妙，"我知道，她是嫌我住她们家了，吃了饭了，费了烧的了……可我紧着给做营生，刨茬子把手都刨得，表哥你看……"忠义把手伸给我，他的手掌满是血泡和干痂。可他还只是个十三岁的孩子。

他哭了。

我说："忠义你别多心，妙妙不是那个意思。妙妙是个一心思想读书上学求进步的孩子。你说她'做梦去哇'那种话，对她真的是一个打击。这话你真的是不该说。你应该主动跟她承认个错。"

忠义听了我的，在中午，就跟妙妙说："妙妙，昨晚是哥错了。"

妙妙没看忠义，但却是笑着说："我才错了。"

姥姥也一定是在背后给妙妙做了工作。

姥姥不知道昨晚发生的事，问说："你俩这是说啥呢？错了错了的。"

听了姥姥这话，人们都笑。

我跟忠义刨了半个月，一天两趟，差不多把那块地的茬子刨完了，西墙下垛得满满的。

　　我在姥姥家住了二十来天，一直到我走，姥姥的闲气圪蛋也没有再犯，我带回的中药也没有吃。姥姥说招人给我买了银忍内儿顶事，她说："你们当是啥，银忍内儿也是避邪的。"

　　我走的头天黑夜，存金敲门，他给背来一大捆干树枝。他说是听我姨夫说我回来了，知道每天都是出地给姥姥刨茬子。

　　他还装来上次我给他买的那些本儿，他照着我留给他的妙妙的那些书，在本子上写满了字。他认不得那些字，可他却一笔一划地照着，把所有的本子都写得满满的。

表哥在皮鞋厂上班,厂子里有单身宿舍,他就在厂子里
吃住。

那天,我在屋里听得院门外有很重很响亮的"嘎、嘎,嘎、
嘎"的脚步声向我们家走来,一会儿门被拉开了,是表哥。

我专门看了看,他脚上穿着一双新的翻毛皮鞋。他把手
里提着的帆布工具兜往炕上一倒,对我说:"给你。"

他跟兜子里又倒出一双跟他脚上穿着的一模一样的新翻
毛皮鞋。

他跟我妈说,厂子里照顾职工,半价处理皮鞋,他一下买
了两双。我妈问他多少钱,他说一个月的工资。当时他挣的
是徒工钱,一个月开十八块。我妈骂他瞎花,说他讨吃子拾着
个钱,忘了那二年。

这是我穿过的头一双皮鞋。我挺高兴。我跟我表哥两个

人走在街上，"嘎嘎嘎嘎"的，我们故意踏出的那种声响，就像是外国电影里面的希特勒部队的巡逻兵走过来了。

那次表哥给我买了电影票，我们跟电影院"嘎嘎嘎嘎"地回了家，高兴地谈着电影里的情节，我妈突然说："人心上麻烦的，我也不知道你们高兴啥。"我们一下子不敢做声了。

我妈说："忠娃子，你爹被撵回了村，你一点也没有个麻烦的样子。"

表哥说："我麻烦哇能有个啥用。"

我可不敢跟我妈这么地说话，我觉得表哥快挨打呀。正想着说个什么话，解解围时，我妈指着表哥厉声说："回村眊眊你爹去。你爹遇了难了，也不懂得主动说眊眊。还得等我提醒。没你爹拉拽，你能上来？"

表哥说："他拉拽我啥了？不是您跟他硬争，他才不想把我弄上来呢。他拉拽我？哼，他还等得人拉拽呢。"

"反了你了，"我妈照脸给了表哥一个耳光，"敢跟你爷爷顶嘴。"

表哥往后躲躲，再不敢说啥了。

我妈说："明天就回去！"

表哥抬起头，看着我妈说："再有半个月就过大年呀，我一了儿过年的时候去。那时候也好请假。"

我妈说："不行。明儿就骑洋车回，叫招人跟你一块回。"

表哥说："您当那请假好请呢。"

我妈说："不用你请。一会儿我就给你去请假。"

我妈真的就给表哥请了一个星期的假。我也不知道她是咋给请的,也没问她。反正是我妈要做的事,没有她做不成的。

我妈给了表哥一百块钱说:"上班的人了,不能说空手爹拉的。回去给上奶奶五十。给上姉姉三十。给你爹,也给上三十。给,再给你十块。"她又掏出十块,给了表哥。

我妈又给了我二十块,说是路上碰猛有个啥,好燃嚼。

我跟表哥骑车回了村。一进门姥姥说,你们两个真是穿上了赶嘴鞋,有个事宴呢。我问是啥事宴,姥姥说,是席家堡你表姐聘女子呢,你舅舅不敢跟村里请假,你们正好给去行礼。

席家堡表姐是我姥爷头一个老婆的孙女儿。他们好像是常年在内蒙住,跟我们不多来往。

表姐小时候是在我姥姥村长大的。这个村尽是她本家的人,我妈和玉玉妈是她的姑姑,我五舅舅和七舅舅是她的叔叔,东院大舅舅二舅舅三舅舅是她的叔伯大爷。这几方面的人,她都请了。

姥姥和舅舅他们商量后决定,都让孩子们去。

我代表我妈,忠孝代表五舅舅,妙妙代表七舅舅,玉玉该代表我姨夫,面换该代表我三舅舅,可他俩都不在村。

玉玉和面换都在公社农中上学,农中有几个领导,带领着学生们到外地去串联。他们不敢到别处,只是说到太原去找省教育局的革委,要求给他们公社农中按城市的非农业人口看待。他们也不敢乘坐火车,他们是一人做了一个红卫兵袖章,打着一面红旗,各人背着各人的行李,步行往太原走。姨夫说他们已经走了二十多天了。

姨夫问我说,你说他们在路上吃啥,在路上喝啥,黑夜在哪儿睡觉。我说您放心吧。这会儿各地都有接待站。

面换不在,那就让他弟弟二换代表,东院大舅舅让二宝代表。

我和表哥,加上妙妙二换二宝,共五个,都和表姐是平辈儿。

妗妗说,你们这五个别看是年龄不大,但都是当舅舅姨姨的,是长辈,还属于人主儿。五舅舅说,是属于娘家的人,也就是说,是妈妈家方面的亲戚。去了那里是要受到最高的礼遇的。

舅舅问我们身上带钱没,我说我带了二十块。表哥这才想起身上的钱。他跟兜里掏出来,跟我姥姥说,"奶奶,我姑姑让给您五十。给我爹三十,给婶婶三十。"

我听着他的这个话说得不明不白的。我妈的意思是说,他上了班了挣了钱了,给奶奶五十给爹三十给婶婶三十。可他这说成是我妈让给的,这究竟是个啥意思。

可这个时候我也不能帮他再往清楚说了。

倒是妗妗说了个话,让我有了解释的机会了。

妗妗说:"婶婶不要。俺娃攒上娶媳妇哇。"

我趁机解释说:"我们来的时候我妈说我表哥,你挣了工资了,这回回村把你那工资给上奶奶五十给上你爹和婶婶一人三十。"

没想到表哥接住说:"我的工资除了吃了喝了,没攒这么多。这是姑姑给我的钱,让给您们。"

这下大人们都知道是啥意思了。我再说也没意思了。

五舅舅给转话题,说:"这次去行礼,招人和忠孝,你俩在城里住。一人上十块钱礼。妙妙跟二换二宝,是在村里住,一人挖上三升黍子。"

姨夫说:"玉玉不在村。我也给上上三升黍子。叫二换给背着。"

妙妙说:"让我沉哇哇地背黍子,我不背。我也拿钱。"

姈姈说:"这不是了。姑姑又给了钱。不想背,给上你十块。"姈姈给了妙妙十块。

妙妙高兴了,说"就是嘛。黍子哇不是钱?"。

姈姈说:"黍子也是你姑姑给咱们的……唉,就你爹挣上那几个钱,他自己在学校燃嚼完,没几个了。我在村里挣上几个工分,一年到头也分不了几斤颗子。反正是咱们一家都是在吃你姑姑喝你姑姑。你们长大了可不能忘了你姑姑。"

妙妙说:"我长大挣上钱给姑姑花。"

平平说:"我长大挣上钱也给姑姑花。"

五舅舅说:"有这个孝心就是好孩子。"

回了村的第三天上午,我和表哥领着二换二宝妙妙,五个人步行到了席家堡。

路上,我说我没见过这个表姐。表哥说,你这个表姐可像你妈了,跟你妈一样样的。眼睛大大的,凶凶的。她一看你,你就不敢看她。肩膀还都是掇掇的,像个戴着肩章的将军。

"真的? 那咋的呢?"

"养女儿像姑嘛。她叫你妈姑姑。亲姑姑。"

我想起了,丽丽也像我妈。丽丽也叫我妈姑姑,亲姑姑。

到了席家堡见了面后，我觉得表姐长得比我表哥说得还像我妈。那简直是一样样的。就连年龄也接近，就像是我的妈。

她们不一样的是，表姐嗓门大大的，还好说话。我妈不好跟人多说话，更不好大声地嚷嚷。

表姐没见过我，把我上下打量了一气说："呀哎呀，看这个表弟，看这长得伟大的，看这长得光明的。"

说我长得伟大的光明的，我真失笑。

后来又说："看看，看看，笑也是笑得那无量幸福的。"

我笑得更厉害了。

我跟表哥穿着他给买的新翻毛皮鞋，走到哪里哪里都是在嘎嘎嘎嘎地响，表姐说："看我这俩兄弟走得那雄壮的快乐的。你们这一来呀，姐姐的心情呀，就像是那沸腾的大海。"

二换说："姐姐你见过大海没？"

表姐说："见过。我在内蒙住的时候，到处都是大海。"

二宝说："姐姐你很有文化呀。"

表姐说："那是作准的。我私塾上了三冬天。我们那就顶是秀才，调如这会儿这高中生。你们不信问问他们。"她指着跟前的村人们说："他们跟城里头拾回那文化大革命传单，就叫我给念。他们都是瞎白丁，半个字也认不得。"

她看见了花花，说："花花，你说妈说的是真的哇。"

花花说："妈，人们都忙呢。您完了再说哇。"

这个叫花花的是表姐的大女儿，这次就是她结婚。

花花长得很漂亮。人也活泼。她叫我表舅舅。但她的年龄好像是跟我一样。其实也还是个小孩。第二天早晨我醒来,但还没起来,她进了我睡觉的屋里,说真冷真冷,说着就把手伸进我的被窝儿,圪肢我圪肢窝儿,还说:"看看表舅舅怕不怕拔。"我让她圪肢得又拔又痒痒。

表姐看见说:"看看。晌午就嫁过去了,可还是个孩子。跟表舅舅耍逗。"

我们来的那天是安鼓,也就是该有鼓匠班来吹吹打打,但因为是文化大革命当中,不能叫鼓匠,但人们还把这天叫做是叫安鼓。这一天,远地的客人也都是该到了。从这一天开始,就要坐席,吃好的。

第二天是娶亲。

花花女婿就是本村的,中午来娶亲的时候,我们几个小孩都跟过去看红火。男方家的院里正房前挂着大国旗,国旗上别着毛主席像。典礼时,司仪喊着说,首先让我们祝福伟大的统帅伟大的领袖伟大的舵手伟大的导师毛主席万寿无疆万寿无疆万寿无疆。然后又祝福林副主席身体健康永远健康。看到这里,有人在后面拉我,是花花的妹妹叫我们回去吃饭。

我说不着急,看看红火。她说,家里开饭呀。

我说叫他们先吃吧。她说,那不能,您们是主儿家,您们不动筷子别人不敢先吃。我们一伙小孩子,只好是相跟着回了表姐家。

看红火时,老听见有人夸我们,"看看,这五个人,一般般儿地高,一般般儿地那好看"。

看红火时,我发现有个穿绿袄的女孩一直在跟着我们,我们走到哪里她跟到哪里。我跟表哥说,表哥你看那个女的,老是跟着咱们。表哥说,甭看她。我们就假装没看见她。后来我们回了表姐家,吃饭时,表姐把那个穿绿袄的女孩领进来了,表姐给介绍说,这个女娃想找个在外前做工的,你们看看谁愿意。我们没人做声,都看表哥。表哥笑着不言语。

背后表姐跟表哥说:"忠孝,人家是看上你了。非让我说,我就当面说说,要不人家以为我没有给说,其实我知道你也不找村里的农民。"表哥说:"我才挣的十八块,娶个农民咋养活人家。"

表哥悄悄问我你们班那个姓曾的侉女女现在干啥呢,我说文革开始后我们谁也不见谁。表哥说那可是个好女女,人样有人样,个头有个头。

第三天是回门,第四天是送客。我们在表姐家一共红火了四天。

我们走的时候,表姐给我们每个人装了一个很大的喜气馍馍,上面点着红点。她还非要按照村里的讲究,把这个馍馍让我们装在怀里。说这叫怀揣喜气。

回了大同,我跟我妈说,那个表姐那才跟您长得像呢。

我妈说,家女像姑嘛,就像丽丽,那不是也长得跟我有像。

我说,丽丽不是说要给我当亲妹妹,也要姓曹,可多会儿才正式给呢?

我妈说,这乱哄哄的,等以后再说哇。

二
胡

我跟表哥从姥姥村里回来没几天，就有人给表哥介绍了个对象，叫五板。就在我家见的面。五板挺愿意，成天往我们家跑，随着我表哥叫我妈叫姑姑，叫我直接就是叫招人，还给我掏出东西吃，招人给俺孩吃哇。其实她只比我大两岁，可她称呼我"俺孩"。那时候我大概是长得有点面嫩。

人们都说五板走路有点拐，我说我咋看不出来。人们说她来你们家时，故意地拿捏着走路，让你看不出来。我说我给去她附近侦察侦察，跟邻居们打问打问，叫五板的一个女孩是不是有点腿拐。

五板的家在西门大巷住。是在一进西门路北的第二个巷子里面。我们家在圆通寺住，是在一进西门路南的第一个巷子里面，离她们家不远。说完我就给去了。

侦察嘛，那一定得是悄悄的。谁能想到，我跟西门大巷往她家的那个巷子一拐弯,扑面就给碰到了五板。你看这巧的。两人距离着一米多远,想溜也来不及。

五板说:"呀,是招人,俺孩来啦,是不是寻我了。走,入家入家。"

我不知道该说个啥好,跟着人家到了人家家。

五板给我浓浓地沏了一碗红糖水。我喝着挺香挺甜,我心里说,你要是再给放点姜粉再加点汾酒就再好不过了。

五板想等我说话,看我找她有啥话要告诉她。可我原来就没打算有啥话要告诉她。她等不住了,直接问我:"俺孩来是……"我说:"我听得有人拉二胡。"当时我是真的听着有人拉二胡。

她说,那是隔壁院的一个瞎子。我说我想去听听。她说,走,我引你去。还说,"这个瞎子可灵呢,还会看盲文呢"。

我说:"咋看? 没眼眼咋看?"

她说:"拿手摸。"

这我来了兴趣,说:"我还没见过盲文是啥样子。"

到了盲人家,五板说:"安孩哥哥,有人想看看你盲文。"我心想,这个五板咋叫谁也是"俺孩",叫人家哥哥还又叫人家俺孩。后来才听出是叫"安孩",不是叫"俺孩"。

安孩说,你们坐炕上哇。说着他把二胡放炕上,后来又往当炕推推。然后又后退着退到炕脚底,托着被垛站起来。被垛上方的顶棚下有个木头架子,上面是书。安孩先跟架子的一头开始摸,就摸就数,后来很准确地抽出一本书,然后又托着被垛坐下来,打开书。

是本硬袼褙书,袼褙上有突起来的点点。安孩用手指就摸就念,"世界是你们的,也是我们的,但归根结底是你们的。你们年轻人朝气蓬勃,好像早晨八九点钟的太阳,希望寄托在你们身上"。

回了家,我妈问我打听到了吗?我说我打听了,人家五板就连半点也不腿拐。

五板跟我表哥最终也没搞成。

那以后,我又到过安孩家好几次,听他拉二胡。他说给你拉个《听松》,给你拉个《光明行》,给你拉个《二泉映月》。有一次我又去时,他们家的门上着锁。邻居告诉我说他们家让红卫兵给抄家了。他们让勒令到农村去了。还说他们爷爷在解放前是地主。

我跟我妈说想买个二胡。

我妈说你看你,你看看你多少耍活儿呢,你一满是要饭呀。

她说,又是笛子又是口琴又是洋琴。她叫大正琴叫洋琴。

我说,没了钻家没做的,我又不想去学校。

她一下子放高声音,生硬地说:"学校不去!文革的事不参加!"

我说,那您给我买个二胡。

我妈说,招娃,妈主要是搁记着你七舅舅,你说他暑假没回,这寒假别又不回。

我说,您哇不知道,这会儿文化大革着命呢,根本就不放什么寒假暑假。我又说,我七舅舅不是来了信了,说是能回来过大年吗?您就放心吧。

我妈说,信上是那么说的,可那要是又让文革的啥事给圪绊住呢?

我妈看看我说,招娃,妈是让这文革给吓着了,我心里总觉得你七舅舅在那里是不是也遇到了啥事。

我说七舅舅能有啥事,舅舅在大同三中上学那会儿就是共青团员,到了大同煤校的第二年就入了党。

我妈说,招娃,你是不懂得,我觉得这会儿好像是不说啥团呀党呀的了。

最后我妈提出个要求,让我到富家滩去眊眊我七舅舅,说返回来,就给我买二胡。

一是我想买把二胡,再一个是,我也想七舅舅。他真的别是有了什么事,过大年也回不了家。

我到学校革委的资料组开了个空白介绍信,戴着大同一中毛泽东主义红卫兵的袖章,就上了火车。有介绍信,上火车不要票。没买票就没有座儿,上了车,钻在座儿底下睡了一大觉,就到了太原。下午就到了富家滩煤矿。

七舅舅没出什么事。

他是给看学校。学校的革委领导领着老师和学生都到北京见毛主席去了,舅舅给看学校。校革委领导说,等他们回来后,就让舅舅回家,说可以回三个月。

我给七舅舅写过信,跟他说过五舅舅让压缩回了村里。七舅舅明白压缩是怎么回事。我跟七舅舅说五舅舅在村里打井,穿着个烂皮褂,我都认不得了。我说我也不知道他是跟哪儿找的那个烂皮褂。七舅舅说,他那不敢定是穿谁的。

七舅舅又问五妗妗的情况,我说五妗妗领着秀秀丽丽艳艳抱着文文,到北京上访去了。七舅舅说,那还不是躲着去过大年去了。你小孩子不懂的，嫁出去的女人只能是在自己家过年，可她却没有自己的家。

我又跟他说了慈法师父被三中的红卫兵斗得活不出去了，上了吊。说起师父的死，我又快哭呀。

天快黑了，舅舅说，走吧吃饭去吧。舅舅是把我领到了火车站旁边的一个饭店。

舅舅说这是矿上唯一的饭店，可里面一个吃饭的人也没有。舅舅给买了一斤水饺，一个炒豆腐。

小饭店里灯光挺亮堂的，可就是冷得不行。厨房里面白气腾腾，看不见人。火炉看里面，好像是有火炭，也有红光，但外面冰凉，拿手摸上去也不烫。

半天，炒豆腐和饺子才端上来了，舅舅又要了三两白酒，想用酒暖暖身子。

我在学校跟同学们喝过姜茶酒，也觉得挺好喝的。可我喝了一口舅舅这酒，太冰凉。舅舅想让里面的师傅给把酒热热，我说别了，等酒热上来了菜跟饺子又凉了。我让舅舅跟师傅要了一碗饺子汤，加在了酒碗里。七舅舅尝了一口说，这倒是个好办法。我跟舅舅一替一口地端起酒碗喝，喝了热汤酒后，身子才觉得有点暖和气。

舅舅说，你咋是灰眉土脸的？衣裳也脏的。我说我没座位，是趴在火车座底下睡的觉。

舅舅说，走吧，洗个澡去。

舅舅是老师，属于矿干部，在矿干部澡堂里有他的更衣箱。澡堂很漂亮。我舒舒服服地洗了一个澡。

回了屋就想睡觉。

富家滩矿生产的是无烟煤,无烟煤其实是有烟的,只不过是眼睛看不着罢了。他的宿舍挺暖和,但有一股刺鼻子的味道。舅舅说是一氧化碳。怕我煤烟中了毒,他把窗子牙开道缝儿。

不一会儿我就睡着了。

第二天早晨,舅舅叫我吃饭。

早饭他是在宿舍里给我做的。我问他平时在哪吃,他说大部分时间是到矿工食堂,有时候也自己做。

案板上有只拔光了毛的鸡,他说是跟矿工家属买的,还让人家给杀了并处理好了。他说咱们中午炖了它。我说您会炖?他说炖好炖不好不敢说,但肯定一点的是能炖熟它。

七舅舅虽然是长辈,但跟我说话没有长辈的架子。

中午舅舅又跟火车站饭店打回三两酒,舅舅要给坐在水壶上热,我提议还是用昨晚的那个办法,把开水兑进去。我说这种喝法又不辣又感觉是喝了很多。

我们仍然是一替一口地喝。

我问说,舅舅你喝醉过没有,舅舅说,这辈子就喝醉过一回,是在刚进大同三中时,我们几个学生偷偷地到街道报了名,要到朝鲜去抗美。走的头一天晚上,街道给会餐。我喝醉了。第二天下午才睡醒。赶快到草帽巷你们家,跟你妈去告别。你妈问我几点的火车,我说晚上九点。你妈给我做上饭,我不想吃。你妈说那你再睡会儿,我说我怕误了火车,你妈说,没事儿,到时候我叫你。我就又躺下睡了。赶醒来,天黑了。我赶快下地,可是一拉门,你妈把门从外面给拿锁子锁住了。我大声喊,姐姐姐姐,要误呀误呀。你妈挂着一根担杖,站在门外说，你今儿敢出来，看我不打断你的腿是好的。

我说，我初中时学校动员学生到农村去插队，我妈就也把我锁在家里过。

舅舅说，她为了保护她要保护的人，有时候就要做些不理智的事情。我说就是，我没上学时，她打过一个老常欺负我的大小孩，我上小学时，她打过我们的班主任张老师，我上初中时，她还打过我们班的一个男生。

舅舅说，你妈可厉害呢，一般的人是打不过她的。我说就是，有回在粮店买粮，有个比她可高可大的女人说我妈插行，吵开了，那个女人先动手拿面袋抽打我妈，我一看有人打我妈，我就给吓哭了，我妈一听我哭了，一下子发了怒，扑上去揪住头发把那个女人可打了个灰。完了众人给拉开了。我还想起我妈在我小时候还打过一个警察。她也是一听我哭了，一下子就厉害起来。

舅舅说，苏联的屠格涅夫写过一篇散文叫《麻雀》你看过没？我说没。

舅舅说，在你妈跟前我们永远就是那小麻雀，她时时刻刻都在保护着我们。

我想象着我们是张开大黄嘴的小雀儿。

舅舅说，那次你妈把我锁在家里，第二天才放我出来。可别人都走了，我没走成。

我说那要是走了，去当了抗美援朝志愿军，那现在说不定是个军官了。

舅舅说，去的那几个学生，没一个活着回来的。

我张大嘴说，啊？都牺牲了？

舅舅又说，这次姐姐是救了我一条命，我老常跟妙妙他们说，没你姑姑当时把我锁在家的话，今天也不会有你们了。

我不敢说什么了，我觉得在那样的形势下，我妈这样做好像是不对着呢。不，不是好像，是肯定不对。

在回了家以后，我为这个事悄悄地问过我妈，我说："妈，你当时不怕街道的领导告了您。说您破坏抗美援朝？"没想到我妈却大声地说："哼！他想告我？我不告他也是给了他面子。我弟弟十六岁，他们街道为了立功受奖，凭啥弄虚作假，让不够当兵年龄的学生去朝鲜。"

我一听，我妈这是还有了理啦。

七舅舅宿舍有把二胡，比安孩的那把好，还是铜轴的。安孩说他的那把木轴的是三十块，也不知道这铜轴的得多少钱。

我问七舅舅，你这把二胡是多少钱买的。七舅舅说，这是学校的，也不知道多少钱。

我说我妈说我回去后，也要给我买个二胡，可我也不懂得咋挑。

七舅舅说，你喜欢就把这把拿去吧。

我说那能？这是公家的。七舅舅说乱哄哄的，啥公家的私家的。你拿走拉去吧。

我说我拿走您拉啥？

他说，学校还有。说着打开卷柜，里面不仅有二胡还有别的乐器。舅舅说煤矿的学校又不缺钱，学校组织了一个毛泽东思想宣传队。舅舅是乐队的负责人。

我看有把铜号，我说舅舅我想起了，你在大同三中上学的时候就会吹。

舅舅说，那是学生的小军号，可这是正儿八经的铜管乐器小号。说着掌起给吹。吹的是"大海航行靠舵手，万物生长靠太阳，雨露滋润禾苗壮，干革命靠的是毛泽东思想"。

舅舅吹得真好，可我拿起试了试，吹不响。

卷柜里还有手风琴。我抱起拉拉，只会用右手指按个简单的曲子。我让舅舅拉。舅舅给拉起来，拉得真好，我不由地跟着他唱起来：

> 金色的太阳，升起在东方，光芒万丈
> 东风万里，鲜花开放，红旗像大海洋
> 伟大的领袖，伟大的统帅，伟大的毛主席
> 您是我们心中的太阳，心中的红太阳
> 万岁毛主席，万岁毛主席
> 万岁万岁万岁万岁万万岁
> 万岁万岁毛主席

我在舅舅学校原打算是待两天就回大同，舅舅说无论如何也得等别人回来他才能走。可让人高兴的是，那天晚上舅舅正要送我上火车，他们学校的领导们回来了，他们是天南海北的玩够了，回来过年了。

这下舅舅就能走了。

腊月三十，我跟舅舅一块儿跟富家滩回来了，回到大同，回到圆通寺一号院。

我跟舅舅说，您在外面等等，我先进。

我一进门，说，妈您猜猜院门外还有个谁？

我妈说，院外头，有谁？莫非是，你七舅舅？

本想让我妈来个惊喜，可她一下子给猜中了。

真没劲。

我又把二胡盒拿给我妈看，我说您猜猜这里面装的是啥？我心想我妈没见过二胡，一定猜不准？

谁想到她说，啥？莫非是二胡？

想跟她开个玩笑也开不成。

真没劲。

我爹笑着说，我那娃娃成了成了，可也还是个娃娃。

我就让她再猜猜这是哪来的二胡，可她又一下子说："舅舅给你的？"

我妈真不是个红火人。我妈真是个不懂情趣的人。

但，她猜错了，她说盒里是二胡，她猜错了。就连我也没想到她给猜错了。

我打开二胡盒，一看。盒里什么也没有。空的。

哪去了？二胡呢？

我跟舅舅一块回想，才想起，白天我拉二胡了，可我拉完后，当时没有把二胡放进盒里，放在了窗台上。吃完晚饭走的时候有点急，没想起这回事，就提着空盒儿回来了。

舅舅说这个盒子是学校让木工给做的，有点笨重。所以，拿了个空盒也没觉出来。

我说，妈，您不是说给我买二胡呢，这下买吧。

七舅舅要给我钱,让去买二胡,我爹说不要你的不要你的,你那一大家子还等着你呢。七舅舅说,靠我这几个钱养活不了那一大家,全仗姐夫你们。

我爹要掏钱给我,我说您先别给我着呢,我得先打问打问是多少钱一把。

我妈说银柱跟太原回来了,前天还来找你,他不是懂得二胡?

银柱在太原公安技校上学,他早就会拉二胡了,是跟他大哥学的。银柱就帮我在四牌楼文具店挑选了一把,不到四十块钱,但是把四胡。他说四胡取上两根弦儿就是二胡,我为你是这个的蟒皮好,听我的没错儿。我就听了他的,买上了。

这个四胡不带盒儿。我说我正好有个可好可好的二胡盒儿,可拿回来一比,不行,四胡高着好几寸,放不进去。七舅舅回富家滩的时候,我又让他把那个空盒拿走了。

我每天让银柱教我,赶他过了正月要到太原时,我已经会拉个"对面山上的姑娘,你为什么这样悲伤"了。

过了二月二,五妗妗领着几个孩子跟北京回来了。

那天我坐在炕上正照着谱子拉二胡,听见是有人拉开门进来了,我以为是我妈,没抬头,照拉我的。那影子走到炕跟前站住了,叫"表哥",我一掠头,是丽丽。

我说呀是丽丽,她说表哥。我们两个都高兴地笑。一会儿,秀秀跟小忠儿又进来了,一会儿五妗妗又进来了,怀里抱着文文,一会五舅舅和忠义也进来了。

他们的脸面虽然还算是干净,但那衣裳一个一个像是逃荒的,没有半点过年的样子。但我也能看得出,在火车站,妗妗一定是给他们用刷子蘸着清水把衣裳都认真地刷过。

妗妗没让他们一块儿进院,而是等前一个进了我们家,下一个这才进院。

妗妗说,我们像是一伙要饭的,一块儿进来太惹眼。

我妈问:"五子和忠义咋也跟着你们? 他俩不是在村里吗?"妗妗说:"年前我给他写了个信,告诉他我们在哪住,他就领着忠义找我们来了。"

舅舅说:"怕你拦住不叫我跟忠义去,让就在大同过年,我没跟你打招呼,悄悄地走了。"

我妈说:"那,那也不该拦你们,过年呢,应该是团团圆圆,可,可你们到哪去团圆了。有家不能回,这光景过成个啥日月了,一家人就像是过去那兵反了,逃荒呢。"

看我妈快哭呀，妗妗给打断了话茬。

妗妗说，姐姐，我们在北京也交了几个朋友，她们的情况跟我差不多，我们相互鼓劲，坚决不回村里。姐姐，我还有个想法，过些时，我还想回仓门，开开锁，进去住。谁有错是谁的错，我是工人阶级我怕啥。不能说一个人犯法，一家人都跟着坐法院哇，天下就没有这个理。

我妈说，这会儿的世道啥叫个理，哪有个理，有个一去二三里。不行，不能回。再等等，再看看，想回的话，等天暖和再说哇。

丽丽当时是九岁。她让我看她的毛主席像章。她的像章在衣襟里面别着。她说有的是拾的，有的是人给的。她让我跟里面挑一个好看的给我，"来，表哥你挑"。

我看了看，她的像章没一个是高质量的，有的都蹭得露出了金属的底子。但我不想辜负了她的好心，假装看对了一个说，哇，这个真好。她说表哥你真会挑，我也看是这个最好。我说你看这个最好你就留着吧，表哥再挑个别的。她说，不要不要再挑，就这个。

我说："怕你不舍得。"她说："舍得舍得。"说着，把那个像章取下来，放在我手上，说："表哥喜欢就给你吧。你就把这个拿走吧。"

我学着她的口气说："你喜欢主席像章，表哥也给你几个吧。"

我的像章都在一块大白绸子上别着，有五十多个。我把白绸子展开，铺在箱顶。

她大睁着眼,惊喜地看着。

"哇,真好。哇,真好。"她说,"你的都比我的好。"

我说:"你喜欢,那就都给你吧。"

她说:"别别,别都给我,我拿一个就行。"

我说:"都给你。"

她说:"不。我只要一个。"

我就跟里面挑了一个我认为最好的给了她。

她跟我说,她有一次给走丢了,后来他们好不容易才找见她。她说,如果找不见的话,那我就再也见不到你了。她还跟我说他们到过天安门,可她妈不给钱让他们照相,说,照啥呢照,穿得讨吃烂鬼的照啥照。

妗妗夸我说,我孩好像是长高了,成了个大孩子了。

我妈说,小时候,我把孩子吓唬得没了胆子了,这会儿长大了,也放开让他出去闯荡闯荡,那次他大串联走了一个多月跟北京回来,我看出这个孩子能行了,还让他骑车回村眊了两趟五舅舅,还到富家滩一趟,把七舅舅给领回来了。

我妈这是把七舅舅的回来,归功给我了。

五妗妗说,招人您就放心哇,从小看大七岁到老,在我家那三年我就看出这个孩子能行。仓门十号一院人都夸他,就数是狄大大他夸得好。

我妈说,小时候我不放心他,看来是该闯荡也得让闯荡。

妗妗说,毛主席就让红卫兵在大风浪里锻炼,让在大风浪里成长。

吃完饭,妗妗领着孩子们到大众浴池去洗澡,洗回来,妗妗说运气好,又碰到了小毕姨姨的爹,没跟要钱。

妗妗问我记不记得小毕姨姨，我说记得，就是骂我小屁孩那个火烧财门旺姨姨。

妗妗他们替换下来的衣服，妗妗说要洗，我妈说别洗了，不要了，扔了它，就顶是把那晦气给扔了它了。妗妗说，对着呢姐姐，那我到奶哥哥家给孩子们把那过大年的衣裳都取回来，换上它。正月没穿，咱们二月穿。

银柱跟太原又回来了。我俩成天又是拉又是吹，银柱说没个弹拨乐，我说大正琴哇不是？他说，大正琴小玩艺儿，登不了大雅之堂。我表哥说，我们厂宿舍有人弹秦琴，哥给你买上它一把。第二天，他就抱回来了，说是他们厂的那个工人给帮着挑的。

表哥给我买回了秦琴，这要在以往，我妈非骂他，说他瞎花钱。这次没骂，也没问是多少钱买的。还说了表哥一句，你也跟着他学。表哥说，我不会，我一弄这，笨得就跟那牛上树，不行。

我妈说，你当是啥，跟木头说话，难呢。

我每天除了拉二胡弹秦琴，就是到牛角巷儿找老王玩。

初中时候，我们几个孩子跟老王到城南水泉湾耍水，银柱差点给淹死。昝贵妈把这个事告诉了我妈。我妈立马就去找老王，把老王好一顿数算。从那以后，除了过大年拜年外，平时老王再不到我家。我想跟老王耍，就得到人家家。

老王在印刷厂上班，是单位的铸字工，化铅，有毒。他除了工资，单位还给他发油茶面，一发就是好几斤。他就给我们烧开水泼油茶。我是头一次吃油茶。里面有芝麻花生核桃碎粒儿,还有葡萄干儿,青红丝。哇真好喝。有时候不怠要烧开水,我们就干舔。干舔也好吃,更甜。

怕影响老王爷爷休息,我们把活动的地点挪在了二虎家的小西房。

二虎妈我们叫高大娘。高大娘一家人住着一处院。

高大妈的小西房那本来是个放杂东西的小屋,我们把杂杂乱乱的东西都放在院南墙下,在屋子搭了一个木床。又把小屋的顶子和三堵墙,都钉上了厚厚的白纸。进屋里整个儿一个雪泊。我们就叫这个小西房叫雪泊。

我们几个成天钻在雪泊里,大声说话大声唱歌儿。

有回老王告诉我们一个消息,说造纸厂库房拉进一大批书,说这批书要粉碎后泡成纸浆,造手纸。

他说,太可惜了。咱们偷去。

小斌说,怎么叫偷? 是抢救!

对,抢救!

我们抢救了好几回,抢救回《黑格尔》《小逻辑》《费尔巴哈》《孟德斯鸠》等等的几十种书,还有好多的被江青批判成是大毒草的世界文学名著。

我想起没眼眼安孩家的那个在墙上钉着的书架,在我的建议和设计下,二虎给雪泊的三堵墙做了三排书架。

当把几十本大厚书码在书架上时,老王高兴得两胳膊张开,大声唱起来:

"冰雪覆盖着伏尔加河,冰河上跑着三套车。有人……"

哇,从来没听过老王唱歌,还唱的是《三套车》,我们不由地惊叫起来。可我们一惊叫,老王不唱了,唱到了"有人"后,就再不唱了,再咋做工作也不唱了。从那以后我们再没听过老王唱歌,就听过那么两句。

我也回过几次学校。

学校已经没有了班这个集体了,也没有年级这个区分了,红卫兵都组合成了各个战斗队。各个战斗队里甚至连年级都打乱了,有高中的有初中的,凡是观点一致的能凑在一起的,就组成个战斗队。

有回碰到学校正在一进校门那儿塑毛主席像,是挥着手的那种站像,已经塑好了,很高大,足有两层楼高。但还没有正式完工,搭的架子还是用席子围着。我看见金印他们正在用砂砖磨塑像的底座。他们就浇水就磨。我也给过去磨了一阵。挺费事,磨半天,看不出有啥变化。

学校是越不想去越不去,越不去越不想去。

我也碰着过老周。我悄悄地跟老周说过我的活思想,一是慈法师父的死,二是舅舅让勒令回了农村,因此我厌烦这个运动,不想参与这个运动。老周是我在大同一中的最最忠实的朋友,我跟他说啥都没关系。老周笑着说,管他,躲进小楼成一统,管他春夏与秋冬。我也笑着说,就是,管他。老周笑。

我跟他说,如果有啥特别的情况,你就到家告诉我。

文革第二年年底,老周到家告诉我,中央革委指示,让红卫兵与工人阶级相结合,到工厂参加劳动。

这个好,我对这个感兴趣。我跟老周说这个我参加,我说到我表哥的皮鞋厂,老周说,已经联系好了,是大东街的毛纺厂。

在毛纺厂待了几个月,天暖和了,开春时,上面又让红卫兵复课闹革命。

同学们大部分都回到学校,各回各班。

我妈跟五妗妗说,看样子这是灰完了,能回家了。

我妈跟妗妗先是小试着进了仓门十号院,开开家门,清扫清扫。隔壁狄大大主动地过来,还给端过一脸盆水,帮着清扫。过了几天,妗妗一个人回家,又开开门,烧了烧炕火。

五一劳动节这天,妗妗一家人终于又回到了自己的家。

我们班有几个同学说没到过北京,想去,我说走,咱们去。他们说咋去,早就不让大串联了,坐火车要钱呢,咋去? 我说骑车。我们几个同学又骑着自行车,在第四天的晚上,坐到了灯光明亮的天安门广场。

跟北京玩了二十多天,回来时我带了四瓶香油。是跟王府井街北头路东的那一家铺子买的。我说往大同带,售货员叔叔给把口封了。是把瓶口朝下,在一种红色的液体里蘸了一下又很快给拉起来,没几秒钟,红色的液体凝固了,把瓶口的铁盖儿封得死死的。我觉得真先进真科学。这到底是大城市。

回了大同,我妈说,把香油给妗妗送上一瓶。我说我原来也给妗妗股着呢。

我去了仓门,丽丽举起左手跟我说,表哥你看。她的手掌缠绕着白纱布。我睁大眼问,咋啦? 她笑着说,没事儿。说:

"我妈说我该上中学呀,到了学校不好看,同学们会给取外号,就领着我到三医院把小六指儿给动手术取了。你看。"说着,要往开解纱布,让我看。我说别,别,看着风的。她说没事,一个多月了。

她一下子想起什么,高兴地说:"表哥,我跟你说哇。我妈一天给我吃一颗鸡蛋,我吃了三十颗鸡蛋呢。"

不知道是从小我就背着她的过,还是我背着她时她常常把我衣服给尿湿的过,还是大人们说过她要给我当妹妹的过,我看见她总是很亲切很喜欢。

我不由得搂着她的肩膀,亲了一口她脑门儿。她抬起头笑着看我。

我说,没有奶毛味儿了。

她说,表哥你说啥?

我说,没有奶毛味儿了。

她说,表哥你真是个愣鬼。

　　我是母亲抱养的。母亲在八十岁的时候,得了疯魔病,就怕离开我。成天幻觉着我被人活埋了,叫汽车撞死了,或者是有一伙人正在殴打我。我不忍心把她送神经病医院,而是在家里伺服她老人家。我在上班时,也得在当中回趟家,叫她看看我还活着。我跟记者们说过,搞创作需要全身心地投入,而照顾老母也必须得全身心地来奉献,我认为二者不可兼顾。我决定先当孝子,后当作家。

　　当时汪老还健在,我把我的这个情况跟汪老说了,汪老说不能写完整的,积累些素材也行。听了汪老的,在几年当中,我积累了大量的素材,为长篇小说《母亲》的写作做好了准备。

　　2002年年底母亲去世了,料理完丧事已经是2003年的年初。在不尽的思念中,我动手写《母亲》,可我一写就伤心就流泪,痛苦得写不下去。人们都劝我说,母亲刚去世,你还没有跟悲伤的情绪中走出来,放放再写吧。于是我就把长篇《母亲》的创作放了下来,写别的。

就在 2004 年的夏天,我又得了急性胆囊炎,疼得我死去活来,住院后大夫给我做了剖腹手术,把胆囊摘除了。伤口一拃长,元气大损。这以后,我原本也不健康的身体,一下子给垮了。

在创作出版了长篇小说《到黑夜想你没办法》、中篇小说选《佛的孤独》、短篇小说选《最后的村庄》三本书后,我于 2008 年年初,又打开了长篇《母亲》的素材库,重新动手写《母亲》。

我有个毛病是,一写作就进去了,进入到了写作内容的时空里,老伴儿喊我吃饭,她还得大声些我才能听着,才能把我的魂儿,跟另一个境界喊回到现实。

因了这个毛病,我在写作《母亲》中,经常是悲伤痛苦,泪流满面。老伴儿经常笑话我说:"呀,又哭了。"

我在悲伤痛苦中,含着泪,往下写。写着写着,在 2008 年的夏天,又不幸得了脑血栓。

大夫说,我的脑血管里有四个地方有血栓。栓块虽然都不是很大,但也不是小到能够很容易地就把它溶化掉。大夫让我注意这注意那,提了很多的建议。可我紧注意慢注意,这个病还是经常发作。每次发作的程度不等。大部分是一过性的,一分钟半分钟就过去了,就正常了,只是给我提个醒,看看是哪方面又不注意了。可有时候就不是那么容易地给过去,这就得到医院。

几次大的发作里,其中有两次是我正在写作长篇《母亲》

的状态中。我先是感觉到敲键盘的右手指麻木,紧接着右脚趾麻,右腿麻。心想,坏了,发作了。试着说话,舌头僵硬,发不出正常的语音。来势汹汹,不像是一过性。一分钟过去了,两分钟过去了,势头不减,只好到医院。

大夫帮我分析说,这是因为写作时情绪太过激动而引起的。

写别的题材,我倒也能平平静静地来写,可一写《母亲》,无论怎样地努力,总是平静不下来。

大夫建议我,想写写点别的吧,把《母亲》的写作搁一搁,要不的话,你小心瘫痪。

我不怕死,我怕瘫痪。

听了大夫的,我把长篇《母亲》的写作,再次搁了下来。

几年当中,我又出版了三本书,两本散文集和一本中篇小说选。

2013 年年初,云南的《大家》跟我约稿。我又尝试着写《母亲》,但这次我是一小篇一小篇地来写。写出一篇来,隔一段时间再动手写下一篇。我就用这种断断续续的方法,写出九篇散文,冠名为《初小九题》,给了他们。没想到这个《初小九题》受到了我国著名的评论家王干先生、瑞典马悦然先生和他的夫人陈文芬女士的好评。他们都写了评论文章,与我的《初小九题》同时刊登在《大家》2014 年的第一期。

在他们的鼓励下,我又以这种散文的样式,断断续续地于去年的夏天,写出了《高小九题》。

正打算停下笔来,多歇缓缓些时日再动手,生活·读书·新知三联书店(上海)有限公司的编辑关雪莹跟我联系,她说看过我的作品,很喜欢我作品的那种充满着生活气息的语言和韵味,问我手跟前有书稿没有。我回复说,有一半,另一半还在继续写。她问写的是什么题材,我说我只会写生活,永远都是在写生活。她说,那好哇,那我们就跟您正式约稿了,希望有机会能做您的责任编辑。我说那太好了。

能在三联书店出书,我很高兴。

能让懂我作品的编辑来为我编书,我很高兴。

但我怕犯了病,仍然是不敢往快写,仍然是慢慢腾腾地循序渐进着。于是,又花了半年的时间,断断续续地写出了《初中九题》和《高中九题》。

四个九题加起来,是三十六题。

这三十六题散文,都是跟长篇《母亲》的素材库里整理出来的。因此,每篇看上去好像是在说我,实际上都是在写我的母亲。

今后,我打算继续用这种方式,一节一节地,九题九题地创作下去,最后再加工整理出一部完整的长篇小说,把她献给对我恩重如山、恩深深似海的,自私又高尚、渺小又伟大的母亲。

这个散文集子,最初的书名是《流水四章》,三联书店他们建议改成《流水四韵》。

想想,韵好。更像是一个散文集的书名。

那就《流水四韵》了。

这里我要特别地谢谢雪莹!

是她,使得我有了这本《流水四韵》。

作者　2015－3－16　于槐花书屋